Lutz Wilhelm Kellerhoff
Die Patin vom Ku'damm

LUTZ WILHELM
KELLERHOFF

DIE PATIN VOM KU'DAMM

KRIMINALROMAN

ULLSTEIN

Wir verpflichten uns zu Nachhaltigkeit
- Papiere aus nachhaltiger Waldwirtschaft und anderen kontrollierten Quellen
- Druckfarben auf pflanzlicher Basis
- ullstein.de/nachhaltigkeit

Am Ende des Romans finden Sie
ein ausführliches Glossar.

MIX
Papier
FSC FSC® C083411

Ullstein Paperback ist ein Verlag
der Ullstein Buchverlage GmbH
www.ullstein.de

ISBN 978-3-86493-253-3

Originalausgabe im Ullstein Paperback

Gesetzt aus der Dante MT Pro
Satz: LVD GmbH, Berlin
Druck und Bindearbeiten: CPI books GmbH, Leck

Eins

1

Mit so einer Frau ins Bett gehen, das wär was, dachte er. Aber er wusste, dass die Frau, die im Revier in der Großbeerenstraße vor ihm stand, in einer anderen, unerreichbaren Liga spielte. Er war ein einfacher Polizeimeister mit einem schmalen Kopf, schütterem Haar und fliehendem Kinn. Er wollte sie auch auf keinen Fall die ganze Zeit anglotzen. Doch es war, als würde sie ihn hypnotisieren und er könnte nichts dagegen machen. Die Frau trug einen orangenen Jumpsuit mit tiefem Ausschnitt. Ein breites Band aus demselben Stoff hielt ihre dunkelbraunen Haare zurück. An den Schläfen Herrenwinker. Die weiße Perlenkette reichte ihr fast bis zum Gürtel, die schwarzen Stiefel bis zum Knie. Über der linken Schulter hing eine Handtasche aus dunkelbraunem Leder mit einem kleinen »EA« auf der Schnalle.

Er stellte sie sich nackt vor. Und dann stellte er sich selbst nackt vor. Und dann stellte er sich vor, wie sie ihn auslachen und zurückweisen würde. So wurde aus seiner Bewunderung Abneigung und aus der Abneigung Verachtung. Wahrscheinlich ist sie eine Schlampe, dachte der Polizeimeister. Bestimmt sogar ist sie eine Schlampe. Es konnte gar nicht anders sein. Dann senkte er den Blick.

Die Frau lächelte freundlich. Sie konnte sehen, was er dachte. Wie die meisten Männer, mit denen sie beruflich und privat zu tun hatte. Während die Frauen sie mit bösen Blicken und von Neid zerfressenem Lächeln verfolgten und ihr am liebsten ein Messer in den Rücken rammen wollten. Überhaupt waren Frauen ihre erbittertsten Gegnerinnen. Weil sie zeigte, was für ein Leben möglich war, wenn man nicht von einem Mann abhängig war. Weder finanziell noch seelisch. Ein Leben, für das die braven Ehefrauen weder den Mut noch das Geld hatten. Doch all das störte die Frau nicht. Im Gegenteil, so fühlte sie sich erst richtig ernst genommen.

Sie hieß Barbara Albrecht, wurde von Freund und Feind Bibi genannt und war Berlins erfolgreichste Bauherrin. Eine Grande Dame der Society in der geteilten Stadt, Eigentümerin einer Villa am Kleinen Wannsee und eines Penthouse in Schöneberg. Architektin und Inhaberin einer Firma mit fünfundneunzig Angestellten im Europa-Center und einem Bauvolumen von Hunderten Millionen Mark. Sie hatte Affären mit einigen einflussreichen Männern, war sexuell aggressiv. Einmal pro Quartal glänzte ihr Konterfei von den Titelseiten von *Bunte*, *Frau aktuell* oder *Neue Post*.

Im Moment wartete Bibi, ihre Tochter Manuela mit nach Hause nehmen zu können. Und Bibi hasste es, zu warten. Warten bedeutete, dass andere über sie bestimmten und ihre Macht zeigten. Vor einer Stunde hatte die Polizei die Bauarbeiten auf dem Grundstück am Ku'damm gestoppt. Irgendjemand war ums Leben gekommen. Der Bauleiter hatte am Autotelefon von einem jungen Mann gesprochen, dem der Arm abgerissen worden war. Auch das noch. Bibi sah bereits die Schlagzeilen auf den Titelseiten von *BILD* und *B.Z. Baukönigin ertrinkt in Blut.* Sie hätte an der Baustelle sein müssen, stattdessen wartete sie darauf, dass Manuela aus dem Polizeigewahrsam entlassen wurde.

»Frau Albrecht?«

Aus einem Nebenzimmer kam ein weiterer Polizist. Seine Uniform spannte über dem Bauch, im Gesicht hatte er die tiefen Narben einer Pubertätsakne. Manuela neben ihm wirkte müde und war trotzdem wunderschön. Die dunkelgrüne Lederjacke war auf die gelbe Samthose abgestimmt, dazu trug sie eine weite rote Seidenbluse. Von ihrer Mutter hatte sie gelernt, wie wichtig es war, sich bewusst zu kleiden. Egal, ob du einen Baustadtrat oder den Filialleiter der Sparkasse um den Finger wickeln willst – oder vorhast, Rainer Langhans ins Bett zu kriegen. Mit dem richtigen Outfit hat man schon mal die Hälfte des Weges geschafft. Manuelas blonde Locken brachten ihre makellose Haut perfekt zur Geltung.

»Sagen Sie Ihrer Tochter, dass sie das nächste Mal mit einer Anzeige wegen Exhibitionismus, Sachbeschädigung und Widerstand gegen Vollzugsbeamte zu rechnen hat.«

»Sagen Sie es ihr selbst, sie steht neben Ihnen.«

Der mit der Akne zuckte zusammen. Normalerweise redeten die Bürger so nicht mit ihm. Noch nicht mal die Berliner, die für ihre Schnauze berühmt-berüchtigt und bei Touristen gefürchtet waren. Aber in den letzten Jahren war hier einiges aus dem Ruder gelaufen. Es gab zwar kaum noch politische Demonstrationen, weil die Studenten sich wieder auf ihr Studium und die Karriere konzentrierten. Aber einige wenige waren dazu übergegangen, die Stadt regelrecht anzugreifen. Ihnen hatte Manuela sich vorübergehend angeschlossen.

»So was ist kein Kavaliersdelikt.«

»Das kommt auf den Kavalier an. Schönen Tag noch, meine Herren.«

Bibi nahm Manuela an der Hand und führte sie aus dem Gebäude.

2

Als sie das Revier verließen, stand die Sonne tief und ließ Bibi und Manuela wie im Scheinwerferlicht erstrahlen. Vor dem Eingang wartete eine kleine Truppe von Reportern, um Material für die Rubrik »Klatsch und Tratsch« zu sammeln.

»Wir lächeln«, flüsterte Bibi ihrer Tochter zu. »Am besten, du lässt mich das machen.«

Der Reporter des *SFB* streckte Barbara Albrecht ein Mikrofon ins Gesicht, als wollte er sie damit aufspießen.

»Finden Sie es in Ordnung, dass Ihre Tochter oben ohne vor dem *Springer*-Verlag demonstriert und anschließend Steine wirft?«, bellte er.

Bibi schob das Mikrofon lächelnd beiseite. Zum Glück wussten die Reporter noch nichts von dem Unglück auf der Ku'damm-Baustelle.

»Meine Tochter kann unmöglich einen Stein geworfen haben. Sie hasst jede Art von körperlicher Betätigung.«

»Der Staatsanwalt will sie wegen Sachbeschädigung und Körperverletzung anklagen.«

»Das habe ich auch gehört. Allerdings halte ich die Verhaftung meiner Tochter für übertrieben. Sie hat nicht mehr getan, als empört zuzuschauen, wie radikale Studenten, unter ihnen auch der Sohn unseres Justizsenators, ihre Meinung kundtun. Sie deswegen zu verhaften, nenne ich Freiheitsberaubung. Fragen Sie lieber den Herrn Senator, wie er das Benehmen seines Sohnes findet!«

Bibi zog Manuela über die Straße zu dem weißen Mercedes 300 SEL. Die Chauffeurin öffnete die hintere Tür. Manuela reckte die rechte Faust in den morgendlichen

Himmel und rief: »Ho, Ho, Ho Chi Minh. Ho, Ho, Ho Chi Minh.«

»Ich glaube, sie haben es verstanden«, drängte Bibi, dann stiegen sie beide ein.

Die Chauffeurin gab Gas. Ein Reporter konnte sich gerade noch mit einem Sprung zur Seite in Sicherheit bringen.

»Was ist mit dem Justizsenator?«, fragte Manuela.

»Was soll mit ihm sein?«

»Du hast gesagt, der Reporter soll ihn was fragen.«

»Habe ich das?«

»Kennen wir den?«

Bibi ließ die Frage unbeantwortet. Die Chauffeurin drehte sich herum.

»An den Ku'damm?«

»Ja, so schnell du kannst.«

Bibi wandte sich wieder ihrer Tochter zu.

»Schatz, du meinst das nicht ernst mit dem Geschwafel über Kommunismus, oder?«, fragte Bibi.

»Wieso sollte ich das nicht?«

»Der Kommunismus ist eine Erfindung zur Besserung der menschlichen Natur. Und weil die sich nicht bessern lässt, muss er mit Gewalt durchgesetzt werden. Was glaubst du, warum es die Mauer gibt? Doch nicht, weil sie uns davon abhalten wollen, dass wir alle rübermachen.«

»Die Genossen sagen …«

»Die Genossen? Du kannst diese Leute doch nicht wirklich gut finden.«

»Welche Leute?«

»Dutschke, Langhans, Teufel.«

»Was machen sie denn? Sie sagen, dass die Bundesregierung den amerikanischen Kapitalisten hilft, ein ganzes Volk auszurotten.«

»Und Baader und diese Ensslin haben ein Kaufhaus in Brand gesteckt.«

»Als niemand mehr drin war. Alle regen sich deswegen auf. Und währenddessen werfen die Amis Tausende Tonnen Napalm auf Vietnam. Wir machen vielleicht nicht immer alles richtig, und manche sind richtige Idioten, aber wir merken wenigstens noch was. Guck dir doch nur mal solche Typen wie dieses Schwein Strauß an. Und der Springer würde uns doch am liebsten ins Lager stecken. Und Walden hetzt gegen uns, dass ihm der Geifer nur so aus dem Maul tropft. Was ist denn so falsch an dem Satz *Make Love not War*?«

»Es wäre einfach nur beruhigend, wenn ihr, sobald der Kommunismus da ist, darauf verzichten könntet, mich zu enteignen.«

»Ich werde mich beim Zentralkomitee für dich einsetzen.«

Manuela schien es ernst zu meinen, und Bibi bedankte sich mit einem Kuss auf die Wange.

Als die Chauffeurin die Ecke Ku'damm / Uhlandstraße erreichte, hatten Polizei und Feuerwehr die Kreuzung abgesperrt.

Ku'damm-Karree stand auf einem großen Schild. Darauf war ein Hochhaus abgebildet, das alles überragte, was die Stadt an Neubauten zu bieten hatte. Hundertzwei Meter hoch sollte es werden. Nur der Fernsehturm war höher. Aber der lag im Osten. Das Projekt war Bibis Meisterstück. Einhundertachtzig Millionen Gesamtinvestition, darin enthalten eine Senatsbürgschaft über sechzig Millionen. Fünfzig Prozent bereits vermietet.

Bibi stieg aus, zwängte sich an den Polizisten, Feuerwehrleuten und Bauarbeitern vorbei. Man kannte sie und machte Platz.

»Wieso arbeitet hier niemand?«, fragte sie, ohne eine Antwort zu erhalten.

Als sie das provisorische Geländer aus Holzbohlen erreichte und in das riesige Loch schaute, sah sie, dass es mit Grundwasser vollgelaufen war. Drei Feuerwehrleute kletterten über Leitern in die Grube und stapften durch die schmutzige Brühe. In der Mitte der Grube trieb ein Mann in grünem Parka mit dem Gesicht nach unten. Um ihn herum war das Wasser rötlich gefärbt.

»Den haben wir um sieben gefunden.«

Bibi wandte sich um. Ein Mann im Blaumann, weißem Helm und Schnauzer trat neben sie. Er war der Bauleiter, wie das kleine Schild an seiner Jacke verriet.

»Er hat versucht, das Saugrohr zuzustopfen, damit das Grundwasser nicht mehr abgesaugt werden kann. Seit vier Stunden steht der Bau.«

Bibi sah den Bauleiter erstaunt an.

»Wissen wir, wer das ist? Einer von uns?«, fragte sie.

»Nicht von uns.«

Der Bauleiter hielt ihr ein Flugblatt hin. *Nieder mit dem Großkapital. Schluss mit der Zerstörung Berlins. Für gerechte Mieten und soziales Wohnen. Barbara Albrecht enteignen. Kommando Karl Liebknecht.*

»Entweder einer von den Linken oder von der Konkurrenz.«

»Sie meinen Sabotage?«

Der Bauleiter hob die Schultern. Es war immerhin möglich. Bibi schüttelte entnervt den Kopf.

»Was denn noch alles?«, sagte sie mehr zu sich selbst.

Die Feuerwehrleute hatten die Leiche erreicht und drehten sie auf den Rücken. Ein junger Mann, und, soweit Bibi aus der Distanz erkennen konnte, definitiv kein Bauarbeiter. Eher ein Student aus dem ersten Semester. Sein rechter Arm schwamm ein paar Meter entfernt von ihm. Bibi stieß einen Fluch aus und ging zurück zu ihrem Wagen.

»Anoush, holst du bitte den Senatsbaudirektor an den Apparat.«

Die Chauffeurin tat, was ihr aufgetragen wurde. Es war eine umständliche Aktion, Anoush musste an dem modernen Autotelefon einen Knopf so lange drehen, bis sie ein Signal erhielt, sich dann bei der Vermittlung melden und angeben, zu welcher Telefonnummer Kontakt hergestellt werden sollte. Es dauerte eine Weile, und es war umständlicher, als zu einer Telefonzelle zu gehen. Aber ein Autotelefon zu haben war ein Zeichen von Exklusivität, teuer und selten. Und daher passte es zu Barbara Albrecht.

»Ärger?«, fragte Manuela.

Bibi lehnte sich gegen den Wagen, sah ihre Tochter an und schüttelte den Kopf.

»Nein, nicht wirklich.«

Als die Verbindung zustande kam, reichte Anoush den Hörer durchs Fenster.

»Herrn Borowski, bitte. Teilen Sie ihm mit, Frau Albrecht möchte ihn sprechen«, sagte Bibi mit einem Ton, der keine Zweifel an der Dringlichkeit zuließ.

3

Der Mann saß im Wohnzimmer in dem gelben Sessel. Er schnaufte vom Treppensteigen. Er war dick, rot im Gesicht und schwitzte. Seine wenigen Haare klebten feucht auf seinem runden Kopf. Er schaute Jochen und Astrid mit diesem komischen Grinsen an, von dem sie nicht wussten, ob es böse oder lieb war. Das war ohnehin bei den Erwachsenen schwer zu unterscheiden. Man konnte nie wissen, was sie dachten. Die Ohren des Mannes sahen verkrüppelt aus, als hätte sie jemand ganz heftig geknetet. Der massige Körper quoll rechts und links über die Sessellehne. Angeblich war er um sechs Uhr mit ihrem Papa verabredet. Jetzt war es Punkt fünf. Er war eine Stunde zu früh.

Wenn ich auf Arbeit bin, lasst ihr niemanden herein. Auch Leuten nicht, die ihr kennt, hatte Heller zu den Kindern gesagt. Sie hatten es ihm sogar schwören müssen. Aber was sollten sie machen? Der Mann hatte vor der Tür ihrer Wohnung gestanden, hatte gedroht, dass sie ausziehen müssten, wenn sie ihn nicht hereinließen. Dass er die Polizei holen und dass die dann die Tür aufbrechen würde. Ihr Papa war zwar auch Polizist, sogar Oberkommissar. Was sollen wir machen, hatten sie einander ängstlich gefragt. Schließlich hatten sie die Tür geöffnet.

Der Mann wischte sich den Schweiß mit der Hand ab und fuhr dann mit der Hand über das Polster. Es war eklig.

»Ist doch in Ordnung, wenn ich hier warte, bis euer Papa kommt«, sagte der Mann. »Ist eure Mutter auch auf Arbeit?«

»Die ist gestorben«, sagte Astrid.

Das schien der Mann nicht zu wissen.

»Gestorben? Aha. Na, dann dürft ihr eigentlich gar nicht mehr hier wohnen.«

Er nahm ein gefaltetes Papier aus der Jacke.

»Der Mietvertrag läuft auf Paula Hanke. Das ist doch eure Mama?«

Die Kinder nickten.

»Wenn sie tot ist, dann ist der Vertrag leider ungültig.«

»Aber unser Papa bezahlt die Miete«, sagte Jochen.

»Das ist klar, sonst wärt ihr ja schon längst rausgeflogen. Aber sein Name steht nicht im Mietvertrag. Wann ist eure Mama gestorben?«

»Am 12. Dezember.«

»Aha. Fünf Monate«, sagte der Mann.

Er steckte das Papier zurück in seine Jacke. Schon wieder wischte er den Schweiß von seiner Stirn ab und fuhr mit der Hand über das Polster. Als er den Blick der Kinder bemerkte, lächelte er peinlich berührt.

»Ich hab eure Mama gekannt«, sagte er. »Sie war eine Nutte. Wisst ihr, was eine Nutte ist?«

Die Kinder schauten sich an. Sie wussten es nicht.

»Eine Nutte ist eine Frau, die es für Geld macht.«

So was Ähnliches hatte Jochen schon häufiger gehört, von den größeren Jungs. Angeblich gab es auch Mädchen, die etwas für Geld machten. Was genau das war, wusste Jochen nicht. Er musste an sich halten, um nicht loszuheulen.

»Ist ja auch nicht schlimm. Wir finden bestimmt eine Lösung, damit ihr weiter hier wohnen könnt, oder?«

Jochen und Astrid nickten beide. Es war besser, alles zu tun, was der Mann verlangte. Sie wollten schließlich nicht schuld daran sein, dass sie ausziehen mussten.

»Na also«, sagte der Mann.

Wieder lächelte er so seltsam, dass es den Kindern kalt den Rücken herunterlief. In der Nachbarschaft hatte ein Herr Unger die Mädchen auch so seltsam angesehen, und dann hatte die Polizei ihn abgeholt. Jetzt deutete der Mann auf Jochen.

»Komm mal her.«

Jochen schüttelte den Kopf.

»Was ist denn? Hast du Angst?«

Der Mann klopfte sich auf die Schenkel, streckte die Hand aus.

Jochen zögerte.

»Du willst doch nicht, dass ihr hier ausziehen müsst, oder?«

Nein, das wollte Jochen nicht.

»Ich will lieber warten, bis Papa kommt«, sagte er. Er war kaum zu verstehen, so sehr schnürte Angst ihm die Kehle zu.

»Dein Papa wird ganz schön wütend sein, wenn ihr hier ausziehen müsst, weil du dich so anstellst.«

Jochen schaute seine Schwester an. Sie konnte ihm nicht helfen. Also ging er einen Schritt auf den Mann zu.

»Na also. Und du, Mädchen, gehst jetzt mal schön in die Küche und machst die Tür zu.«

»Ich?«, fragte Astrid.

»Siehst du hier noch ein zweites Mädchen?«

»Ich will lieber hierbleiben«, widersprach Astrid tapfer.

»Dein Bruder und ich müssen was besprechen. Unter Männern. Da haben Frauen nichts verloren. Los, mach schon.«

Sie drehte sich um und verließ das Wohnzimmer. Tränen liefen ihr über die Wangen.

»Na also«, sagte der Mann noch einmal. »Komm auf meinen Schoß. Ich tu dir doch nichts.«

Er fasste nach Jochens Hand und zog ihn zu sich, drückte ihn auf seinen rechten Oberschenkel.

Er roch nach Schweiß und Käse.

»Tür zu!«, brüllte der Mann in Astrids Richtung.

Erschreckt schloss das Mädchen die Tür. Sie überlegte, was sie tun sollte. Ihr Blick fiel auf das Telefon. Sie nahm den Hörer ab, hörte das Freizeichen. Wie war noch die Nummer von Papas Arbeit? Sie konnte sich nicht erinnern. Jochen wusste die Nummer auswendig.

4

Der Chef will Sie sprechen. In seinem Büro, hatte Frau Grimm, Hartmanns Sekretärin, gesagt. Da war Wolf Heller gerade auf dem Weg nach Hause gewesen. Jetzt saß er in Hartmanns Büro und sah ungeduldig auf die Uhr. Viertel sechs. Er ließ den Blick über die Wände schweifen, hielt kurz an der Karte von West-Berlin inne und fixierte die kleinen Stecknadeln, mit denen Hartmann die Fundorte von Leichen festhielt. Die Stecknadel auf dem Ku'damm war neu. Er schaute zu dem Regal, in dem sich unzählige Akten türmten, weiter zu der Tafel mit den Namen der Kommissare und den Mordfällen, die Hartmann ihnen zugeteilt hatte, weiter zu Fotos, die Hartmann mit Heinz Manteufel, dem Leiter der Inspektion M in der Keithstraße, zeigten, mit dem Regierenden, mit dem Innensenator. Ab nächstem Monat würde das alles der Vergangenheit angehören.

Er zündete sich eine Zigarette an, schlug die Beine übereinander und wartete. Erneut blickte er auf die Uhr. Um sechs hatte er zu Hause sein wollen. Die ganze vergangene Woche hatte er den Kindern versprochen, abends bei ihnen zu sein, sie ins Bett zu bringen, und es dann doch nicht geschafft. Aber das würde sich jetzt ändern. In Zukunft würde es keinen Spätdienst mehr geben, keine Überstunden. Keinen Polizeidienst. Sollten andere die Kerle jagen, die Frauen und Kinder umbrachten, sich gegenseitig Messer in die Brust stachen, sich totprügelten. Seit Paula vor knapp einem halben Jahr den Kampf gegen den Krebs verloren hatte, waren ihm der Job, die Stadt, die Nächte zu viel geworden. Deswegen hatte er eine Entscheidung getroffen.

Als er die nächste Zigarette anzündete, wurde hinter

ihm die Tür aufgerissen und fiel mit einem harten Schlag wieder zu.

Hartmann zielte schnurstracks hinter seinen Schreibtisch und ließ sich schwer auf den Stuhl fallen. Er trug den braunen Anzug, mit dem er anscheinend verwachsen war wie mit seiner Arbeit. Die Frisur Marke Igel hätte einen Schnitt vertragen können.

»Kannst du mir mal erklären, was das hier ist?«

Er kramte ein Schreiben aus einem Stapel Papiere hervor, hielt es Heller vor die Nase.

»Es ist das, wonach es aussieht«, sagte Heller.

Hartmann las vor.

»Daher bitte ich um Entlassung aus dem Polizeidienst. Ferner ersuche ich um unbezahlte Freistellung vom Dienst ab dem kommenden Ersten.«

Hartmann starrte Heller an. Die Adern an den Schläfen pulsten.

»Willst du mich auf den Arm nehmen? Ich hab fünf ungeklärte Mordfälle, Mercier ist auf Fortbildung, der dicke Koch liegt mit Leistenbruch im Krankenhaus, und Wittek hat Urlaub. Und du sagst mir, dass du zum nächsten Ersten aufhören willst?«

Heller drückte seine Zigarette langsam und sorgfältig im Aschenbecher auf Hartmanns Tisch aus. Hartmann sah ihm dabei zu. Die Geste schien ihn noch zorniger zu machen.

»Was ist mit den Morden an den drei Frauen? Was ist mit der Kleinen, die in ihrem Laufstall verhungert ist? Wenn du dich auch noch verdünnisierst, kann ich unseren Laden gleich ganz dichtmachen. Na gut, wen kümmert's? Und all die Drecksäcke sagen sich, sie können so weitermachen, weil es niemanden gibt, der sie einbuchtet.«

Heller schwieg. Hartmann sollte sich eine Weile austoben, danach würde er ihm sagen, dass ihn nichts und niemand von seiner Entscheidung abbringen konnte.

»Ist es wegen Paula?«

Jetzt kam die kumpelhafte Tour. Hartmann legte die Arme auf den Tisch, beugte sich nach vorne, änderte den Ton. Es war wie bei einer Vernehmung. Zuerst gehst du den Verdächtigen hart an, dann bist du verständnisvoll. Du weißt, dass jeder Verdächtige gestehen will, also bereitest du ihm den Weg.

»Das versteh ich doch. Du denkst, dass du dich zu wenig um sie gekümmert hast, dass du schuld bist, weil du dauernd unterwegs warst. Aber ich sag dir was, Krebs ist ein Verbrecher, gegen den wir nichts in der Hand haben. Du hättest vierundzwanzig Stunden am Tag an ihrem Bett sitzen können, und sie wäre trotzdem gestorben.«

Heller schwieg weiter. Er wusste, dass Hartmann recht hatte. Er hätte Paula nicht retten können. Die Uhr zeigte halb sechs.

»Okay, die Kinder. Versteh ich auch. Aber was ist mit deinem Vater? Kann der sich nicht kümmern? Oder eine aus der Nachbarschaft?«

Heller hatte das alles in Gedanken durchgespielt. Sein Vater konnte nicht mit Kindern. Im Haus gab es nur noch Frau Schwalbe. Die war viel zu alt, um es mit zwei Achtjährigen aufzunehmen. Und den Maler im vierten Stock. Eine seltsame Type, dem er die Kinder niemals überlassen würde.

Hartmann merkte, dass er nicht weiterkam. Also noch mal auf die harte Tour.

»Na gut, nehmen wir mal an, ich akzeptiere das Entlassungsgesuch. Dir ist klar, dass du damit deine Pension verlierst? Und dann willst du bis an dein Lebensende Taxi fahren?«

Heller drückte auch die zweite Zigarette in Hartmanns Aschenbecher aus. Dann erhob er sich langsam.

»Werkschutz, Tagschicht, neun Stunden von acht bis fünf. Ich bring die Kleinen morgens in die Schule, ich helfe ihnen bei den Hausaufgaben, mach ihnen Abendessen, bring sie ins Bett«, sagte er.

»Das ist alles?«

»Das ist alles.«

Heller wandte sich zur Tür. Als er den Türgriff herunterdrückte, ließ der harte Ton in Hartmanns Stimme ihn innehalten.

»Warte mal.«

Heller drehte sich langsam herum.

»Die Kleinen werden schon nicht verhungern, wenn du eine halbe Stunde zu spät kommst. Setz dich.«

Was hatte sein Chef noch auf Lager? Hartmann schloss die Schublade in der Mitte des Schreibtischs auf, nahm eine Akte heraus.

»Weißt du, was das ist?«

Es war Hartmanns Bericht zu dem Fall Poljakow. Vergangenes Jahr hatte Heller den sowjetischen Spion auf dem Teufelsberg erschossen. Was wollte Hartmann mit dem Bericht?

»Ich hab dir den Arsch gerettet, Heller, als du diesen verdammten Russen erschossen hast. Erinnerst du dich? Ich hab geschrieben, dass es Notwehr war, um einen Angriff abzuwehren und eine dritte Person zu schützen. Kemper von der Rechtsmedizin hat allerdings zwei Schusswunden festgestellt. Jede einzelne war tödlich. Ich hab die zweite Kugel ignoriert. Weil ich nicht wollte, dass du Ärger kriegst.«

Das war es also. Damit wollte Hartmann ihn zwingen, weiter bei der MI in der Keithstraße zu bleiben.

»Setz dich«, sagte Hartmann.

Heller ging langsam zum Schreibtisch zurück. Hartmann nahm eine weitere Akte vom Schreibtisch und hielt sie Heller hin. Ein Name stand darauf: *Barbara Albrecht*. Heller kannte die Frau. Nicht persönlich, aber man kam nicht um sie herum, weil sie regelmäßig in der *B.Z.* auftauchte.

»Heute Morgen haben wir eine Leiche in der Baugrube des Ku'damm-Karrees gefunden. Scheint ein Student zu sein, der an einem Saugrohr rumgefummelt hat. Name ist noch unbekannt. Es gibt auch wieder ein Flugblatt, in dem die Albrecht angegriffen wird. Mein Bauch sagt mir, dass das nicht die ganze Geschichte ist.«

Heller hob abwehrend die Hände. Die Gefahr war zu groß, dass der Ermittler in ihm alle Zweifel beiseitewischte und nach der Akte wie ein Drogensüchtiger nach dem nächsten Schuss griff. Hartmann öffnete die Akte. Ein Foto von Barbara Albrecht lag zuoberst. Eine attraktive Frau, die eng mit der West-Berliner Politik verbandelt war, eine Affäre mit dem Senatsbaudirektor hatte und ein Großprojekt nach dem anderen hochzog. Er würde eine Weile an dem Fall arbeiten und am Ende zurückgepfiffen werden, weil er irgendjemandem aus dem Rathaus oder mit viel Geld zu nahe kam.

»Dieser Fall noch, danach kannst du von mir aus Kindergärtner werden.«

»Willst du mich unter Druck setzen? Mit deinem Bericht? Ich hab Poljakow erschossen, weil er sonst Louise Mackenzie umgebracht hätte. Das war die erste Kugel. Die zweite war, weil ich gedacht habe, dass sie diesen Drecksrussen auf der Glienicker Brücke austauschen, wenn ich ihn am Leben lasse. Von mir aus kannst du mit deinem beschissenen Bericht zu Manteufel oder zu Hübner gehen. Ich bin raus«, sagte Heller.

Er grüßte mit der Hand seitlich an der Stirn und verließ Hartmanns Büro. Als er auf die Straße hinaustrat, hatten sich dunkle Wolken zusammengezogen. Ein scharfer Wind wehte von Westen her, wirbelte Blätter und herumliegende Zeitungen auf. Irgendwo schlug ein Fenster auf und zu. Heller straffte den Rücken. Ein tonnenschweres Gewicht fiel von seinen Schultern ab. Er hatte es getan. Er hatte gekündigt. Auch wenn er noch nicht genau wusste, wie es nun weitergehen sollte, war es dennoch die richtige Entscheidung. Er sah auf die Uhr. Es fiel ihm wieder ein: Ein Otto Kalb von der Firma *Merkur Hausverwaltungen* hatte sich für sechs Uhr angekündigt. Jetzt war es Viertel vor. Er würde ein paar Minuten zu spät kommen.

5

Ein weißer BMW 2000C stand an der Ecke Luckauer Straße. Heller parkte seinen Citroën DS neben dem BMW. Zwei Jungs spielten in der Nähe Fußball. Heller schickte sie weg, weil er befürchtete, dass der Ball gegen den Wagen prallen könnte. Vor einem halben Jahr hatte er sich einen Traum erfüllt. Eine »Déesse«, eine »Göttin«, wie Kenner das Modell nannten, in Dunkelrot. Es war weltweit das einzige Auto mit einer hydropneumatischen Federung, das dem Fahrer das Gefühl gab, in einer göttlichen Sänfte unterwegs zu sein. Er hatte viel Geld dafür bezahlt und musste alle paar Wochen in der Werkstatt die Hydropneumatik reparieren lassen. Ein Franzose eben.

Er lief in die Sebastianstraße und öffnete die Tür zu dem Haus, in dem er und die Kinder immer noch wohnten. Außer ihm waren Frau Schwalbe in der ersten Etage und dieser Maler in der vierten die letzten Mieter. Das

Haus sollte abgerissen werden. Angeblich waren die Wasserleitungen undicht. Bei Frau Schwalbe tropfte es seit einer Woche von der Decke. Heller hatte den Verdacht, dass der Schaden mit den zwei Mitarbeitern der Hausverwaltung zusammenhing, die in der leeren Wohnung über der Schwalbe gewesen waren.

Als er die Treppe hochstieg, hielt ihn Frau Schwalbe auf. Sie war weit in den Achtzigern und fast blind. Die Gläser ihrer Brille waren dick wie Glasbausteine. Otto Kalb sei bei ihr gewesen und habe sie höchstpersönlich aufgefordert, auszuziehen, weil das Haus baupolizeilich nicht mehr sicher sei.

»Eine Stunde lang hat er in meiner Küche gesessen und eine ganze Tafel Schokolade gefuttert. Stimmt das? Muss ich jetzt ausziehen?«, fragte sie sichtlich aufgewühlt.

»Nein. Müssen Sie nicht. Der soll uns erst mal das Gutachten zeigen«, sagte Heller.

»Wo soll ich denn hin? Ich hab doch niemanden mehr.«

»Machen Sie sich mal keine Sorgen, Frau Schwalbe. So schnell schießen die Preußen auch wieder nicht.«

»Ihr Wort in Gottes Ohr.«

Heller lehnte Frau Schwalbes Einladung auf einen Eierlikör ab, wünschte einen guten Abend und ging hoch.

Als er die Wohnung betrat, war es totenstill. Eine seltsame Atmosphäre, als stünde die Luft unter Strom. Er trat in die Küche. Astrid saß auf einem Stuhl und weinte.

»Was ist passiert?«, fragte Heller. »Wo ist Jochen?«

Astrid deutete in Richtung Wohnzimmer. Heller stürzte zur Zimmertür, riss sie auf. In dem gelben Sessel saß ein Mann, den er nicht kannte. Wahrscheinlich Otto Kalb, mit dem er eine Verabredung hatte und der auch bei Frau Schwalbe gewesen war. Er hatte einen hochroten Kopf, atmete schwer. Auf seinem Schoß saß Jochen. Mit dem linken Arm hielt der Mann Jochen fest, die rechte Hand hatte er in seiner Hose vergraben.

Etwas zog sich in Heller zusammen. Wie immer, wenn es um die Kinder ging.

»Lass den Jungen los«, schrie er.

Kalb schob den Jungen eilig von sich.

»Er wollte auf meinem Schoß sitzen«, sagte Kalb mit einem dümmlichen Grinsen.

»Das stimmt nicht!«, heulte Jochen.

Natürlich stimmte es nicht. Mit zwei Schritten war Heller bei Kalb, schlug ihm die Faust ins Gesicht. Das Knacken des Nasenbeins war deutlich zu hören. Blut ergoss sich auf Kalbs weißes Hemd. Kalb hielt sich die Hand an die Nase. Das Blut tropfte zwischen seinen Fingern hindurch.

»Was hast du mit dem Jungen gemacht?« Heller war außer sich. »Was willst du in meiner Wohnung?«

»Deine Wohnung?«, jammerte Kalb. »Das ist nicht deine Wohnung. Und morgen seid ihr hier raus, sonst komme ich mit ein paar Jungs, die den ganzen Krempel auf die Straße schmeißen und euch gleich hinterher.«

Obwohl der Mann bestimmt zwei Zentner wog, riss Heller ihn wie nichts aus dem Sessel hoch, zog ihn am Kragen aus dem Wohnzimmer, den Flur entlang bis zur Wohnungstür.

»Das wirst du mir büßen«, ächzte Kalb. »Du kannst schon mal überlegen, was aus deinen Bälgern wird, wenn du im Knast sitzt.«

Im Hausflur drückte Heller Kalbs Oberkörper weit über das Treppengeländer.

»Wenn ich dich noch einmal hier sehe, schlag ich dich tot. Hast du verstanden?«, brüllte er.

Er schob den Dicken noch weiter über das Geländer. Kalb blickte über die Schulter nach hinten. Ein Abgrund, drei Stockwerke tief.

»Hör auf, Mann. Willst du mich umbringen?«

»Hast du das verstanden?«

»Ja. Ich hab verstanden.«

»Gut.«

Als Heller Kalb zurückziehen wollte, war ein hartes Knacken zu hören. Das Holzgeländer war morsch, baufällig, wie fast alles an dem Haus. Es war nach dem Krieg zweimal notdürftig geflickt worden und hätte schon längst erneuert werden müssen. Jetzt brach es.

Kalb ruderte mit den Armen, versuchte, nach Hellers Jacke zu greifen.

»Halt mich!«, schrie er.

Heller stemmte die Füße gegen den Sockel des Geländers, versuchte, Kalb zurück auf die Beine zu ziehen. Aber der Mann war zu schwer. Heller schaffte es nicht, ihn festzuhalten. Um nicht selbst mit in die Tiefe gerissen zu werden, ließ er den Dicken los. Ein lang gezogener Schrei, den ein dumpfer Aufprall beendete.

Heller sah nach unten. Kalb lag auf dem Steinfußboden. Die alte Frau Schwalbe beugte sich im ersten Stock übers Geländer, sah zu dem Toten hinunter, dann schwenkte ihr Blick langsam nach oben zu Heller. Frau Schwalbe verstand augenblicklich, was geschehen war. Sie nickte. Dann stieg sie die Treppe hinab und verriegelte die Haustür.

»Ist er tot?«

Heller fuhr herum. Jochen stand hinter ihm. Astrid daneben. Beide zitterten.

»Geht rein«, sagte Heller.

Er schob die Kinder zurück in die Wohnung. Im Wohnzimmer setzten sie sich auf das Sofa. Die Hände im Schoß gefaltet, als hätten sie etwas Schlimmes getan und erwarteten ihre Strafe. Heller setzte sich ihnen gegenüber.

»Ich habe euch gesagt, ihr sollt niemanden reinlassen. Habe ich euch das gesagt?«

»Ja«, sagten sie unisono.

»Warum habt ihr es trotzdem gemacht?«

Jochen erzählte von den Drohungen. Seine Stimme zitterte, bis er wieder anfing zu weinen.

»Du warst nicht da«, sagte Astrid trotzig.

»Ja, das stimmt«, nuschelte Heller. »Hat er dir was getan?«

Jochen zuckte mit den Schultern, als wüsste er nicht, was Heller meinte.

»Hat er dich angefasst?«

Jochen schüttelte den Kopf.

Ein Stein fiel Heller vom Herzen, so groß, dass sein Poltern in ganz Berlin zu hören sein musste. Er kniete sich vor die Kinder, nahm Jochen in den linken und Astrid in den rechten Arm.

»Tut mir leid«, sagte er. »Es passiert nicht wieder.«

So verharrten sie eine Weile. Wie Laokoon und seine Söhne, bevor die Schlangen kommen. Als sie alle drei gleichmäßig zu atmen begannen, löste sich Heller.

»Ich bin in einer Stunde wieder da. Dann gehen wir Eis essen.«

Heller erhob sich, strich den Kindern über die Köpfe.

»Und noch was. Wenn jemand nach dem Mann fragt, wisst ihr nichts. Ist das klar?«

In den ängstlichen Gesichtern der Kinder konnte Heller sehen, dass überhaupt nichts klar war.

»Ist das klar?«, wiederholte er nachdrücklich.

Die beiden nickten.

»Gut.«

Er stand einen Augenblick da wie jemand, der sich verirrt hatte und nicht wusste, welchen Weg er einschlagen sollte. Er hatte einen Mann umgebracht. Nein. Nicht umgebracht. Es würde als Körperverletzung mit Todesfolge durchgehen. Das hieß aber trotzdem Knast. Mindestens ein Jahr, vielleicht auch drei. Als er sich vorstellte, dass die Kinder dann im Heim landen würden, wusste er, dass er die Leiche loswerden musste. Sofort. Bevor jemand kam und nach Otto Kalb suchte.

Er verließ die Wohnung. Rannte die Treppe hinunter. Packte den toten Kalb und zerrte ihn in den Keller. Legte ihn ins Kohlenlager und begrub ihn unter Briketts. Hier war die Leiche fürs Erste sicher.

In der Luckauer Straße gab es eine Telefonzelle. Er lief hin und wählte eine Nummer, die er auswendig kannte. Eine vertraute Stimme meldete sich.

»Ryan King.«

Aus dem Hörer schallte ihm der *Alabama Song* von den Doors entgegen. Im *Kings-Club* in der Krumme Straße war offenbar alles wie immer.

»Ich bin's«, sagte Heller.

»Was gibt's?«

Eine Polizeisirene durchschnitt die Welt. Heller wartete mit angehaltenem Atem, bis sie leiser wurde und schließlich nicht mehr zu hören war.

»Du musst mir helfen.«

»Sag.«

»Ich muss was transportieren.«

Mehr musste Heller nicht sagen. Nicht, was transportiert werden sollte, nicht, wohin, und auch nicht, warum. Zwischen Ryan und ihm bestand diese spezielle Sorte Freundschaft, die keine Erklärungen brauchte. Sie beide konnten am Tonfall erkennen, wenn der andere in Schwierigkeiten steckte.

»Sofort?«

»Ja.«

»Okay«, sagte Ryan. »Wo bist du?«

6

Lothar Borowski war groß, blond, blauäugig, hatte ein ebenmäßiges Gesicht, als hätte bei der Geburt Arno Breker noch schnell Hand angelegt. Den »schönen Lothar« nannten ihn die Zeitungen. Das klang anerkennend und war doch abschätzig gemeint. Ein Senatsbaudirektor wie aus dem Neckermann-Katalog konnte nichts taugen. Nicht in Berlin. Politiker hatten normal zu sein, keine Schönlinge. Bald nachdem er befördert worden war, hatte Bibi Albrecht ein Verhältnis mit ihm begonnen, über das allerlei Pikantes in den West-Berliner Zeitungen gemutmaßt wurde. Bis an die Schwelle der Unterstellung.

Sie hatte ihn ins *Kempinski* bestellt, und er war sofort gekommen.

Sie waren nackt. Borowski lag in dem riesigen Bett auf dem Bauch, Bibi saß aufrecht, nahm zwei Zigaretten aus einem goldenen Etui, zündete sie an, reichte eine davon Borowski.

»Gibt es was Neues in Sachen Bürgschaft?«, flüsterte sie.

»Du bist unglaublich. Wahrscheinlich denkst du auch ans Geschäft, wenn ich es dir besorge.«

»Ich denke nicht ans Geschäft, ich denke an Berlin, mein Lieber. Im Gegensatz zu dir.«

»Ich habe da keine Kontrolle mehr. Es ist ja auch erst mal nur eine Prüfung.«

»Nein, es ist nicht nur eine Prüfung.«

Sie blieb ruhig, obwohl es sich um ein heikles Thema handelte.

»Wenn der Senat die Bürgschaft zurückzieht, bricht mir beim Ku'damm-Karree die Finanzierung zusammen. Deshalb will ich, dass du dich darum kümmerst, hast du verstanden?«

Borowski zog an der Zigarette. Der Rauch hüllte Bibi ein. Er fuhr mit der Hand langsam an ihrem rechten Bein hoch.

»Hör auf«, sagte sie entnervt.

Mit einem Ruck entzog sie sich ihm, stand auf und begann, sich anzuziehen. Borowski drehte sich auf den Rücken, drückte die Zigarette aus. Das wöchentliche Schäferstündchen war vorüber.

»Ich kapier nicht, wo du diese Energie hernimmst«, sagte er. »Ich könnte bis morgen früh schlafen.«

»Die Suite ist für vierundzwanzig Stunden gemietet.«

Durch das Fenster im vierten Stock sah Bibi, wie Müllmänner im Hof des *Kempinski* mehrere Mülltonnen in einen Wagen der Berliner Stadtreinigung leerten. Seit die Stadtreinigung vor einem Monat für ein paar Tage gestreikt hatte und die Mülltonnen in der Garage ihrer Villa überfüllt waren, wunderte sie sich, welche Unmengen an Abfall eine Stadt wie Berlin produzierte.

»Ich habe gehört, es gibt Probleme mit dem Berliner Müll«, sagte sie.

»Darüber darf ich mit dir nicht sprechen«, sagte er. »Und das weißt du genau.«

»Ihr braucht zusätzlich zur Verbrennungsanlage in Ruhleben noch eine zweite. Aber für die fehlt der Platz«, sagte Bibi.

»Woher weißt du das denn schon wieder?«

»Steht alles in der Zeitung. Muss man nur kombinieren. Macht ihr da endlich mal was?«

»Ja, aber das ist eigentlich so geheim, dass noch nicht mal der Regierende davon weiß.«

»Was ja nicht wirklich überraschend ist. Also, habt ihr schon eine Idee, wie ihr das Problem lösen wollt?«

»Kann sein.«

Borowski stand aus dem Bett auf. Sie drehte ihm den Rücken zu, er zog den Reißverschluss ihres Kleides hoch, ging ins Badezimmer.

»Falls nicht, hätte ich eine Idee, wie ihr das Problem lösen könnt.«

Sie hörte, wie er pinkelte.

»Bibi, hier geht es um Müll. Das ist erstens nicht dein Geschäft, und zweitens wird da mit härteren Bandagen gekämpft, als du gewohnt bist. »

Die Toilettenspülung wurde betätigt.

»Ich habe mit Bach telefoniert«, sagte Bibi leise.

Borowski kam zurück ins Zimmer. Er war verblüfft.

»Was hast du da gerade gesagt? Woher kennst du Bach?«

»Er war vor zwei Jahren bei der Einweihung der Jerusalem-Kirche in Kreuzberg. Seitdem telefonieren der Bundesbeauftragte für West-Berlin und ich gelegentlich. Bei unserem letzten Telefonat vor einer Woche habe ich ihm gesagt, dass es eine Möglichkeit gibt, wie das Problem gelöst werden kann.«

Borowski konnte seine Fassungslosigkeit kaum verbergen.

»Dann ist das Projekt *Hades* deine Idee?«, rutschte es ihm heraus.

»Also sprichst du doch mit mir darüber«, lächelte sie.

»Ja, weil Bach mich angerufen und gesagt hat, dass Bonn in Erwägung zieht, den Müll in der DDR zu entsorgen. Wobei das alles unter dem Radar laufen müsste.

Offiziell machen wir keine Geschäfte mit dem Osten. Dich hat er allerdings mit keinem Wort erwähnt.«

»Vielleicht weil er die gute Idee als seine eigene ausgeben wollte.«

»Verdammt noch mal, Bibi, wenn bekannt wird, dass du in der Sache drinsteckst, weiß jeder, woher du die Informationen hast. Und dann bin ich die längste Zeit Senatsbaudirektor gewesen!« Borowski schaute angestrengt aus dem Fenster.

»Ist es das?«, jammerte er. »Willst du mich ausbooten? Ist das die Revanche, weil die Bürgschaft geprüft wird?«

»Keine Revanche, Schatz. Aber du weißt auch, dass alles im Leben ein Geben und Nehmen ist.«

»Du bist so ein durchtriebenes Miststück.«

Borowski sah zu, wie sie ihre Strickweste zuknöpfte. Als sie fertig war, umarmte sie ihn und küsste ihn sanft.

»Jetzt tu nicht so, als ob ich die Schlange bin, die den armen Borowski verführt hat. Du bist auf mich zugekommen. Und es war nicht zu deinem Schaden. Von welchem Geld hast du dein Ferienhaus auf Sylt gekauft? Lass mich raten! Von deinem Gehalt als Beamter? Und warum noch mal wurde der Kaufpreis überraschend um die Hälfte gesenkt?«

Sie schlüpfte in ihre Schuhe, die sie fünf Zentimeter größer machten, nahm ihre Handtasche.

»Drohst du mir?«

»Nein, das habe ich nicht nötig, oder?«

»Na gut. Dann ist das wenigstens geklärt. Aus dem Müllgeschäft hältst du dich raus, Babsi. Verstanden?«

Babsi. Der blödeste Kosename, der für eine Barbara zur Verfügung stand. Aber es war nicht die Sorte Vokabular, mit dem man sie einschüchtern konnte. Dafür hatte sie schon zu viel erlebt. Sich mit den Chefs von Baufirmen herumgeschlagen, die dachten, sie sei ein kleines Mäuschen, das sie über den Tisch ziehen konnten. Nur, um dann festzustellen, dass sie von Barbara Albrecht über den Tisch gezogen wurden. Weil sie im Minirock, mit tiefem Ausschnitt und diesem speziellen Schlafzimmerblick um die Ecke kam und die Kerle sie nicht ernst nahmen.

»Du kennst mich«, sagte sie und lächelte ihn an.

Als sie die Hotelzimmertür öffnete, drehte sie sich noch einmal um.

»Der Pommery ist übrigens bezahlt.«

Die Tür fiel ins Schloss. Borowski blieb sprachlos zurück. Er musste die Geschichte mit ihr beenden, bevor sie ihn in einen Skandal verwickeln würde. Er wäre nicht der erste. Bibi Albrecht ließ Leute fallen, wenn sie deren Dienste nicht mehr benötigte. Die Bürgschaft konnte sie von jetzt an vergessen. Er nahm den Telefonhörer, ließ sich ein Amt geben und rief Leo Schlicht an.

7

Heller stand in der Tür zu Hartmanns Büro. Der Raum war rauchgeschwängert. Hartmann hielt den Telefonhörer ans Ohr. Stumm winkte er Heller herein.

»Ich weiß. Aber ich habe hier zurzeit nur drei Beamte. Wenn Sie eine Idee haben, wie ich mit so wenigen Leuten die Abteilung führen soll, bin ich ganz Ohr … Ja, mache ich. Danke. Wiederhören.«

Er legte auf, nahm seine Zigarre aus dem Aschenbecher, zog daran, als wollte er sie mit einem Zug aufrauchen.

»Was gibt's?«, fragte er in Hellers Richtung. »Ich hab dein Entlassungsgesuch an Manteufel weitergegeben.«

»Hast du schon jemanden für den Albrecht-Fall?«

»Nein.«

»Dann hast du jetzt jemanden.«

Heller setzte sich und schlug die Beine übereinander. Hartmann sah ihn erstaunt an.

»Auf einmal?«

Er griff sich eine Akte von einem Stapel, öffnete sie und blätterte lustlos darin herum. Heller streckte die Hand nach der Akte aus.

»Du kannst die Albrecht haben. Aber vorher sagst du mir, was zu dem Sinneswandel geführt hat.«

»Ich mache es, weil du gejammert hast, dass du zu wenig Leute hast«, sagte Heller.

Auch wenn es offensichtlich ein vorgetäuschtes Argument war, akzeptierte Hartmann es. Heller wurde seit Längerem nicht mehr aus seinem Chef schlau. Niemand wusste so richtig, was sein Problem war. Vielleicht ging es um Manteufel und wer ihn beerben sollte.

Hartmann reichte Heller die Akte.

»Hast du das Foto in der Zeitung gesehen?«, fragte er.

Auf der Titelseite der *B.Z.*, die obenauf in der Akte lag, war Barbara Albrecht zusammen mit Lothar Borowski beim Verlassen des Hotel *Kempinski* abgedruckt. Darunter die Zeile: *Was flüstert der Senatsbaudirektor der Baulöwin ins Ohr, wenn er sich mit ihr im Kempi trifft?*

»Einfach eine tolle Frau«, sagte Hartmann und pfiff leise durch die Zähne.

Heller nahm die Zeitung, überflog den Artikel.

»Sie hat bei dem Grundstück am Ku'damm alle Konkurrenten ausgestochen«, sagte Hartmann. »Jetzt haben sie im Abgeordnetenhaus einen Untersuchungsausschuss eingerichtet. Sie wollen die Vorgänge um die Senatsbürgschaft aufarbeiten. Aber vermutlich wird es so wie immer laufen. Viel Getöse, wenig Erlöse.«

Heller schlug die Akte zu.

»Muss ich sonst noch was wissen?«, fragte er.

»Erst mal nicht.«

Als Heller das Büro verlassen wollte, hielt Hartmann ihn doch noch auf.

»Warte mal, beinahe hätte ich es vergessen. Du kriegst in den nächsten Tagen Unterstützung. Hübner will uns bei Albrecht unter die Arme greifen.«

Heller hielt überrascht inne. Der Polizeipräsident wollte die Mordermittler in der Keithstraße unterstützen? Das war ja mal was völlig Neues.

»Wen schickt er? Kenn ich den?«

»Er ist eine Sie. Vera Jung. Kommt aus Bonn. Welche Abteilung, hat Hübner nicht gesagt. Soll eine ganz Taffe sein.«

»Wenn die aus Bonn kommt, ermittelt sie ja wohl nicht im Mordfall Ku'damm-Karree«, wunderte sich Heller.

»Glaube ich auch nicht. Wahrscheinlich geht es eher um die Albrecht und ihre Verbindungen zu Borowski.«

»Also Wirtschaftskriminalität?«

»Keine Ahnung.«

Heller nickte und tat so, als würde ihn die Nachricht nicht weiter kümmern. Er klemmte sich die Akte unter den Arm und verließ Hartmanns Büro grußlos.

Als er auf die Straße hinaustrat, regnete es. Dünne Strähnen, als wollte Petrus letzte Reste loswerden. Heller ging zur DS. Er fluchte still vor sich hin. Er hatte gedacht, er könnte das Problem Kalb lösen, indem er den Fall Albrecht übernahm. Sollte allerdings diese Vera Jung zu Albrecht und Borowski ermitteln, konnte es sein, dass sie auf Otto Kalb stieß. Er blieb neben dem Wagen stehen, wollte sich eine Zigarette anzünden. Das Päckchen war leer. Heller zerknüllte es und warf es in den Rinnstein. Wenn die Leiche nicht auftaucht, kann mir eigentlich nichts passieren, dachte er. Ryan hatte zwar nicht gesagt, wie und wo er Kalb hatte verschwinden lassen, aber das war auch nicht nötig. Heller wusste, dass er sich hundertprozentig auf ihn verlassen konnte. Und er selbst würde dafür sorgen, dass sich in der Mordkommission niemand sonst auf die Suche nach Kalb machte. Nur die alte Frau Schwalbe war ein Risiko. Und Jochen und Astrid. Sollte jemand sie unter Druck setzen, würden sie erzählen, was geschehen war. Und das wäre dann das Ende. Aber er hatte eine Idee.

8

»Wir machen eine Woche Urlaub bei Petra auf dem Bauernhof«, sagte Heller, und die Kinder freuten sich wie Bolle, Hellers Halbschwester wiederzusehen. Er hatte bei *Woolworth* zwei bunte Koffer gekauft, und die Kinder packten nun Kleidung, ein Mensch-ärgere-dich-nicht-Spiel, Astrid eine Puppe und Jochen seine Matchbox-Autos ein. Außerdem den zweiten Band von *Winnetou*. Jochen war Old Shatterhand und Astrid Winnetou. Es hatte Streit gegeben, weil ein Mädchen eigentlich kein Indianerhäuptling sein konnte. Doch da Winnetou lange Haare hatte, musste Jochen nachgeben. Bevor es losging, hatte Heller noch einen Termin.

Mit den Kindern auf der Rückbank fuhr er zum Grünen Haus in der Invalidenstraße. Warum das Leichenschauhaus so genannt wurde, wusste niemand, grün war es jedenfalls nicht. Im Radio brachte der *RIAS* Nachrichten. Auch über den Toten aus der Baugrube. Angeblich war er ein Terrorist. Woher der Reporter diese Informationen hatte, war Heller ein Rätsel.

Als er den Wagen eingeparkt hatte, drehte er sich zu

Astrid und Jochen herum. Die beiden saßen brav nebeneinander auf der Rückbank und hielten ihre Koffer auf dem Schoß.

»Ihr wartet hier. Ich bin in einer halben Stunde wieder da.«

Er gab beiden eine Cola und ein Mars.

»Warum dürfen wir nicht mit reinkommen?«, fragte Jochen und blickte zu dem Grünen Haus.

»Weil das dadrinnen nichts für Kinder ist«, antwortete Heller.

»Warum? Was ist dadrin?«

»Lauter Tote«, sagte Heller.

»Auch der Terrorist?«, fragte Astrid.

»Ich lass das Radio an, dann könnt ihr Musik hören.«

»Was ist ein Terrorist?«, fragte Jochen.

»Der dicke Mann, den Papa runtergeschmissen hat«, meinte Astrid naseweis.

Heller wollte Astrid zurechtweisen, ließ es dann aber sein. Es würde nichts nützen. Das Erlebnis hatte sich den Kindern ins Gedächtnis eingebrannt. Und deswegen war es besser, er brachte sie, so schnell es ging, aus Berlin weg. Sie würden bei Petra wohnen. Er würde sie noch während der Ferien von der Schule abmelden und bei einer Schule in Petras Nähe anmelden. Sie würden neue Freunde finden. Und vergessen, was passiert war. Hoffentlich.

Heller stieg aus, schloss die Tür des Wagens zu. Er zündete sich eine Zigarette an, inhalierte den Rauch und hielt die Luft an. Neben der Tür zum Rechtsmedizinischen Institut erwartete ihn Dr. Kemper.

»Ist es schon so schlimm mit dem Personalmangel in der Keithstraße, dass ihr jetzt Kinder einstellt?«, fragte Kemper und deutete auf den Citroën.

»Wir fahren zu meiner Schwester. Die Kinder sollen

mal sehen, woher die Eier und die Wurst kommen, die sie jeden Tag essen.«

»Wer hätte gedacht, dass Sie doch noch ein guter Vater werden.«

Dr. Kemper lachte und gab Heller ein Zeichen, ihm zu folgen. Heller schnippte die Kippe ins Gebüsch. Schweigend, als wollten sie die Ruhe der Toten nicht stören, betraten sie das Institut. Ihre Schritte hallten auf dem gewienerten Linoleum. Der lange Gang führte sie zu dem Raum mit der Tür aus blindem Glas. Es roch süßlich nach Verwesung, als sie eintraten. Der Raum hatte keine Fenster, die Wände waren mit abwaschbarer Farbe gestrichen. Trotzdem würde der Geruch für alle Zeit hier hängen bleiben. Fünf der sieben Seziertische waren leer. Auf dem dritten lag ein Junge, noch keine zehn Jahre alt.

»*Homo homini lupus*«, seufzte Kemper, als sie die Leiche passierten. »Der Mensch ist dem Menschen ein Wolf. Nach den Erfahrungen, die ich hier mache, müsste ich es allerdings anders übersetzen. Nicht der Mensch, der Mann ist dem Menschen ein Wolf.« Er blickte Heller an. »Aber damit sind natürlich nicht Sie gemeint, Herr Oberkommissar.«

Heller sah Kemper verwundert an. Der Mann ist dem Menschen ein Wolf. Darüber hatte er noch nicht nachgedacht.

»Und eigentlich ist es eine Beleidigung für Wölfe«, fügte Dr. Kemper noch hinzu.

Heller beobachtete den Rechtsmediziner. Er hatte sich schon oft gefragt, wie ein Arzt diesen Beruf ausüben konnte. Natürlich waren Kempers Dienste von enormem Wert für die Ermittlungen. Aber jeden Tag Leichen aufschneiden? Sogar die von Kindern, um das Vorgehen der Mörder nachzuvollziehen? Dafür musste man ein besonderes Gemüt haben.

Der junge Mann aus der Baugrube lag auf dem hinteren Tisch. Sein Brustkorb klaffte weit auseinander, die Organe lagen in Metallschüsseln, die Kopfhaut war nach hinten gerollt, die Schädeldecke geöffnet. Sein rechter Arm fand sich zwischen den Füßen.

»Der Arm ist von dem Sauger abgerissen worden. Da muss eine ordentliche Kraft dahinterstecken«, sagte Dr. Kemper so nüchtern, als würde er einen rein mechanischen Vorgang beschreiben. Er deutete auf die Schulter, an der das Gelenk, die Sehnen und die Arterien offen lagen.

»Durch die Schmerzen in Verbindung mit dem starken Blutverlust hat er einen Schock erlitten. Daraufhin ist er ohnmächtig geworden und ertrunken. Soweit ich das beurteilen kann, gab es keine äußere Gewalteinwirkung. Zumindest keine physische.«

Heller blickte Kemper fragend an.

»Aber jemand muss ihm eingeredet haben, dass es eine gute Idee ist, ein Saugrohr zu verstopfen. Hartmann hat gesagt, es gibt ein Flugblatt«, erklärte Kemper.

Heller nickte. Er hatte das Flugblatt in der Akte gesehen. Es sollte so klingen, als wäre der Text von linken Studenten geschrieben worden.

»Er könnte durchaus einer von den Linken sein«, sagte Dr. Kemper.

»Ja, scheint so.«

Heller hatte keine Lust, mit Kemper zu diskutieren.

»Aber dafür ist er eigentlich zu jung. Ich würde sagen, er ist siebzehn, eher jünger.«

Heller dachte nach. Siebzehn. Steigt in eine Baugrube. Um das Saugrohr zuzustopfen. Warum? Die Aktion hielt die Bauarbeiten ein paar Tage auf, dann ging es weiter wie zuvor. Gehörte der junge Mann wirklich zu den Linken? Oder steckte ein Konkurrent dahinter? Jemand, der sauer auf die Albrecht war? Wie auch immer, das Ganze war dilettantisch ausgeführt worden und machte keinen Sinn. Jedenfalls keinen, den Heller erkennen konnte.

Kemper fixierte den Oberkommissar.

»Sie glauben was anderes, habe ich recht?«

Heller schwieg immer noch.

»Und jetzt hätte ich es beinahe vergessen. Das hier steckte in seiner Hosentasche«, sagte Dr. Kemper.

Er drückte Heller einen Zettel mit einer Telefonnummer in die Hand.

»Müssen Ihre Kollegen übersehen haben.«

Heller nickte dem Rechtsmediziner kurz zu und verließ das Grüne Haus. Als er wieder an der frischen Luft war, roch er an seiner Jacke. Der Geruch von verwesendem Fleisch ließ ihn erschaudern. Er ging zu einer Telefonzelle auf der anderen Seite der Straße, warf zwei Zehn-Pfennig-Stücke in den Münzschlitz und wählte die Nummer, die auf dem Zettel stand. Während er dem Rufzeichen lauschte, schaute er zu seinem Wagen hin. Jochen war auf den Fahrersitz geklettert und drehte am Lenkrad. Heller wollte gerade auflegen, als am anderen Ende der Leitung jemand den Hörer abnahm.

»Irmgard Kalb«, sagte eine zitternde Frauenstimme.

Heller hängte sofort den Hörer wieder in die Gabel.

9

Toni Engel lief von Westen her den Ku'damm entlang, überquerte am Adenauerplatz bei Rot die Straße und bog in die Clausewitzstraße ab. Ein paar Bordsteinschwalben, die dort auf Freier warteten, wichen ihm aus. Sie kannten ihn und hatten gehörigen Respekt vor seinem Jähzorn. Toni war vier Jahre lang Berliner Meister im Mittelgewicht gewesen, was man eindeutig an seiner Nase erkennen konnte. Eins fünfundsiebzig groß, dunkles Haar, an der Seite ausrasiert, Backpfeifengesicht. Wenn ihm jemand dumm kam, gab es was auf die Nüsse. So war es auch den beiden Persern ergangen, die ihm sein Mädchen wegnehmen wollten. Er hatte sie krankenhausreif geschlagen. Die würden Rita von jetzt an in Ruhe lassen.

In Tonis Jackentasche steckten drei Aufnahmen, die sein Kumpel Horst bei *Photo Porst* innerhalb von einer Stunde entwickelt hatte. Was die moderne Technik so alles kann, dachte er. Früher hatte so was Tage gedauert. Er hatte die Fotos persönlich abgeholt, weil die unter keinen Umständen an die Presse gehen durften. Dann wäre nämlich der ganze Plan im Arsch. Wobei ihm das egal wäre. Der Penner hatte seine Rita hart rangenommen. Daraufhin hatte er Borowski verprügeln wollen, aber Leo hatte ihn zurückgepfiffen. Die Albrecht will, dass wir ein paar Aufnahmen machen, du weißt schon, welche Sorte, hatte Schlicht gesagt.

Toni konnte Typen wie Borowski nicht leiden. Der war die Sorte neureich, die meinten, sie könnten machen, was sie wollten, weil sie in der Regierung waren. Wenn er sah, wie dieser Kerl sich wie King Rotz aufführte, hätte er ihm am liebsten zweimal am Tag die Fresse poliert. Bei solchen Typen wächst der Charakter nicht mit dem Geld auf dem Konto. Während man da, wo Toni herkam, genau wusste, wie man sich zu benehmen hatte. Im Wedding war man arm, aber man hatte noch einen echten Proleten-Stolz. Du darfst dich von nichts und niemandem bestechen lassen, hatte sein Vater immer zu ihm gesagt. Nicht von den Mächtigen und auch nicht von den Weibern. Sein Vater hatte Stil gehabt. Als die SA ihn 1933 abholte und die Müllerstraße hinunterprügelte, um allen zu zeigen, was sie mit Kommunisten machten, hatte sein Alter nicht klein beigegeben. Jedes Mal, wenn sie ihm die Gewehrkolben in die Nieren stießen, die Knüppel über den Kopf zogen, ihm die Beine wegtraten, stand er wieder auf und stolperte weiter. »Die Internationale« auf den Lippen, während ihm das Blut aus dem Mund und der gebrochenen Nase lief. »Völker hört die Signale, auf zum letzten Gefecht.« Jedenfalls hatte seine Mutter es ihm so erzählt. Borowski war die Sorte, die bestimmt bei der SA mitgemacht hätte.

Als Toni den Nachtklub *Freya* in der Clausewitzstraße erreichte, wies er den dicken Klausi an, die Tür abzuschließen. Klausi gehorchte. Er war der härteste Türsteher von ganz Berlin. Zwei Meter groß und so fett, dass Schläge in die Wampe ihm nichts ausmachten. Es gab daher nur zwei Möglichkeiten, in das geheimnisvollste Etablissement in ganz West-Berlin reinzukommen. Mit Einladung oder über Klausis Leiche.

Toni ging in den Englischen Salon im Hochparterre. Dicke Ledersessel um kleine Tische angeordnet, die Wände mit dunklem Holz verkleidet, an denen Fotografien berühmter Schauspieler hingen, die sich in dem Klub entspannt hatten. Eine Bar, die neben Hochprozentigem für manche Gäste auch Schnee offerierte. Zu jeder Jahreszeit. Hier trafen sich abends und nachts die Reichen und Mächtigen und baldowerten ihre Geschäfte aus. Manchmal, zu besonderen Anlässen, wenn ein Wahlsieg gefeiert wurde oder ein Geschäft, brachten die Politiker ihre Weiber mit. Aufgetakelte Fregatten, die an Leos Lippen hingen und von dem Gedanken aufgegeilt wurden, dass der Mann einige Jahre im Gefängnis verbracht hatte. Aber die Ehefrauen durften nur selten mitkommen, weil sich im ersten Stock über dem Englischen Salon das Paradies befand. Mit Mädchen wie Rita. Jung, hübsch und gelenkig. Die sich im Berliner Zimmer auf Sessel und Sofas fläzten, aus Sektkelchen nippten und bereit waren, in den Spielzimmern jeden Wunsch zu erfüllen. Einen Stock höher hatte Leo Schlicht sein Büro und noch einen Stock höher seine Wohnung. Toni bewunderte Leo. Der Mann wusste, was er wollte, und er wusste, wie er es kriegte. Zu jeder Gelegenheit helles Hemd, drei Knöpfe offen, enge Hose, weiße Schuhe mit Absätzen, und so umgänglich wie ein Krokodil, das seit einem Jahr nichts gefressen hatte.

Toni stürmte durch die unauffällige Tür neben der Bar in den Turm, in dem eine Wendeltreppe nach oben führte. Hoch in den ersten Stock, durchs Berliner Zimmer, in dem zu dieser Zeit tote Hose herrschte, dann den Flur entlang und zum Blauen Zimmer. Blau wurde es nicht nur wegen der Tapete genannt.

Borowski lag mitten auf dem runden Himmelbett auf dem Bauch. Die blaue Satinbettdecke hing vom Bett herunter, das Laken war zerwühlt. Eine Flasche Champagner war umgefallen und hatte ihren Inhalt auf den hellblauen Flokati verteilt.

Toni rüttelte an Borowskis Schulter.

»Hey, du Sack, aufwachen.«

Keine Reaktion.

»Borowski!«

Der Kerl rührte sich nicht. Hoffentlich waren nicht zu viele von den Pillen im Cocktail gewesen, dachte Toni. Er nahm die Schachtel vom Nachttisch. »Eine Tablette Contergan am Abend«, stand darauf. Er hatte drei in das Glas gegeben.

»Komm schon, du Penner, wach auf!«

Er drehte Borowski auf den Rücken. Komisch, der Typ hatte sogar im Schlaf noch einen Harten. Als er Borowski zweimal kräftig auf die Wange schlug, sah er auf dem Kopfkissen bräunlich schwarzen Brei. Hatte der Kerl etwa auf die Seidenbettwäsche gekotzt? Toni horchte an Borowskis Brust.

»Heilige Scheiße«, murmelte er.

Der Mann war tot. Das war eindeutig nicht der Auftrag gewesen. Leo würde ihm einen Einlauf verpassen, der sich gewaschen hatte. Er hatte von Fotos gesprochen, nicht von einer Leiche.

Toni verließ das Blaue Zimmer und eilte an die Bar, wo zwei Kellnerinnen aufräumten und den Abend vorbereiteten.

»Ist Leo schon wach?«

Das Personal wusste es nicht. Vielleicht war er in seinem Büro und zählte die Einnahmen der vergangenen Nacht. Wegen der Messe liefen die Geschäfte hervorragend. Geschäftsleute von überallher probierten das Nachtleben in der Großstadt aus, die als einzige auf der Welt keine Sperrstunde hatte.

Toni stapfte über die Dienstbotentreppe in den zweiten Stock, klopfte vorsichtig an der Tür zu Leos Büro, wartete das genervte »Ja« ab. Dann trat er mit durchgestrecktem Rücken ein.

Das Zimmer lag im Halbdunkel, die Gardinen waren zugezogen, Schlicht wollte nicht, dass man vom Haus gegenüber seiner Lieblingsbeschäftigung zusah. Eingehüllt in einen Morgenmantel, den ihm der japanische Botschafter geschenkt hatte, saß er an einem alten, riesigen Schreibtisch, in dessen Mitte eine mit Leder überzogene Platte eingelassen war. Eine grüne Schreibtischlampe warf schummriges Licht auf mehrere Stapel Scheine, die Schlicht ordentlich sortiert hatte. Fünfziger und Hunderter, darunter auch Dollar, Franc, Pfund und das japanische Zeug, dessen Namen Toni sich nicht merken konnte. Die Einnahmen der Woche, die er später zur

Bank bringen musste. Rechts eine Couch, auf der die Bewerberinnen für das Paradies vorsprachen. Links ein Fernsehgerät und ein Tresor. An den Wänden hingen Fotos, die Schlicht mit Berühmtheiten zeigten. Hotte Buchholz, die Knef, Pfitze, Juhnke, sogar ein paar Amerikaner und Franzosen, die zu den Filmfestspielen nach Berlin gereist waren.

»Hast du die Fotos?«, fragte Schlicht.

Toni legte drei Abzüge auf den Tisch. Sie zeigten Borowski mit zwei nackten Mädchen, darunter Rita, die eine Peitsche schwang. Schlicht nickte Toni anerkennend zu.

»Gut gemacht«, sagte er.

»Ja, ich weiß«, nuschelte Toni.

»Hat er die Fotos schon gesehen?«

»Wie man's nimmt.«

»Was soll das heißen?«

»Er ist tot.«

Leo Schlicht zuckte zusammen, sein massiger Körper geriet in Aufruhr.

»Er ist was?«

Einen Augenblick lang dachte Toni, sein Chef würde explodieren.

»Tot«, murmelte er schuldbewusst.

»Wieso tot?«, brüllte Schlicht.

10

Hundert Stundenkilometer waren auf der Transitstrecke erlaubt. Heller fuhr mit hundertzehn über die Autobahn in Richtung Westen. Die Nähte zwischen den Betonplatten schlugen einen gleichmäßigen Takt, den der Citroën DS locker wegsteckte. Astrid war schon nach ein paar Kilometern eingeschlafen. Jochen sah aus dem Fenster zu den Trabbis hin, die sie spielend überholten. Seit der Begegnung mit Kalb sprach er wenig. Zog sich in sich zurück wie eine Schnecke in ihr Haus. Heller hoffte, dass der Bauernhof ihm half, zu vergessen, was auch immer passiert war.

Heller hatte den Kindern gesagt, sie würden eine Woche lang auf dem Bauernhof mit den Ziegen und Pferden und Hunden spielen können. Petra freute sich. Die Kleinen werden sich wohlfühlen, du kannst sie ruhig bei mir lassen, hatte sie zu ihm gesagt. Weit weg von Berlin, weit weg von dem Ort, an dem ihre Mutter beerdigt worden war. Weit weg von dem Mann, der drei Stockwerke tief in den Tod gestürzt war.

Nach einer Woche wollte er den Kindern sagen, dass er für ein paar Tage zurück nach Berlin fahren müsste. Natürlich würde er nach ein paar Tagen nicht zurückkommen. Die Kinder würden es irgendwann merken und traurig sein. Und dann würde er ihnen erklären, dass er noch einen Fall lösen musste. Sie sollten den Rest der Ferien bei Petra bleiben.

Heller hoffte, sie könnten dort die Trauer abschütteln. Er hatte nachts gehört, wie sie im Bett miteinander flüsterten und weinten. Und er selbst musste dann nicht andauernd so tun, als würde er gut über alles hinwegkommen. Er war dazu übergegangen, mehr zu trinken, als ihm guttat, spürte, wie er hart wurde, wie er sich einen Panzer zulegte. Bei Paula hatte er sich geöffnet, hatte zugelassen, sich zu verlieben. Ich versuche es noch einmal, hatte er in den Himmel gerufen. Aber du musst mir garantieren, dass es gut ausgeht. Es war nicht gut ausgegangen. Jetzt trieb ihn einzig der Gedanke an die Kinder vorwärts. Ließ ihn morgens aufstehen und in die Tage marschieren.

Die Spritanzeige stand kurz vor null. Noch vierzig Kilometer bis zum Grenzübergang. Er hatte in West-Berlin tanken wollen, es dann aber vergessen. Die DS war ein elender Spritfresser, doch mit ein bisschen Glück würde er es bis zur Grenze schaffen. Vorsichtshalber reduzierte er die Geschwindigkeit und ließ die Augen nicht mehr von der Anzeige. Auf der Zonenautobahn stehen zu bleiben war so ziemlich das Dümmste, was ihm passieren konnte.

Eine halbe Stunde später tauchte die Kontrollstelle Marienborn vor ihm auf. Als wäre ein Raumschiff vom Mars gelandet. Er nahm den Fuß vom Gas, ließ den Wagen rollen.

»Warum heißt das Marienborn?«, fragte Astrid. »Ist das wegen Marienkäfern oder wegen der Mutter von Jesus?«

Sie war aufgewacht. Heller drehte sich herum. Das Mädchen war für sein Alter ziemlich klug. Las sich durch den einbändigen Brockhaus, den Paula ihnen zum Geburtstag geschenkt hatte.

»Wenn wir wieder zu Hause sind, müssen wir das nachschlagen«, sagte Heller.

»Oder es hat mit der Marien-Glockenblume zu tun?«, fragte Astrid erneut.

»Ich glaube, der Name kommt von einem wunderschönen Engel, der mit goldenen Flügeln vom Himmel herabgestiegen ist und zwei kleine Kinder, die sich verlaufen hatten, zurück nach Hause gebracht hat.«

»Woher hat der Engel gewusst, wo die Kinder wohnen?«, fragte Jochen.

Er schaute aus dem Fenster zum Himmel hoch, an dem sich ein Berg von weißen Kumuluswolken auftürmte.

»Weil der Engel im Himmel wohnt und alles sieht«, antwortete Heller.

»So wie Mama«, entgegnete Jochen.

»Ja.«

»Mama wohnt nicht im Himmel«, widersprach Astrid so bestimmt, als habe sie nachgeschaut.

»Woher willst du das wissen?«

»Weil es den Himmel mit Gott darin nicht gibt.«

»Warst du schon mal da, oder woher weißt du das so genau?«

Jochen klang jetzt wütend. Die Kinder stritten, und Heller drehte das Autoradio lauter. Elvis sang von *Suspicious Minds*. Manchmal kam es ihm vor, als wüsste das Radio, was die richtigen Songs zur richtigen Zeit waren.

Autos reihten sich zu zwei Schlangen vor der Kontrollstelle auf. Heller musste mehr als eine halbe Stunde warten, ohne dass ein Grund ersichtlich war. Die übliche Schikane. Ein Grenzer kam zur Fahrerseite, Heller kurbelte das Fenster herunter.

»Motor und Radio aus. Fahrzeugpapiere, Reisepass, Transitvisum.«

Der Grenzer hatte eingefallene Wangen und Lippen wie zwei Striche.

Heller drehte den Zündschlüssel und reichte die Papiere heraus. Er kannte das Prozedere. Der Grenzer marschierte zu einem Gebäude, reichte die Papiere durch eine Luke. Ein zweiter Grenzer erschien, sprach ihn in breitem Sächsisch an. »Haben Sie Kinder, Waffen oder Sprengstoff dabei?« Heller wies auf die Zwillinge auf der Rückbank, verneinte den Rest und überlegte, ob der DDR-Uniformierte wohl blind war. Der Unterboden wurde mit einem Gestänge untersucht, an dem ein Spiegel befestigt war, anschließend kam der Kofferraum dran. Was, glaubten die, würde er schmuggeln? Atombomben?

Dann mussten sie im Wagen warten. Du musst Charakter haben, um eine Uniform tragen zu können, sinnierte Heller, sonst fängst du an, die Macht zu genießen, die sie dir verleiht. Und dann wird's gefährlich.

Der erste Grenzer kehrte mit den Papieren zurück. Die Kinder auf dem Rücksitz beobachteten ängstlich, wie er Heller die Papiere in den Wagen reichte.

»Weiterfahren!«

Heller bedankte sich und gab etwas Gas. Nicht zu viel, das könnte für weiteren Ärger sorgen.

»Was machen wir bei Tante Petra?«

»Wir gehen schwimmen, grillen Stockbrot und Würstchen im Lagerfeuer, und wenn das Motorboot noch funktioniert, angeln wir.«

»Und wann sind wir wieder zu Hause?«, fragte Jochen.

»Bald.«

Astrid wusste längst, dass Heller nicht die Wahrheit sagte. Wie ein Hund es merkt, wenn er ins Tierheim gebracht wird.

»Du lügst«, sagte sie.

Die Aral-Tankstelle zwei Kilometer weiter vor Helmstedt hatte geöffnet.

11

Borowski lag nun rücklings auf dem Flokati. Zu dritt standen sie um ihn herum. Schlicht, Toni und Klausi. Der Boss war wütend. Immer wieder trat er Borowski in die Seite. Die Leiche wurde trotzdem nicht wach.

»Was für eine Pissnelke«, knurrte Schlicht.

»Kratzt wegen ein paar Pillen ab«, bestätigte Toni.

»Und was sollen wir jetzt mit ihm machen?«

Schlicht erwartete darauf keine Antwort. Er wusste, dass es keine gab. Jedenfalls keine, die halbwegs brauchbar war. Er hatte Toni ordentlich die Leviten gelesen. Dabei waren die Pillen ja eigentlich seine Idee gewesen. Gib ihm zwei, hatte er zu Toni gesagt. Nein, besser noch drei, damit er nicht zu früh aufwacht. Die Pillen waren schon etwas älter, fast zehn Jahre. Schlicht hatte sie von seiner Frau.

Vor einem Jahr noch hätten sie die Leiche in Ruhleben verbrennen können, aber der Kontaktmann, der ihnen im Müllheizkraftwerk geholfen hatte, war vorsichtig geworden. Reifen ja, hatte er gesagt, aber keine Leichen. Also ein Schwimmkurs im Landwehrkanal? Da würde er bald gefunden werden. Im Grunewald verbuddeln? Die Gefahr war zu groß, dass ein Wildschwein die Leiche ausgraben und als Mittagessen an die Frischlinge verfüttern könnte. Borowski musste so verschwinden, dass keine Spur in Richtung *Freya* wies. Immerhin war bekannt, dass er ein regelmäßiger Gast in dem Klub war.

»Wir könnten ihn in handliche Teile zersägen«, schlug Klausi vor.

»Du willst ihn zersägen? Und dann?«, fragte Schlicht.

»Wir drehen ihn durch den Fleischwolf und verkaufen ihn an den Türken in der Sonnenallee«, sagte Klausi. »Der macht daraus das Zeug, was die Leute jetzt überall fressen, Döner oder so.«

Schlicht und Toni schien das wenig praktikabel. Zu dritt standen sie weiter ratlos um die Leiche herum. Das Erbrochene auf dem Kissen war getrocknet, Borowskis Haut blass. Bettwäsche und Flokati konnten sie wegschmeißen.

»Ich hab eine Idee«, sagte Toni plötzlich. »Wir bringen ihn …«

»Halt!«, unterbrach ihn Schlicht. »Taugt die Idee was?«

»Absolut«, antwortete Toni.

»Gut, dann will ich nichts davon wissen. Mach es einfach und bring den Schwachkopf weg.«

Schlicht klopfte Toni auf die Schulter und verließ das Zimmer. Toni grinste sarkastisch. Es war typisch für Schlicht. Wenn etwas nicht koscher war, hielt er sich raus. Und wenn er nicht wusste, was für eine Idee Toni hatte, konnte ihm auch niemand an den Karren fahren.

»Was ist 'n das für eine Idee?«, fragte Klausi.

»Du holst jetzt erst mal den Cadillac und stellst ihn rückwärts an den Hinterausgang. Dann öffnest du den Kofferraum und kommst wieder hierher. Ich verpacke Borowski inzwischen in den Flokati, und dann bringen wir das Arschloch in den Osten.«

12

Der Bauernhof war groß, hintendran zwei Hektar Wiese. Ein Gemüsegarten für die Selbstversorgung, zwei Dutzend Hühner, sechs Schweine, ein Ziegenpärchen, das sich immerzu stritt, eine Koppel mit drei Fohlen, die etwa einen Monat alt waren, eines davon komplett weiß. Petra hatte den Kindern aufgetragen, sich um die Fohlen zu kümmern.

Sie hatte vor einem Jahr ihre Zelte in Berlin abgebrochen und war auf dem Weg zurück nach Bayern in Clausthal bei einer Hippiekommune hängen geblieben. Heller wusste nicht genau, wovon seine Halbschwester lebte und wie viele Leute auf dem Dreiseithof wohnten. Petra konnte es ihm auch nicht sagen. Manchmal acht, manchmal mehr.

Die Tage schlichen dahin. Die Kinder streichelten die Ponys, jagten die Ziegen, latschten mit Gummistiefeln in den Stall und holten Eier. Petra ging mit ihnen zum

Nachbarn, wo es frische Milch gab und Kälber, die ihnen mit ihren rauen Zungen über die Gesichter leckten. Gleich am ersten Abend hatte Petra am Lagerfeuer Gitarre gespielt und Lieder von Bob Dylan gesungen.

Heller telefonierte mit Hartmann und sagte, dass er ein paar Tage Urlaub brauche. Hartmann brüllte ihn an, verlangte, dass er sofort zurückkommen müsse, und Heller legte einfach auf. Es gefiel ihm auf dem Bauernhof. Kein Vorgesetzter, keine Morde, keine Toten außer dem Huhn, das er direkt am zweiten Tag geschlachtet hatte. Er schlief gut, aß ordentlich. Körperlich zu schuften tat ihm gut.

Und dann hielt er die Ruhe doch nicht aus. Immerzu sah er Kalb auf dem Boden liegen. Er hatte zwar den Zettel weggeworfen, den Dr. Kemper ihm zugesteckt hatte, und durch einen anderen ersetzt, mit der Nummer der Technischen Universität. Aber trotzdem musste er vor Ort sein, um die Ermittlungen zu lenken. Am nächsten Morgen sagte er zu den Kindern, dass sein Chef ihn dringend sehen wollte. Wegen dem Mann, hatte Jochen gefragt. Nein, hatte er geantwortet. Dann trichterte er den Kindern noch einmal ein, dass sie mit niemandem darüber sprechen durften. Auch nicht mit Petra. Die Kinder hatten genickt, als wäre ihnen das längst klar.

»Ich bin bald wieder zurück, und dann angeln wir.«

Astrid und Jochen schauten sich kurz an. Dann rannten sie nach draußen zu den Schweinen. Durch das Küchenfenster sahen Petra und Heller zu, wie sie die Ferkel fütterten.

»Irgendwas ist mit den beiden«, sagte Petra, während sie Geschirr spülte und Heller die Teller zum Abtrocknen reichte.

»Wieso?«, fragte Heller.

»Als ob sie was bedrückt.«

»Ihre Mutter ist gestorben. Gerade ein knappes halbes Jahr her.«

»Ja.«

Sie beobachteten, wie Astrid ein Ferkel auf die Arme nahm und es wie ein Baby wiegte.

»Warum bleibst du nicht für immer? Wir können jemanden brauchen, der zupacken kann«, sagte Petra.

»Das ist der Plan.«

Petra starrte ihn überrascht an. Damit hatte sie nicht gerechnet.

»Du willst Berlin Tschüss sagen? Bist du sicher?«

»Ja.«

Damit war das Thema beendet.

»Okay. Ich muss jetzt los«, sagte Heller.

Die Kinder waren nicht mehr zu sehen.

»Die beiden sind bestimmt bei den Fohlen«, sagte Petra.

»Wenn es nicht klappt …«

Heller sprach den Satz nicht zu Ende, als wollte er den Teufel nicht an die Wand malen. Er legte das Geschirrtuch auf die Ablage vor dem Fenster.

»Es wird klappen.«

Heller umarmte seine Schwester.

»Danke, dass du das machst.«

»Klar.«

Er nahm seinen kleinen Koffer, eilte zum Wagen und fuhr los, ohne sich zu verabschieden. Als der Hof im Rückspiegel immer kleiner wurde, dachte er, dass es richtig war. Petra liebte die Kinder, und die Kinder liebten sie. Hör auf, dir unnötig Gedanken zu machen, sagte er laut. In diesen Zeiten muss man stark sein. Das Beste aus der Situation machen.

Er hielt an einer Esso-Tankstelle. Der Tankwart kümmerte sich ums Benzin, füllte Wasser in die Scheibenwaschanlage, kontrollierte den Ölstand und prüfte den Reifendruck. Als er fertig war, sah er Heller skeptisch an.

»Ist was?«, fragte Heller.

»Haben Sie ein Reh überfahren?«

»Wieso?«

Der Tankwart deutete auf den Kofferraum des DS.

»Da ist was drin. Kann man deutlich hören. Wenn die Sie an der Grenze mit einem Reh oder sonst was erwischen, wandern Sie in den Bau.«

Heller wusste sofort, wovon der Mann sprach. Er öffnete den Kofferraum. Zwei verschwitzte Gesichter schauten ihm ängstlich entgegen.

»Bist du jetzt böse mit uns?«, fragte Jochen.

»Ja. Aber kommt da raus.«

»Müssen wir zurück?«, fragte Astrid.

»Gefällt es euch nicht bei Petra?«

»Doch, aber du musst auch da sein.«

Heller rief von der Tankstelle seine Schwester an und erzählte ihr von der Planänderung. Petra hatte sich schon gesorgt und den ganzen Hof abgesucht. Dann kaufte Heller drei Cola und setzte sich mit den Kindern auf eine Bank, die zu der Bushaltestelle neben der Tankstelle gehörte. Es gab einiges zu besprechen.

»Also, wir machen es folgendermaßen«, sagte er. »Wir bleiben noch ein paar Wochen in Berlin, bevor wir zu Petra ziehen. Aber ein paar Dinge müssen wir regeln. Und ihr müsst mithelfen, sonst wird das nichts. Habt ihr verstanden?«

Die Kinder nickten.

»Okay.«

Heller erklärte ihnen, dass sie, wenn er in den kommenden Wochen Tagschicht hatte, abwechselnd für Einkaufen, Essenkochen und Wohnungputzen verantwortlich waren. Astrid schrieb mit. An manchen Abenden sollten sie alleine ins Bett gehen. Vorher dürften sie fernsehen, aber nur bis die Nachrichten kamen. Die Kinder nickten, und Heller wusste, dass sie schwindelten. Wenn er Nachtschicht hatte, mussten sie morgens leise sein. Heller versprach, sie nie wieder allein bei Petra zurückzulassen. Es wurde eine lange Liste, die sie am Ende zu dritt unterschrieben und auf die sie mit Cola anstießen.

Dann fuhren sie los, hinein in die DDR. 191 Kilometer bis zur Berliner Stadtgrenze. Astrid hatte zu viel Cola getrunken und musste austreten. Also hielt Heller auf einem Parkplatz an. Astrid stieg aus, schaute sich unschlüssig um und kam zum Wagen zurück. Sie wusste nicht, wo sie sich hinhocken sollte.

»Hinter dem Trabbi«, rief Heller.

Das leere Auto am Rande des Parkplatzes, das offenbar schon einige Zeit hier herumstand, bot allerdings kaum Sichtschutz. Astrid schüttelte den Kopf. Heller stieg ebenfalls aus, sah sich um. Da war nichts, wo das Mädchen sich hinhocken konnte. Nur ein Wald hinter einer Wiese.

»Dann geh zu den Bäumen dahinten.«

Da war sie zwar sicher vor den Blicken der Autofahrer, aber es war eben ein dunkler Wald, und der schien Astrid nicht geheuer zu sein. Sie trat von einem Bein aufs andere. Heller verstand.

»Dein Bruder begleitet dich«, sagte er. »Los jetzt.«

»Aber er soll nicht gucken«, forderte Astrid.

Heller schaute Jochen streng an, und der Junge nickte.

»Beeilt euch!«

Die Kinder rannten los, den schmalen Feldweg entlang, auf dem Reifen frische Spuren zurückgelassen hatten. Keine von einem Trabant oder Wartburg, dafür waren sie zu breit, mutmaßte Jochen. Er kannte sich mit

Autos aus. In jeder freien Minute spielten seine Freunde und er Auto-Quartett.

»Die sind von einem Cadillac«, sagte er.

13

Heller zündete sich eine Zigarette an und begutachtete den Trabant. Wieso können die in der DDR keine richtigen Autos bauen, dachte er. Hartmann hatte einmal in die Runde gefragt, wann ein Trabbi seine Höchstgeschwindigkeit erreiche. Es war einer der Dutzende DDR-Witze, mit denen der Leiter der MI die Belegschaft in der Keithstraße unterhielt. Aber Heller erinnerte sich nicht mehr an die Pointe. Er blickte auf die Uhr. Wie lange waren die beiden schon im Wald? Er spähte in die Richtung. Die Sonne blendete ihn. Er wurde unruhig. Als er den Wagen abschloss, um nach ihnen zu sehen, kam ihm Jochen entgegengerannt. Allein.

»Was ist los?«, fragte Heller. »Wo ist deine Schwester?«

»Sie hat gesagt, ich soll mich rumdrehen. Das hab ich gemacht. Und dann hab ich gewartet. Und als ich wieder geguckt hab, war sie auf einmal weg.«

»Hast du sie gesucht?«

»Nein.«

»Warum nicht?«

»Weil sie gesagt hat, ich soll nicht gucken.«

»Hast du nach ihr gerufen?«

»Ja.«

»Und?«

»Sie hat nicht geantwortet.«

»Du bleibst hier beim Wagen«, sagte Heller, und dann rannte er los.

Sie hat sich bestimmt nur verlaufen, sagte er zu sich. Er erreichte den Rand des Waldes. Die Sonne brach blitzartig zwischen den Fichten hindurch. Der Boden war von kleinen Ästen bedeckt, die unter seinen Schritten leise knackten. Er rief nach Astrid, bekam aber keine Antwort. Gab es hier Wölfe? Oder lungerte irgendein Typ in dem Wald herum? Doch wieso sollte jemand ausgerechnet hier auf kleine Mädchen warten, die pinkeln mussten? Hellers Sinne steigerten sich in höchste Alarmbereitschaft. Alles hören, alles sehen, alles riechen. Jedes Detail ist wichtig. Ein Polizist bei der Arbeit. Nur jetzt nicht kühl und analytisch, sondern in einem Zustand wachsender Unruhe.

»Astrid!«, rief er in den Wald hinein. Die Bäume schluckten seine Stimme, als wollten sie nicht gestört werden.

»Astrid!«

Wo konnte sie sein? Warum antwortete sie nicht? Wie tief war sie in den Wald hineingelaufen? Er schaute zu Boden. Gab es Spuren? Vielleicht war er selbst schon zu weit in den Wald hineingelaufen. Also zurück in eine andere Richtung. Und dann bemerkte er etwas.

Nein, nicht etwas, einen Mann. Nackt. Um den Hals ein Seil, das an einem Ast in mehr als drei Metern Höhe festgeknotet war. Am Mund Spuren von Erbrochenem. Die Füße schwebten einen halben Meter über dem Boden, die Zehen fehlten. Wahrscheinlich Wildschweine. Unter ihm eine braune Pfütze.

Heller erkannte den Mann. Er hieß Borowski. In der Akte, die Hartmann ihm gegeben hatte, lag ein Foto von ihm und Barbara Albrecht. Wie lange hing Borowski schon hier? Wie war er hierhergekommen? Und wer hatte ihn aufgehängt? Denn dass es kein Selbstmord war, sah Heller sofort.

Als er näher an den Mann herantrat, hörte er jenseits des Waldes die Sirenen der Volkspolizei.

14

Zwei Wartburg mit Blaulicht hielten auf dem Parkplatz. Auch das noch, dachte Heller. Vier Vopos begutachteten den Citroën, in dem Jochen saß. Und nun auch Astrid. Gott sei Dank.

»Was ist hier los, wo kommen Sie her?«, fragte der Älteste der Vopos, als Heller näher kam. Der Vopo nannte seinen Namen. Oberleutnant Bernard, Simon Bernard. Französisch ausgesprochen. Hugenottische Vorfahren, dachte Heller. Der Mann klang müde, wie jemand, der schon seit Stunden im Dienst war. Weit in den Fünfzigern, mit einem eckigen Gesicht. Ein Stück von seinem rechten Ohr fehlte.

»Meine Tochter musste pinkeln, und ich habe nach ihr gesucht, weil sie nicht zurückgekommen ist«, sagte Heller.

»Ist sie das?«, fragte Bernard.

»Ja«, sagte Heller.

»Sie sitzt im Auto.«

»Sie ist zurückgekommen, während ich nach ihr gesucht habe.«

Es klang nicht gerade logisch, aber was sollte Heller sagen? Es war die Wahrheit.

»Papiere!«

Heller reichte dem Vopo Fahrzeugschein, Personalausweis und Transitvisum. Bernard betrachtete und prüfte akribisch jedes Dokument. Die drei jüngeren Vopos starrten Heller an, als sei er ein Schwerverbrecher. Heller überlegte, ob er von der Leiche erzählen sollte.

Er könnte den Fund einfach verschweigen und zusehen, dass er mit den Kindern so schnell wie möglich weiter nach West-Berlin kam. Bernard blätterte hin und her, als würde er einen Fehler suchen. Heller konnte sich vorstellen, was in dem Mann vor sich ging. Dieses ewige Misstrauen, der berufliche Argwohn. Als könnte er riechen, dass etwas nicht stimmte.

»Sie sind Polizist?«, fragte Bernard.

»Ich bin ein Kollege«, sagte Heller, um die Situation etwas zu entspannen.

»Polizisten im kapitalistischen Ausland sind keine Kollegen«, meinte einer der jüngeren Vopos. Sein Gesicht war gerötet, der Schnurrbart exakt gestutzt, die Stimme hart und unversöhnlich.

»Dienststelle?«, fragte Bernard.

»Mordinspektion in West-Berlin.«

Bernard schaute interessiert von den Papieren auf.

»Hab von euch gehört. Ihr wart das mit dem sowjetischen Spion, wenn ich mich recht erinnere.«

Heller wunderte sich, dass der Vopo davon wusste und es dann auch noch ansprach.

»Wie hieß der?«, fragte Bernard.

»Poljakow.«

»Richtig. Poljakow.«

Es wurde nicht klar, was Bernard davon hielt. Er gab Heller die Papiere zurück.

»Sie können weiterfahren.«

Heller blieb stehen. Es war mit Sicherheit ein Fehler, die Leiche zu erwähnen. Aber ein größerer Fehler wäre es trotzdem, es nicht zu tun. Irgendwann würden sie den toten Borowski finden. Borowski, der mit der Albrecht ein Verhältnis hatte. In deren Baugrube ein Mann ums Leben gekommen war. Der wiederum Verbindung zu Kalb hatte. Irgendwann würde irgendjemand sich erinnern, dass ein West-Berliner Polizist genau in dem Wald gewesen war, in dem die Leiche an einem Baum hing.

»Ist noch was?«, fragte der Schnurrbart.

»Dahinten im Wald hängt eine Leiche.«

Es war, als wäre die Temperatur schlagartig unter null gefallen. Die Vopos legten die Hände auf ihre Pistolen, traten zwei Schritte zurück. Mit Ausnahme von Bernard.

»Wo?«, fragte er.

»Etwa dreißig Meter vom Rand geradeaus.«

»Waren Sie das?«

»Würde ich Sie dann darauf hinweisen?«

»Beantworten Sie die Frage.«

»Nein.«

»Sie gehen vor.«

Heller beugte sich zu den Kindern in den Wagen.

»Ihr wartet hier.«

Einer der Vopos bewachte die Kinder. Die anderen begleiteten Heller. Auf dem Weg fiel ihm auf, dass Bernard beiläufig die Reifenspuren zur Kenntnis nahm. Sie erreichten den Waldrand, Heller brachte sie zu der Stelle, an der Borowski hing.

Die beiden jüngeren Polizisten zuckten zurück, als sie die Leiche sahen. Die blaue Zunge, die zwischen den Lippen hervorlugte, wie bei einem Reptil. Die Augen, die weit aus den Höhlen traten, als würden sie im nächsten Moment zu Boden fallen. Die fehlenden Zehen. Bernard drehte sich zu seinen Kollegen herum.

»Was meint ihr?«

»Er hängt schon länger«, sagte der Schnurrbart.

»Wie lange?«, fragte Bernard.

»Ein paar Tage.«

»Zu ungenau. Strengt euch an. Oder soll der Kommissar denken, wir hätten es nicht drauf?«

Keine Antwort.

»Er hängt seit zwei Tagen«, sagte Bernard. »Woher weiß ich das?«

Sie wussten es nicht.

»Habt ihr die Reifenspuren gesehen?«

Hatten sie nicht.

»Die sind tief eingegraben. Also ist der oder sind die Täter hier gewesen, kurz nachdem es geregnet hat. Wann hat es zuletzt geregnet?« Bernard blickte seine beiden Kollegen nacheinander an.

»Am Sonntag«, sagte der Schnurrbart.

»Wie lange ist das her?«

»Zwei Tage.«

»Also zwei Tage. Mit was für einem Auto sind die hierhergefahren?«

Woher sollten sie das wissen?

»Ihr müsst auf die Spuren gucken. Schon allein, damit ihr sie nicht zertrampelt. Es war keines von uns. Die Spuren sind zu breit.«

Bernard wandte sich an Heller.

»Was sagen Sie? Sie kennen sich damit besser aus.«

»Amerikaner. Chevrolet oder Cadillac.«

»Der Polizist aus dem kapitalistischen Ausland kann es trotzdem gewesen sein«, meinte der Schnurrbart.

»Sie glauben, Heller fährt am Sonntag hierher, hängt den Kerl auf, kommt heute mit seinen Kindern zurück und zeigt ihnen sein Werk?«

Der Spott in Bernards Stimme war nicht zu überhören.

»Vielleicht war es Selbstmord«, sagte der jüngere Vopo.

»Seine Füße hängen fünfzig Zentimeter über dem Boden, und ich sehe hier nirgends eine Leiter«, sagte Bernard.

»Oder er ist auf den Baum geklettert …«, versuchte es der jüngere Vopo noch einmal.

»Also der Tarzan von Lehnin.«

Bernard schüttelte den Kopf. Dann wandte er sich erneut an Heller.

»Wissen Sie, wer das ist?«

»Nein«, log Heller.

»Lothar Borowski.«

Heller zuckte mit den Schultern, als würde er den Namen zum ersten Mal hören.

»Gucken Sie nicht den *Schwarzen Kanal*?«, fragte Bernard.

»Sie etwa?«

»Gab da Ärger wegen irgendwelcher Bauvorhaben.«

Heller staunte still.

»Sie kennen sich gut aus«, sagte er.

»Ja, in der Tat. Weil wir uns Sorgen um euch da drüben machen und deswegen ein bisschen aufpassen«, sagte Bernard grinsend.

Dann wandte er sich an seine beiden Kollegen.

»Holt ihn runter.«

»Wie sollen wir das denn machen?«

»Ist mir egal. Von mir aus könnt ihr auch den Baum fällen. Ich will den in einer halben Stunde hier weghaben.«

Heller und Bernard wandten sich zum Gehen.

»Kann ich später den Obduktionsbericht kriegen?«, fragte Heller.

»Soll ich Ihnen den über die Mauer werfen?«, fragte Bernard zurück.

Heller zuckte mit den Achseln. Tatsächlich war das so gut wie unmöglich.

»Sie können fahren. Ich melde mich, wenn ich da was machen kann«, sagte Bernard.

Heller bedankte sich und ging zum Wagen. Die Kinder lächelten ihn dankbar an. Er stieg ein und fuhr los. Im Rückspiegel sah er, wie die Sonne den Horizont in Flammen setzte. Jemand hatte Borowski ermordet. Also war der Fall größer, als Hartmann gesagt hatte. Oder wusste sein Chef, in was für einen Sumpf er ihn geschickt hatte? Ich muss Ryan fragen, ob er Kalbs Leiche wirklich hundertprozentig sicher entsorgt hat, dachte Heller.

Zwei

15

Bibi hatte abends mit Manuela den Film Z mit Yves Montand im *Cinema Paris* angeschaut. Danach waren sie ins *Mr. Go* gegangen, und Manuela hatte von Montand geschwärmt. Ich ziehe nach Paris und werde Schauspielerin, hatte sie verkündet. Sie wollte eine Affäre mit Daniel Cohn-Bendit beginnen, zu Jean-Paul Sartre und Simone de Beauvoir ins *La Coupole* gehen und mit Godard und Truffaut Filme drehen. Bibi hatte sich gewundert, dass Manuela ihr Soziologiestudium abbrechen wollte, aber nichts dazu gesagt. Ihre Tochter sollte tun und lassen können, was sie wollte. Anders als sie in ihrer Jugend. Dann hatte Bibi ein paar Wodka zu viel getrunken und doppelt bezahlt. Einmal abends die Rechnung und jetzt am Morgen mit dem Kater.

Sie saß im Morgenmantel und mit Sonnenbrille auf der Terrasse ihrer Villa, hielt die *B.Z.* in den Händen. Im Radio besang Howard Carpendale *Das schöne Mädchen von Seite eins*. Vor ihr auf dem Bistrotisch standen eine Kanne Kaffee und dazu zwei Scheiben Toast. Den Hering, den Anoush ihr dazugestellt hatte, weil der angeblich gut gegen Kater sein sollte, hatte Bibi nicht angerührt. Anoush kam mit Orangensaft und zwei Aspirin. Sie trug eine dunkelblaue Schlaghose und eine passende Bluse, darüber ein Jackett. Bis auf die rote Baskenmütze war es die Uniform, auf der Bibi bestand. Anoush setzte sich zu Bibi und schlug den Kalender auf.

»Du hast um elf ein Interview mit der *BILD*. Wahrscheinlich wegen der Senatsbürgschaft«, sagte sie.

Ihr Akzent deutete nach Frankreich, ihr Aussehen in den Orient. Genau genommen Persien. Nachdem der Schah ihre Eltern hatte ermorden lassen, war sie aus Teheran geflüchtet und über Paris in Berlin gelandet. Bibi hatte Anoush auf der Straße aufgelesen und unter ihre Fittiche genommen. Da war das Mädchen siebzehn gewesen. Im Laufe der Zeit war sie zuerst Bibis Fahrerin, dann ihre persönliche Assistentin geworden.

»Verschieb es«, sagte Bibi.

»Wir haben es schon drei Mal verschoben. Du solltest mit denen reden, bevor die sich eine Geschichte zu dir und Lothar ausdenken.«

»Weiter.«

»Um zwölf Besprechung mit dem Bauleiter wegen der Baustelle. Um eins Treffen mit Günter Bach in seinem Büro. Für halb drei habe ich dir einen Friseurtermin bei Udo gemacht. Hast du gelesen? Der Mann macht Karriere. Er hat die Dietrich und die Schneider frisiert.«

Bibi nahm die Aspirin in den Mund und spülte sie mit Orangensaft runter.

»Dann hat Frau Kalb schon wieder angerufen.«

»Ist der Dicke immer noch nicht aufgetaucht?«, fragte Bibi.

»Angeblich war er zuletzt in der Sebastianstraße.«

»Was ist da?«

»Eines von den Häusern, die du abreißen lassen willst.«

»Kannst du nachschauen, wer da wohnt?«

»Schon geschehen.«

Anoush blätterte in Unterlagen.

»Die meisten Mieter sind in deine anderen Häuser umgezogen. Es gibt aber noch drei Mietverträge. Der eine mit einer Frau Schwalbe, die ist über achtzig, dürfte also kein Problem darstellen. Ein zweiter mit dem Maler Wolfgang Schnell. Malt fürchterliches Zeug. Für ein paar Mark wird der verschwinden. Und der letzte mit einer Paula Hanke. Die wohnt da mit ihren zwei Kindern.«

»Die Kalb soll eine Vermisstenanzeige aufgeben.«

»Sie sagt, wir sollen uns um ihn kümmern.«

»Kennst du sie?«

»Nein.«

Bibi grinste spöttisch.

»Wahrscheinlich hat Kalb die Nase von ihr voll und sich bei seiner Freundin einquartiert. Seine Alte wird ihm die Hölle heißmachen, wenn er wieder auftaucht. Die Buchhaltung soll die Konten der Hausverwaltung überprüfen. Ich will wissen, ob es ungewöhnliche Buchungen gibt. Notfalls müssen seine Vollmachten gekündigt werden.«

Als das Telefon klingelte, nahm Anoush den Hörer ab.

»Sekretariat Barbara Albrecht.«

Sie hörte einen kurzen Moment zu. Dann legte sie die rechte Hand auf die Sprechmuschel.

»Das Büro Bach.«

»Ich rufe zurück.«

Anoush nahm den Hörer wieder hoch.

»Richten Sie bitte Herrn Bach aus, Frau Albrecht ruft in einer Stunde zurück.«

Erneut legte sie die Hand auf die Sprechmuschel.

»Die Sekretärin stellt zu ihm durch. Es ist dringend.«

Bibi verdrehte die Augen. Sie war noch nicht bereit für ein geschäftliches Telefonat. Anoush reichte ihr den Hörer. Barbara gab ihr ein Zeichen, auf laut zu stellen. Eine knarrende Stimme meldete sich.

»Frau Albrecht?«

»Guten Morgen, Herr Bach.«

»Ob das ein guter Morgen ist, vor allem für Sie, wird sich noch zeigen«, blaffte Bach durch den Lautsprecher.

Bibi sah Anoush fragend an. Die zuckte mit den Schultern. Auch sie wusste nicht, was Bach meinte.

»Sie sind mit den Plänen nicht zufrieden?«, fragte Bibi bemüht unbekümmert.

»Lesen Sie das *Neue Deutschland*?«

»Ich lese nichts, was ›Deutschland‹ und ›neu‹ in einem Satz verbindet.«

»Dann würde ich das an Ihrer Stelle nachholen. Wenn Sie den Artikel gelesen haben, rufen Sie mich wieder an. Steht übrigens auf der Titelseite.«

»Wollen Sie mir nicht sagen, um was es geht?«

»Um Ihren Freund Borowski.«

Ein Knacken signalisierte, dass Bach aufgelegt hatte.

»Was meint er?«, fragte Bibi. »Wieso ist er auf der Titelseite von diesem Schmierblatt?«

»Soll ich die Zeitung holen?«

»Ja, bitte.«

Anoush verließ die Terrasse. Das Radio brachte Nachrichten.

»Wegen eines schweren Verkehrsunfalls ist die AVUS noch bis zwei Uhr gesperrt. In der vergangenen Nacht ist in der Jebenstraße der neunte Drogentote des Jahres aufgefunden worden. Laut Polizeiangaben hat der Senatsbaudirektor Lothar Borowski Selbstmord begangen.«

Bibi hatte nur mit halbem Ohr zugehört. Als der Name Borowski fiel, schreckte sie auf. Ging ins Wohnzimmer, drehte das Radio lauter. Zu spät, der Nachrichtensprecher war bereits beim Wetter angekommen und kündigte für den Nachmittag zweiunddreißig Grad an. Zitternd setzte Bibi sich auf das Sofa. Hatte sie richtig gehört? Lothar sollte Selbstmord begangen haben? Das musste ein Irrtum sein. Er würde sich niemals umbringen. Ausgeschlossen. Er liebte sein Leben. Er hatte eine glänzende Karriere vor sich. Oder war da etwas gewesen, von dem sie nichts wusste und das zu so einer Tat geführt haben konnte? Als sie nach einer Zigarette und einem Feuerzeug griff, zitterten ihr die Hände. War es wegen dem Streit im *Kempinski* gewesen? Nein, unmöglich. Sie stritten sich immer mal wieder und versöhnten sich danach. Auch im *Kempinski*. Im Radio hatten sie nicht gesagt, wo er gefunden worden war. Oder hatte sie es überhört? Vielleicht bei sich daheim? Sie überlegte, ob sie seine Frau anrufen sollte, entschied sich aber dagegen. Die wäre die Letzte, die ihr etwas dazu sagen würde. Sein Büro? Nein. Oder im Nachtklub *Freya*? Sie hatte Leo Schlicht gebeten, sich um Lothar zu kümmern. Mit Fotos, wie er es auch bei anderen Gästen machte. War das der Grund? Gab es die Aufnahmen? Hatte Lothar sich deswegen umgebracht?

Ohne dass sie es bemerkte, liefen ihr Tränen über die Wangen.

16

»Am besten wäre es, Sie stellen Ihren Schreibtisch in Hartmanns Büro, so oft, wie Sie da antanzen«, sagte Frau Grimm. Heller nickte ihr lächelnd zu, klopfte an die Tür, wartete auf ein kurzes »Herein«. Hartmann saß eingehüllt in Zigarettenqualm hinter seinem Schreibtisch. Davor eine junge Frau im beigen Hosenanzug, höchstens Ende zwanzig, etwa einen Meter siebzig groß, leicht abstehende Ohren, als hätte die Natur sie für den Beruf der Polizistin vorgesehen. Kurze blonde Haare und blitzende Augen.

Hartmann winkte Heller heran, bat ihn wortlos, neben der Frau Platz zu nehmen.

»Kommissarin Vera Jung. Ich hab dir von ihr erzählt«, sagte Hartmann. »Das ist Oberkommissar Wolf Heller.«

Vera Jung nickte, sah Heller von der Seite an. Der spürte, dass sie ihn taxierte. Ein Blick, der alles und nichts bedeuten konnte, aber zu lange dauerte, um harmlos zu sein.

»Sie haben den Senatsbaudirektor in einem Wald in der DDR gefunden?«, fragte die junge Kommissarin.

»Ja.«

»Wie kommt es, dass Sie ihn ausgerechnet da gefunden haben?«, fragte sie.

Was soll das denn werden, dachte Heller. Er schaute Hartmann an, der lächelte entschuldigend. Irgendwas war hier nicht koscher.

»Ich war in Westdeutschland.«

Die Antwort schien die Kommissarin nicht zu befriedigen.

»Ich wollte die Kinder bei meiner Schwester abliefern.«

»Aber das haben Sie nicht.«

»Woher wissen Sie das?«

»Sie haben gesagt, Sie wollten die Kinder abliefern, also vermute ich, dass Sie es nicht getan haben. Wieso haben Sie sie wieder mit zurückgebracht?«

»Die wollen lieber bei mir bleiben.«

»Es sind nicht Ihre leiblichen Kinder, wenn ich das recht verstanden habe.«

Sie sah fragend zu Hartmann. Der nickte. Es war eine eigenartige Situation. Heller war erstaunt, wie viel Hartmann der neuen Kollegin von seinem Privatleben offenbart hatte.

»Gibt es da ein Problem?«

»Nein, ich frage mich nur, wieso die lieber bei Ihnen bleiben wollten.«

»Haben Sie Kinder?«

»Nein. Und ich werde auch keine Kinder in diese Welt setzen.«

»Abwarten«, sagte Heller.

Es war schon nach diesen wenigen Sätzen offensichtlich, dass sie keine Freunde werden würden.

Heller schaute Hartmann an.

»Hast du mich kommen lassen, um meine Familienplanung zu besprechen?«

»Die Kollegin Jung ermittelt zu den finanziellen Verbindungen, die Barbara Albrecht zu Borowski hat.« Er verbesserte sich. »Hatte.«

»Kennen Sie Barbara Albrecht?«, fragte Vera Jung.

»Nur was in der Zeitung steht.«

Hartmann gab Jung ein Zeichen, fortzufahren.

»Barbara Albrecht unterhält ein weitverzweigtes Firmenkonstrukt. Sie hat zusammen mit Gropius bei der Interbau 1957 gearbeitet und war sein lokales Büro. Der wirtschaftliche Umfang ihrer Bauprojekte beträgt mehrere Hundert Millionen Mark. Monatlich zahlt sie laut ihrem Steuerberater einhundertachtzigtausend Mark an Gehältern. Sie dürfte über ein Privatvermögen von mehr als zehn Millionen Mark verfügen. Kunstwerke nicht eingerechnet. Und sie hat einen persönlichen Bodyguard.«

»Bodyguard? Wäre doch was für dich, Heller, wenn du hier aufhörst«, stichelte Hartmann.

Heller reagierte nicht auf den Kommentar, und Vera Jung verstand nicht, was der Einwurf zu bedeuten hatte.

»Der Bodyguard ist eine Frau«, sagte sie lächelnd.

Überhaupt lächelte sie viel. Zu viel, dachte Heller.

»Durch die Verbindungen zu Borowski hatte sie privilegierten Zugriff auf Gewerbeflächen und Landesprojekte.«

Vera Jung reichte Hartmann einen Stapel Fotos, die Hartmann kurz betrachtete und dann an Heller weitergab. Darauf war Barbara Albrecht mit der Berliner politischen und kulturellen High Society versammelt. Der Regierende Bürgermeister Klaus Schütz, Innensenator Kurt Neubauer, Finanzsenator Jean Markwart, Ministerialdirektor Günter Bach, Beauftragter der Bundesregierung für West-Berlin, und immer wieder Borowski.

»Es ist beeindruckend, wie Frau Albrecht sich gegen ihre männliche Konkurrenz durchsetzt«, fuhr Vera Jung fort.

»Mit so einem Dekolleté ist das ja auch kein Wunder«, sagte Hartmann.

»So wohnt die Dame übrigens.«

Die Fotos, die Vera Jung Heller reichte, zeigten eine weiße Villa am Kleinen Wannsee unweit von der Stelle, an der Heinrich von Kleist sich umgebracht hatte. Ein nüchterner weißer Kasten mit altem Baumbestand, Rosengarten, Swimmingpool, Gewächshaus und zwei Dobermännern.

»Nicht schlecht«, sagte Heller. »Aber was wollen Sie mit diesen Bildern beweisen? Ist es jetzt verboten, sich mit Politikern zu treffen oder eine Villa und zwei Dobermänner zu haben?«

Hartmann seufzte und blickte Heller an.

»Da Borowskis Tod vermutlich kein Selbstmord war, wie du selbst gesagt hast, stellt sich die Frage, wer ihn umgebracht hat. Und wieso derjenige ihn in einem Wald neben der Transitautobahn aufgehängt hat. Und was das mit Barbara Albrecht zu tun hat. Und dem Toten vom Ku'damm-Karree. Vera Jung wird deshalb mit dir zusammenarbeiten.«

Heller sah Vera Jung skeptisch an. Seine Erfahrungen

mit Kollegen, mit denen er im Team arbeiten sollte, waren nur zum Teil positiv.

»Wir sollten uns unbedingt auch mit einem gewissen Otto Kalb beschäftigen«, sagte Vera. »Der Mann hat über die *Merkur Hausverwaltungen GmbH* Mietshäuser der Albrecht betreut.«

»Seine Frau hat ihn vermisst gemeldet«, ergänzte Hartmann, als er Hellers fragenden Blick bemerkte.

Heller versuchte, so ruhig und unbeteiligt wie nur möglich zu erscheinen. Kalb versteckte sich nirgends. Der lag vermutlich auf dem Grund irgendeines Berliner Sees. Oder Ryan hatte ihn in Lübars an eine Schweineherde verfüttert.

»Ich fange für gewöhnlich mit den Toten an. Aber Sie können es halten, wie Sie wollen«, sagte Heller.

Sie lächelte freundlich.

»Also zuerst Borowski?«, fragte Vera. »Ich könnte mich Ihnen anschließen und von Ihnen lernen, was meinen Sie?«

Heller wusste nicht, was er dazu meinen sollte. Auf alle Fälle war Vera Jung schon länger an dem Fall dran, sonst hätte sie nicht bereits so viele Informationen gesammelt. Ahnte sie etwas in Bezug auf Kalb, was sie aber nicht verriet?

»In einer Stunde«, sagte er. »Ich hab noch was zu erledigen.«

Grußlos verließ er Hartmanns Büro.

Unter dem Scheibenwischer des Citroën klebte ein Strafzettel wegen Falschparkens. Er nahm den Strafzettel, stieg ein und legte das Papier in das Handschuhfach, wo bereits ein Dutzend weitere auf Erledigung warteten. Dann trat er aufs Gaspedal. Manchmal half es, zu fahren, ohne ein konkretes Ziel.

Vera Jung. Aus Bonn. Ermittelte in Betrugsangelegenheiten. Wusste von Kalb. Es war, als würde eine Hand aus dem Himmel auf ihn zeigen. Heller musste in Bewegung sein, um die Unruhe loszuwerden, die tief in ihm brodelte. Wann hatte das begonnen? Mit dem Tod von Schwarz vor knapp zwei Jahren? Oder im vergangenen Jahr, als er den russischen Spion erschossen hatte? Oder als er gespürt hatte, dass er irgendwann keine Kraft mehr haben würde, sich gegen seinen eigenen Untergang zu stemmen?

Nein, es hatte schon viel früher begonnen.

17

Anoush hatte am DDR-Kiosk im Bahnhof Wannsee zwei Ausgaben des *Neuen Deutschland* gekauft. Jetzt saßen Bibi und sie im Salon auf dem Sofa nebeneinander und lasen den Artikel, der sich in kruden Fantasien erging, was zum Tod des West-Berliner Senatsbaudirektors geführt haben mochte. Auf alle Fälle, so schrieb das SED-Zentralorgan, war es kein Selbstmord. Bibi schüttelte den Kopf. Dann legte sie die Zeitung beiseite. Tränen liefen ihr über die Wangen. Trauer, Entsetzen und Schmerz lagen nahe beieinander.

Anoush nahm Bibis Hand und drückte sie fest.

»Es tut mir leid.«

Anoush reichte Bibi ein Tempo, die danach griff, als wollte sie sich daran festklammern. Anoush ging zur Bar und goss einen Cognac ein. Reichte Bibi das Glas. Bibi griff danach, ohne zu trinken.

»Hast du eine Idee, wer das getan haben könnte?«

Bibi schüttelte den Kopf.

»Wenigstens ist dein Name nicht genannt worden.«

Anoush setzte sich Bibi gegenüber in einen Sessel. Sie

faltete die Hände und nahm innerlich Anlauf, bevor sie das Offensichtliche aussprach.

»Du hast Schlicht gesagt, er soll sich um Borowski kümmern.«

»Ich weiß«, sagte Bibi.

Zwar schien es absurd, aber es war dennoch möglich, dass Schlicht Borowski umgebracht hatte. Warum auch immer. Und wenn er es nicht selbst getan hatte, dann einer von den Idioten, die für ihn arbeiteten. Jetzt kam zu Trauer und Schmerz noch Angst dazu. Bibi stellte sich vor, wie brutal der Mörder gewesen sein musste. Und wie sicher er sich gefühlt haben musste, dass er gegen einen bekannten Spitzenbeamten vorgegangen war. Sie trank den Cognac in einem Zug. Schüttelte sich. Sie musste die Kontrolle zurückgewinnen, wieder Herrin der Lage werden. Wie immer, wenn sie in Bedrängnis geriet, gab es drei Möglichkeiten. Sie konnte in Angst erstarren, sie konnte fliehen, oder sie konnte das tun, was sie ihr ganzes Leben lang getan hatte, was ihr Vater ihr immer wieder vorgebetet hatte. Kämpfen. In dieser Welt, und dazu als Frau, darfst du niemals ein Opfer sein, hatte er gesagt. Noch nicht mal dann, wenn du wirklich das Opfer bist. Aufstehen, Barbara Albrecht, Krönchen zurechtrücken, Nase putzen und zurückschlagen. So hatte sie es zu Berlins wichtigster Bauherrin gebracht. So hatte sie all ihre kleinkarierten Gegner hinter sich gelassen. Die selbstverliebten, eitlen Gockel, die sie von oben herab betrachtet hatten. Die dachten, sie sei ein kleines dummes Blondchen, und blöde Witze rissen. Jetzt sollten sie erleben, dass sie nicht nur die größten Bauprojekte durchzog, sondern auch wusste, wie sie ihr Reich verteidigen musste.

»Komm!«, sagte Bibi und sah Anoush entschieden an.

Dann stand sie abrupt vom Sofa auf und lief Richtung Ankleidezimmer.

»Wo willst du hin?«

Anoush rannte ihr hinterher.

»Zu Schlicht.«

»Das Haus ist von der Presse belagert.«

»Ich weiß.«

Anoush verschränkte die Arme vor der Brust.

»Und wie willst du an denen vorbeikommen?«

18

Die Hausnummer 72 war eine typische Dahlemer Villa, versteckt hinter einer Mauer, zweigeschossig mit einem kleinen Turm, weiß verputzten Außenwänden und einem Satteldach, Klingelschild aus Messing. Die Frau, die Heller und Vera Jung begrüßte, hieß Alma Borowski und war vermutlich zehn Jahre älter als ihr verstorbener Mann Lothar. Vielleicht sogar fünfzehn. Es gab Gerüchte, dass er sie wegen ihrer gesellschaftlichen Stellung geheiratet hatte. Sie stammte aus gutem Hause, war über mehrere Ecken mit der Familie Siemens verwandt und hatte gerade Besuch von einem Beamten aus der Senatskanzlei. Der Mann sollte dafür sorgen, dass Borowski aus der Zone nach West-Berlin gebracht werden konnte.

»Ich werde nicht zulassen, dass die Kommunisten ihn irgendwo verscharren«, sagte Frau Borowski entschieden, während sie Heller und Vera Jung mit einer Geste bat, schon mal draußen im Garten Platz zu nehmen.

Eine Hausangestellte, nicht älter als achtzehn, brachte zwei Fläschchen Cola. Im Gegensatz zu Alma Borowski waren ihre Augen rotgeweint. Die junge Frau stellte die

Getränke und zwei Gläser auf dem kleinen Tisch ab und rannte zurück ins Haus.

»Nicht alle im Haus leiden gleichermaßen unter dem Tod des Hausherrn«, sagte Heller.

Er nahm eine Cola, schenkte Vera ein und trank den Rest aus der Flasche in einem Zug leer. Vera nippte an ihrem Glas, dann räusperte sie sich, setzte sich kerzengerade hin, als wollte sie eine Rede halten.

»Ich denke, wir sollten etwas klarstellen, Oberkommissar Heller. Sie haben sich mich nicht ausgesucht, und ich habe mir Sie nicht ausgesucht. Sie haben in den vergangenen zwei Jahren zwei Personen, gegen die Sie ermittelt haben, erschossen. Wobei das nicht ganz richtig ist. Bei der ersten haben Sie es so arrangiert, dass der Mann von den Grenztruppen der DDR erschossen wurde. Wie auch immer, das ist nicht meine Art. Aber ich weiß auch nicht, wieso Sie so gehandelt haben. Dennoch werden wir hier zusammenarbeiten.«

Vera Jung guckte Heller ernst an. Und damit er über sie im Bilde war, schilderte sie ihren Berufsweg. Realschulabschluss mit Bestnoten, danach eine Ausbildung zur Steuerfachgehilfin in Bonn. Zwei Jahre Tätigkeit bei einem Steuerberater, anschließend Bewerbung beim Landeskriminalamt Düsseldorf, weil dort Fachpersonal für eine Ermittlungsgruppe Steuerkriminalität in Bonn gesucht wurde. Nach verkürzter Ausbildung zur Polizeivollzugsbeamtin war sie nach Bekanntwerden von Gerüchten über sehr prominente Steuerbetrüger mit Ermittlungen betraut worden.

»Wir haben zwei Möglichkeiten«, fuhr Vera fort, »erstens, wir tauschen keine Ermittlungsergebnisse aus und werden Wochen, vielleicht sogar Monate miteinander zu tun haben, weil wir nicht vorankommen. Zweitens, wir kooperieren. Damit könnte die Zeit, die wir zusammen verbringen müssen, deutlich reduziert werden. Das wäre in meinem Sinne. Und so, wie ich es sehe, auch in Ihrem. Was meinen Sie?«

Die Zigarette in Hellers Hand war ausgegangen. Er legte sie in einen Aschenbecher. Was erwartete sie? Er konnte unmöglich mit ihr kooperieren. Viel eher musste er einen Weg finden, wie er sie loswerden konnte, bevor sie sich zu tief in den Fall eingraben und auf Kalb stoßen würde.

»Ich hätte jetzt ein paar Minuten für Sie«, rief die Witwe Borowski aus dem Haus.

Heller erhob sich wortlos und ging der Stimme entgegen. Er hörte noch, wie Vera sein Schweigen sarkastisch kommentierte.

»Gut, dass wir das besprochen haben.«

Alma Borowski erwartete sie in der Diele des Hauses. Offensichtlich wollte sie es den beiden Polizisten nicht zu gemütlich machen.

»Es tut uns sehr leid, was mit Ihrem Mann geschehen ist, Frau Borowski«, sagte Heller.

»Ja, was auch sonst«, antwortete Frau Borowski.

Mit einem professionell freundlichen Lächeln zeigte sie Heller und Vera, was sie von ihnen hielt.

Aha, so läuft das, dachte Heller.

»Können Sie uns sagen, wo Ihr Mann sich vor dem vergangenen Wochenende aufgehalten hat?«, fragte er.

»Er wird sich seiner Arbeit als Senatsbaudirektor gewidmet haben«, sagte Alma Borowski.

»Das heißt, er war nicht zu Hause?«

»Das habe ich nicht gesagt.«

»Verstehe. Und was haben Sie gesagt?«

»Alles, was ich weiß.«

»Ich glaube nicht, dass das genügt, Frau Borowski«, meldete sich Vera aus dem Hintergrund. »Ihr Mann wurde am Dienstag in einem Wald am Rande der Transitstrecke gefunden. Er wurde nach unseren bisherigen Erkenntnissen ermordet und muss bereits seit mindestens 48 Stunden tot gewesen sein, als er dort gefunden wurde. Also stellt sich die Frage, wer ihn dorthin gebracht hat und warum. Wann genau haben Sie ihn zuletzt gesehen, und wo war das?«

Obwohl Vera Jung sie hart anging, blieb Alma Borowski gefasst, zuckte nicht einmal mit der Wimper.

»Da Sie vermutlich die Berliner Zeitungen lesen, wissen Sie, dass mein Mann seine Zeit vor allem mit einer gewissen …«, sie zögerte, als müsste sie die richtige Beschreibung finden und eine andere, weniger feine, die sie als Erste auf den Lippen hatte, verwerfen, »… Person verbringt. Ich würde vorschlagen, Sie fragen dort nach, wo mein Mann sich vor seinem Tod befunden hat. Guten Tag.«

Alma Borowski machte auf dem Absatz kehrt und verschwand in der Tiefe des Hauses. Die Hausangestellte kam aus der Küche und öffnete den beiden Polizisten die Haustür. Heller wandte sich in der Tür stehend zu ihr um.

»Wann haben Sie Herrn Borowski gesehen?«

»Am Freitag.«

»Er war hier?«

»Ja.«

»Alleine, oder war Frau Borowski auch anwesend?«

»Nur ich.«

»Hat es zuletzt Streit zwischen Herrn und Frau Borowski gegeben?«

Die junge Frau ließ den Türgriff los und verschwand grußlos im Haus. Heller schaute ihr hinterher.

»Wir sollten irgendwann noch mal mit ihr reden«, sagte er.

Vera nickte.

Als sie den Vorgarten durchquerten, warf Heller einen kurzen Blick auf den roten Mercedes SL mit dem Nummernschild B-AB 1. Alma Borowski 1. Das hohe Gartentor fiel hart ins Schloss und verbarg das Haus wieder vor den neugierigen Blicken. Den Tragödien ist es egal, wo sie hausieren, dachte Heller. Und wie hatte Louise Mackenzie zu ihm gesagt? Reich weint es sich leichter. Er schloss den Citroën auf und stieg ein. Vera stand neben der Beifahrertür und schaute zur Villa.

»Was ist?«, fragte Heller. »Wollen Sie laufen?«

»Im Grundbuch ist nur sie eingetragen. Ihm gehört nichts von alldem. Alles, was er in die Ehe mitgebracht hat, war ein polnischer Nachname. Haben Sie den gelben Umschlag auf dem Sideboard gesehen? Das ist eine förmliche Zustellung des Finanzamts. Die werden nicht allzu oft an einen Senatsbaudirektor verschickt. Und dann auch noch nach Hause.«

Heller hatte den Umschlag nicht gesehen. Aber Vera Jung. Und sie hatte keine Hemmungen, Alma Borowski hart anzugehen. Genauso, wie sie ihn hart angegangen war. Sie war offensichtlich eine sehr gute Ermittlerin. Ein Glücksfall für die Polizei. Aber nicht für ihn. Wenn er verhindern wollte, dass sie die Spur des fetten und jetzt toten Otto Kalb verfolgte, musste er noch vorsichtiger sein. Vera Jung würde nicht zögern, ihn an die Wand zu nageln.

19

Das Tor zur Garage öffnete sich, und ein dunkelgrüner Porsche schoss auf die Straße hinaus. Der Reporter der *B.Z.* konnte sich nur mit einem Sprung zur Seite in Sicherheit bringen. Während er fluchend aufstand, waren seine Kollegen bereits zu ihren Wagen und Mopeds gerannt, um die Verfolgung von Barbara Albrecht aufzunehmen. Freilich hatten sie keine Chance, den Porsche einzuholen. Aber an der nächsten roten Ampel musste der Sportwagen anhalten. Die Wagentür wurde geöffnet, eine Frau stieg aus, nahm die Sonnenbrille ab und ging auf die Reporter zu.

»Können Sie mir sagen, warum Sie mich derart halsbrecherisch verfolgen?«

Die Reporter schauten betreten. Sie hatten hinter der Sonnenbrille und dem grünen Kopftuch Barbara Albrecht vermutet. Doch stattdessen standen sie nun vor Anoush Mossadegh. Genervt traten sie den Rückzug an.

Währenddessen hatte Bibi mit der Riva das Anwesen auf dem Wasserweg verlassen. Das Boot hatte ihr Gunter Sachs zum Geburtstag mit einem fürsorglichen Gruß geschenkt. *Falls Du mal dringend eine Bootstour machen musst.* Bibi legte gegenüber vom Bahnhof Wannsee an und orderte für den restlichen Weg nach Charlottenburg ein Taxi. Das grüne Kopftuch tief in die Stirn gezogen, die Augen ebenfalls hinter einer großen Sonnenbrille verborgen, die Hände in rote Lederhandschuhe verpackt, saß sie im Fond des schwarzen Mercedes und schwieg den Fahrer an. Auf der AVUS standen zwei schrottreife Opel am Rand. Am Dreieck Funkturm wurde für das nächste Autorennen geworben. Barbara sah die Reklame und vergaß sie im nächsten Moment wieder. Ihre Gedanken kreisten um ihren toten Liebhaber. Jemand hatte ihn ermordet, in die DDR gebracht und nackt an einen Baum gehängt. Wer tat so etwas? Warum? Sie betete still, dass derjenige nicht Leo Schlicht hieß. Es wäre die Art Katastrophe, die sie ruinieren könnte.

Das Taxi bog am Rathenauplatz auf den Ku'damm und fuhr gen Osten. Bibi ließ das Taxi am Olivaer Platz anhalten, bezahlte und machte sich zu Fuß auf den Weg zur Clausewitzstraße. Der Taxifahrer musste nicht wissen, dass die *Freya* ihr Ziel war. Sie klingelte an der Tür zum Nachtklub, von innen wurde die Klappe über dem Spion geöffnet. Bibi nahm die Brille ab, die Tür ging auf, und ein Mann begleitete sie in den dritten Stock zu Schlichts dreihundert Quadratmeter großen Wohnung über der *Freya*. Jedes Mal, wenn Bibi diese Räumlichkeiten betrat, schauderte sie ob so viel Hässlichkeit. Wie konnte jemand seinen fehlenden Geschmack so ungeniert zur Schau stellen?

Leo empfing sie in komplett weißem Dress. Weiße Schuhe, weiße Hose, weißes Hemd. Nur sein Kopf war rot, vermutlich verursacht von einer Mischung aus Wut und Bluthochdruck.

»Kommen Sie rein«, sagte er und marschierte los.

Bibi schloss die Wohnungstür und folgte Schlicht durch einen langen Flur. Von irgendwoher waren unterdrückte Rufe zu hören. Jemand schien mit Wasser zu planschen. Sie erreichten ein Badezimmer. Toni kniete vor der Badewanne, die bis zum Rand mit Wasser und Schaum gefüllt war. Neben ihm stand vornübergebeugt ein menschlicher Schrank. Mit dem rechten Knie drückte der Riese Tonis Rücken nach unten und hielt mit der rechten Hand dessen Kopf unter Wasser. Toni zappelte, versuchte, sich mit den Händen vom Badewannenrand hochzudrücken. Immer wenn es ihm gelang, den Kopf aus dem Wasser zu heben, japste er nach Luft. Der Schrank blieb gnadenlos. Als Bibi das sah, drehte sie sich um und ging ins Wohnzimmer.

Ein Sessel war umgekippt, auf einem gläsernen Tisch lag eine Flasche Jack Daniel's. Zwei Porzellanhunde hatten die Köpfe verloren, was ästhetisch betrachtet nur von Vorteil sein konnte. An den Wänden hingen drei

Lempickas, eines grässlicher als das andere. Bibi wartete. Es dauerte eine Weile, bis Schlicht ins Wohnzimmer kam, gefolgt von dem Schrank, der Toni hinter sich herzog und ihn in einen Sessel stieß.

»Wenn Sie wegen Borowski hier sind, wir haben nichts damit zu tun«, sagte Schlicht.

Bibi schaute Schlicht, den Riesen und den nassen Toni an. Mit einer knappen Geste deutete sie auf die beiden ihr unbekannten Männer.

»Verschwinde, Klausi!«

Schlicht schickte den Riesen mit einer kurzen Handbewegung nach draußen.

»Du bleibst«, sagte er zu Toni.

Die zweiflügelige Tür zum Esszimmer wurde geschlossen.

»Womit haben Sie nichts zu tun?«, fragte Bibi scharf.

»Mit allem«, schnauzte Schlicht. »Was wollen Sie? Soll ich wegen Borowski losheulen? Ich hab mich nicht wie Sie von ihm bumsen lassen.«

Bibi ließ den Angriff abtropfen. Blickte Leo abschätzig grinsend an. Sie wusste, Leute wie Schlicht konnten nicht damit umgehen, wenn jemand nicht vor ihnen auf die Knie ging. Und schon gar nicht, wenn es sich um eine Frau handelte.

»Ich hatte Sie gebeten, ein paar Fotos zu machen. Soweit ich mich erinnere, war keine Rede davon, dass er in einem Wald neben der Transitautobahn gefunden wird.«

Toni richtete sich auf. Sein Gesicht war übel zugerichtet, eine Augenbraue aufgeplatzt, die Nase stand schief.

»Wir haben ihn nicht umgebracht«, jammerte er.

»Du hältst die Fresse, Toni.«

»Wir?«, fragte Bibi provozierend.

»Ich und Klausi«, nuschelte er. »Ich hab doch nicht

gewusst, dass der Penner gleich die Flügel streckt nur wegen drei Pillen.«

Schlicht ging zur Bar, schenkte einen doppelten Whiskey ein und trank ihn in einem Zug.

»Das ist nicht Ihr Ernst, Leo, oder?«, fragte Bibi.

»Es war ein Unfall!«, brüllte Leo. »Er sollte nur ein bisschen schlafen, damit wir in Ruhe die Fotos machen können.«

»Ein Unfall? Sie haben ihn umgebracht.«

Es war zum Verrücktwerden. Sie hatte es hier mit einem Haufen Idioten zu tun.

»Aber Sie haben bestimmt schon eine Idee, wie Sie damit umgehen?«, fragte Bibi.

»Ich?«, fragte Schlicht provozierend. »Ich will Ihnen mal was sagen, Bibi. Ich habe damit nichts zu tun. Borowski ist ein paar Mal hier gewesen. Er war ein normaler Gast, wie viele andere auch. Aber in den letzten zwei Wochen haben wir ihn hier nicht bewirten dürfen. Oder, Toni?«

Toni gehörte nicht zur schnellen Truppe. Er brauchte einen Moment, bis er verstand. Aber dann beeilte er sich und nickte eifrig.

»Genau, der war ja gar nicht hier gewesen«, sagte er und versuchte ein hochnäsiges Grinsen. Es misslang.

»Von daher weiß ich nicht, aus welcher Sache *ich* rauskommen sollte«, fuhr Schlicht fort. »Der Senatsbaudirektor Borowski hat Selbstmord begangen.«

Genau so hatte Bibi es erwartet. Manchmal wunderte sie sich, welch schlichtes Gemüt der Besitzer des *Freya* besaß. Vermutlich hatte er daher auch seinen Nachnamen.

»Lesen Sie das *Neue Deutschland*?«, fragte sie.

»Das Kommunistenschmierblatt? Warum sollte ich?«, wunderte sich Schlicht.

»Weil Sie dann lesen könnten, dass der Strick, mit dem sich Lothar Borowski angeblich einen halben Meter über dem Erdboden erhängt hat, aus West-Berliner Produktion ist. Und dass da weit und breit keine Leiter stand, auf die er hätte steigen können. Dass andererseits Reifenspuren gefunden wurden, die eindeutig von einer amerikanischen Limousine stammen. Zum Beispiel einem Cadillac.«

Schlicht zuckte kurz. Offensichtlich war der Cadillac eine neue Information für ihn. Er baute sich vor Toni auf.

»Du hast den Cadillac genommen?«

»Ja. Weil du bei der Kiste die Leiche hinter der Rückbank verstecken kannst, ohne dass die an der Grenze was merken. Was hätte ich denn mit dem Wichser sonst machen sollen? In die Müllverbrennung, oder wie? Der Wald war todsicher. Wir haben da schon mal jemand entsorgt. Woher sollte ich denn wissen, dass die Zonis den kennen?«

»Geh eine rauchen«, sagte Schlicht.

»Ich rauch nicht vor zwölf.«

»Dann geh pissen.«

»Ich muss nicht.«

Der Blick von Schlicht war jetzt eindeutig. Toni stemmte sich aus dem Sessel hoch und wankte hinaus. Die Tür fiel so hart ins Schloss, dass die Scheiben klirrten. Schlicht schenkte sich einen weiteren Whiskey ein.

»Wie ich Sie kenne, Bibi, haben Sie schon eine Idee, wie es nun weitergeht, oder?«

Natürlich hatte sie eine Idee. Aber die würde sie ihm nicht auf die Nase binden. Er sollte denken, dass es nur noch eine Frage der Zeit sei, bis die Polizei bei ihm auftauchen und unangenehme Fragen stellen würde.

»Nein, habe ich nicht«, log sie. »Weil ich mir nicht

vorstellen konnte, dass jemand so unfassbar dämlich sein kann.«

»Na gut«, sagte Schlicht grinsend, »aber ich habe eine Idee.«

Er ließ sich in einen Sessel fallen, legte den rechten Fuß auf den linken Oberschenkel. Das weiße Hemd spannte über seinem Bauch. Er schwenkte den Whiskey im Glas, trank einen Schluck und starrte Bibi an.

»Der gute Borowski quatschte ja von allem und jedem, wenn er sich das Näschen gepudert hatte. Vergangenen Freitag hat er von einem *Hades*-Projekt geschwärmt. Da hat er schon einiges im Tee gehabt. Es geht wohl darum, Müll in die Zone zu karren. Und dass da eine Menge Geld zu verdienen ist.«

Himmel! Borowski hatte wieder mal den Mund nicht halten können. Sie hatte oft genug erlebt, dass er damit seine Minderwertigkeitsgefühle kompensieren wollte. Er kam aus einer bettelarmen Familie, hatte als Erster aus der gesamten Verwandtschaft studiert und dann auch noch Karriere gemacht. Seitdem wollte er allen zeigen, dass er nicht der blöde Bauernjunge aus Polen war. Und jetzt hatte er ausgerechnet bei Schlicht mit *Hades* angegeben?

»Wer ist bei dem Geschäft noch beteiligt? Sie, die Senatsverwaltung und wer noch? Borowski ja wohl nicht mehr«, sagte Schlicht lächelnd.

»Worauf wollen Sie hinaus?«, fragte Bibi bemüht kühl.

»Ich bin dabei.«

»Wo sind Sie dabei?«

»Bei dem Müllgeschäft. Als Gegenleistung weiß ich nicht, wer Borowski in die Zone gekarrt hat, und räume eventuelle Hindernisse aus dem Weg. Wenn das alles nichts nützt, geht Toni über die Wupper.«

Es wurde immer absurder. Schlicht hatte Borowski auf dem Gewissen und wollte deshalb jetzt an einem Geschäft beteiligt werden?

»Seien Sie vorsichtig, Leo. Sie wissen noch nicht, mit wem Sie sich hier anlegen.«

»Vorsichtig? Wegen was oder wem?«

»Das meine ich. Diese Frage haben schon Männer gestellt, die weitaus mächtiger und klüger waren als Sie.«

Sie nahm ihre Handtasche, wandte sich zum Gehen.

»Sie hören wieder von mir. Und bis dahin sorgen Sie dafür, dass die Polizei nicht auf die Idee kommt, ihre Zelte hier in Ihrem Etablissement aufzuschlagen.«

Als sie das Zimmer verließ, hörte sie, wie Schlicht sich einen weiteren Whiskey einschenkte.

Es war nicht so gelaufen, wie sie sich vorgestellt hatte. Schlicht wusste etwas, das er nicht wissen sollte. Und Leute wie er waren in der Lage, ein Geschäft zu torpedieren, entweder weil sie zu dumm oder zu arrogant waren. Wobei es da fast keinen Unterschied gab. Zum ersten Mal in ihrem Leben war sie wirklich in Gefahr.

20

Laut dem Dienstplan, den Heller zusammen mit Jochen und Astrid aufgestellt hatte, war er mit Einkaufen und Kochen dran. Deshalb musste die Sichtung der Akten noch warten. Doch dann hatte Vera Jung angeboten, ihm bei seinen häuslichen Pflichten zu helfen. Zudem wusste sie inzwischen, dass Kalb zuletzt in der Sebastianstraße gewesen war, bevor seine Spur sich verlor. Sie kümmern sich ums Kochen, und ich höre mich bei den Bewohnern um, hatte sie gesagt. An diesem Punkt konnte Heller den Vorschlag nicht mehr ablehnen, ohne ihr Misstrauen zu wecken. Also schleppte er den Einkauf in den dritten Stock.

Vera folgte eine halbe Stunde später. Als Heller sie in die Wohnung ließ, sahen sie beide auf das Geländer, das er nach Kalbs Sturz geflickt hatte. Vera ging aber nicht weiter darauf ein. Heller stellte sie den Kindern als seine neue Kollegin vor und begann zu kochen. Astrid und Jochen hatten ihre Hausaufgaben auf dem Küchentisch ausgebreitet und mühten sich mit einer Rechenaufgabe. Die Stimmung war angespannt. Heller hoffte, dass Vera nicht nach Kalb fragte. Die Kinder wussten zwar, dass sie mit niemandem darüber sprechen durften. Er hatte ihnen aber nicht gesagt, was sie antworten sollten, wenn man sie danach fragte. Vera stand am Fenster und schaute über die Mauer hinweg in Richtung Osten. Zwei Grenzer patrouillierten mit einem Schäferhund an der Leine. Sie waren so nahe, dass Vera die jungen Gesichter erkennen konnte.

»Sind die Tag und Nacht unterwegs?«, fragte sie.

»Die erschießen sogar Männer, die über die Mauer klettern«, sagte Jochen mit aufgeregtem Schaudern in der Stimme.

Erstaunt drehte Vera sich zu den Kindern rum.

»Habt ihr das gesehen?«

Die beiden schüttelten die Köpfe.

»Hat Papa erzählt«, sagte Astrid.

»Ah, verstehe.«

»Kommst du nicht von hier?«, fragte Jochen.

»Nein, aus Bonn. Das ist der Regierungssitz der Bundesrepublik Deutschland.«

»Petra kommt auch nicht von hier«, ergänzte Astrid.

»Wer ist Petra?«, fragte Vera.

»Unsere Tante. Die kommt aus Bayern«, sagte Astrid.

Vera blickte weiter aus dem Fenster.

»Wie war es bei Frau Schwalbe?«, fragte Heller.

Er versuchte, so harmlos wie nur möglich zu klingen.

»Es war ein sehr interessantes Gespräch. Kalb ist tatsächlich bei ihr gewesen.«

Vera drehte sich vom Fenster weg, setzte sich an den Tisch. Astrid und Jochen hatten die Köpfe in die Hände gestützt und schielten zu Heller.

»Und was hat sie gesagt?«

Er konnte seine Ungeduld kaum beherrschen. Vera schien die Frage zu überhören. Sie deutete auf Jochens Rechenheft.

»Schwere Hausaufgaben?«

»Wir sollen alle Zahlen zwischen 1 und 100 zusammenzählen. Das dauert Stunden«, sagte Astrid.

»Könnt ihr schon malnehmen?«

»Das heißt multiplizieren«, verbesserte Jochen.

»Könnt ihr?«

»Ja.«

»Dann macht doch einfach Folgendes. Ihr zählt die erste und die letzte Zahl auf der Liste zusammen. Also die 1 und die 100. Das ergibt?«

»Hunderteins«, antwortete Astrid.

»Und die zweite und die zweitletzte Zahl? Also 2 und 99?

»Hunderteins.«

»Und die dritte und die drittletzte?«

»Hunderteins.«

Astrid und Jochen waren begeistert. Sie schauten Heller freudig an.

»Und mit wie viel müsst ihr hunderteins jetzt multiplizieren?«

Die Aufgabe war in null Komma nix erledigt. Die Kinder schrieben das Ergebnis in ihre Hefte, klappten sie zu und stürmten in ihr Zimmer. Vera sah ihnen amüsiert hinterher.

»Jetzt haben Sie bei den beiden einen Stein im Brett«, sagte Heller.

Der Topf Linsensuppe mit Würstchen dampfte auf dem Küchentisch. Heller nahm vier Teller aus dem Schrank, vier Löffel aus der Schublade. Er schnitt Brot und nahm Butter aus dem Kühlschrank.

»Kalb hat bei Frau Schwalbe eine ganze Tafel Schokolade gegessen, hat sie mir erzählt. Das scheint ihr wichtig zu sein. Dann ist er gegangen«, sagte Vera.

»Hat sie gesagt, wohin?«

»Nein. Ich war dann noch bei diesem Maler im vierten Stock. Aber weil er laut Musik hört, kriegt er nicht mit, wenn es klingelt. Ich musste eine ganze Weile gegen die Tür hämmern. Die beiden sind außer Ihnen die letzten Mieter.«

»Das Haus soll abgerissen und dann neu gebaut werden. Mit Subventionen aus Bonn. Die Miete kann dann kein normaler Mensch mehr bezahlen. Die Handwerker haben neulich, als sie etwas repariert haben, eine Wasserleitung beschädigt. Angeblich aus Versehen«, sagte Heller.

»Der Maler meint, Kalb wäre nicht bei ihm gewesen. Bei Ihnen war er auch nicht?«

»Nein.«

»Komisch, oder?«

»Vielleicht kommt er noch in den nächsten Tagen«, sagte Heller leise.

Für einen Moment trat eine gespannte Stille ein. Heller hatte Vera Jung den Rücken zugewandt. Er dachte, dass sie sonst die Lüge in seinem Gesicht sehen könnte. Aber er konnte ihren Blick spüren wie eine Hand, die in seinen Nacken greift.

»Sie wissen, dass seine Frau ihn als vermisst gemeldet hat?«, fragte Vera.

Die Frage klang harmlos.

»Vielleicht gibt es tatsächlich eine Verbindung zu Borowski. Ich habe nämlich etwas Interessantes entdeckt.«

Sie nahm einen kleinen Notizblock aus ihrer Jackentasche, blätterte darin, bis sie die gesuchte Seite fand.

»Borowski hat in seiner Funktion als Senatsbaudirektor eine Genehmigung für den Abriss von Häusern erteilt, bei denen die Kriegsschäden langfristig zu Instabilität führen können. Die Sebastianstraße 85 ist eines davon. Verwaltet wird das Haus von der *Merkur Hausverwaltungen GmbH*. Die Gesellschaft gehört zu 61 Prozent Barbara Albrecht. Weitere 19 Prozent hält Otto Kalb, der zugleich alleiniger Geschäftsführer ist. Die übrigen 20 Prozent sind auf eine *LB GmbH* eingetragen. Hinter ›LB‹ steckt, wenn Sie mich fragen, Borowski. Kurz nach der Abrissgenehmigung hat er dann ein Haus auf Sylt gekauft. Der Kaufpreis lag laut Annonce bei 350.000 Mark, Borowski hat aber nur 174.850 bezahlt. Wollen Sie wissen, wem das Haus vorher gehört hat?«

»Barbara Albrecht«, sagte Heller.

Er tat so, als handelte es sich um eine längst bekannte Information. Tatsächlich aber beunruhigte es ihn, wie tief und schnell die Jung bohrte. Wenn sie so weitermachte, würde sie irgendwann auf die Umstände von Kalbs Tod stoßen. Was sollte er dann tun? Sie auch wie Kalb verschwinden lassen?

Vera blickte erstaunt auf.

»Ja. Woher wissen Sie das?«

Heller ließ die Frage in der Luft hängen. Er rief die Kinder, und die Hände wurden am Tisch für ein stummes Gebet gefaltet. Astrid durfte die Suppe verteilen, jeder bekam ein Würstchen. Als Vera weiterberichten wollte, wurde sie von Jochen ermahnt. Beim Essen wurde nicht geredet.

Gegen halb acht verabschiedete sich Vera. Heller und sie hatten nicht weiter über die Verbindung Borowski und *Merkur GmbH* gesprochen, weil die Kinder noch aus *Winnetou*, Teil zwei, vorlesen wollten.

»Hier kann man ziemlich leicht runterfallen«, sagte Vera mit Blick auf das Geländer und ging die Treppe hinunter.

Heller schloss die Tür und trat zurück in die Küche, um den Abwasch zu erledigen. Er drehte das Radio lauter. Simon & Garfunkel sangen *Bridge over Troubled Water* auf *AFN*.

Normalerweise nahmen seine Kollegen und er die weibliche Kriminalpolizei nicht so ganz ernst, die hatten vor allem mit Prostituierten und Kindern zu tun. Aber Vera Jung war anders. Klug, gradlinig und mit dieser besonderen Gabe, sich in ihr Gegenüber einzufühlen, wie jemand zu denken, der ein Verbrechen begangen hat.

Die Wohnungsklingel riss ihn aus den Gedanken. Schon wieder die Jung? Was wollte sie denn noch? Er hastete zur Tür, sammelte sich aber, bevor er öffnete. Und dann staunte er.

Louise Mackenzie schaute ihn an.

»Hallo, Heller«, sagte sie mit einer rauen Stimme, die von schweren Zeiten erzählte. Sie war in einem erbärmlichen Zustand und wirkte, als wäre sie drei Tage lang durch den Regen gelaufen.

»Was machst du denn hier?«, fragte Heller mehr als überrascht.

»Kann ich reinkommen?«

Eigentlich nicht, dachte er.

21

Die Kripo hatte bisher keine neuen Erkenntnisse zu dem Toten in der Baugrube am Ku'damm. Aber zumindest konnten die Bauarbeiten inzwischen weitergehen. Jeder Tag, an dem nicht gearbeitet wurde, verursachte Kosten von mehr als zehntausend Mark.

»Darf ich Ihnen noch einen Kaffee bringen?«, fragte die Sekretärin mit der blonden Betonfrisur. Offensichtlich war sie stolz auf die teure Wigomat-Kaffeemaschine, die auf dem halbhohen Aktenschrank stand.

Bibi lehnte ab. Sie hätte ein Glas Champagner brauchen können. Oder gleich eine ganze Flasche. Seit einer halben Stunde wartete sie darauf, dass der Vorzimmerdrachen sie zu Günter Bach vorließ. Der Herr Ministerialdirektor Bach ist der Beauftragte der Bundesregierung für West-Berlin, da können Sie sich vorstellen, wer alles mit ihm sprechen will, hatte Betonköpfchen sie tatsächlich belehrt. Ich bin nicht alle, hatte Bibi gedacht, sich aber mit einem Kommentar zurückgehalten. Sie blickte auf die Uhr. Eine Viertelstunde würde sie ihm noch geben. Dann musste sie zurück ins Büro. Seit dem Tod von Borowski wurde die Senatsbürgschaft viel genauer unter die Lupe genommen. Den ganzen Morgen hatte sie mit den Anwälten telefoniert. Notfalls würde sie juristisch gegen den Senat vorgehen müssen. Immerhin handelte es sich um 60 Millionen Mark, ohne die sie das Ku'damm-Karree nicht fertigstellen konnte. Die Anwälte wollten den Fall prüfen. Es würde eine Woche in Anspruch nehmen, hatten sie gesagt. Eine Woche. Und dafür zahlte sie horrende Honorare an diese Halsabschneider.

Die Tür zu Bachs Büro wurde geöffnet. Der Bundesbeauftragte kam heraus, legte Betonköpfchen einen Brief auf den Tisch.

»Das müssen Sie noch mal abtippen, Frau Frank. Da sind drei Rechtschreibfehler drin. Ich habe die rot markiert.«

Frau Frank wurde so rot wie die markierten Fehler und nickte beflissen.

»In der nächsten Stunde keine Anrufe, außer Bonn«, sagte Bach in einem Tonfall, als sei er weit und breit der wichtigste Mann in Berlin.

Er schaute Bibi an.

»Frau Albrecht, entschuldigen Sie bitte, dass es so lange gedauert hat. Kommen Sie!«

Er hielt die Tür auf und ließ Bibi den Vortritt in sein Büro. Als sie sich an ihm vorbeidrückte, roch sie Schweiß. Bach trug unter der Anzugjacke eines dieser neumodischen Nyltesthemden. Er war kleiner als sie, seine Schuhe hatten erhöhte Absätze, das Toupet war dunkler als seine eigenen Haare und sah aus wie ein verlassenes Vogelnest. Er war ein erbärmlicher Bürokrat, der seine Machtbefugnisse ausspielte, wo immer es ging. Wenn sie ihn nicht so dringend bräuchte, würde sie auf der Stelle umkehren und abhauen.

»Nehmen Sie Platz«, sagte er.

Sie ließ sich vor dem Schreibtisch in einen der beiden Freischwinger nieder, dessen Leder ab und an ein Geräusch produzierte, das zu einem peinlichen Blickkontakt führte. Das Büro war pragmatisch eingerichtet. Hellbraune Furniermöbel, der Schreibtisch mit Metallgestell. An der Wand hinter dem Schreibtisch ein gerahmtes Foto des Bundespräsidenten Heinemann, daneben Willy Brandt.

Bach setzte sich an seinen Schreibtisch. Dabei verzog er leicht das Gesicht, als er das rechte Bein von sich streckte. Offensichtlich hatte er Schmerzen. Das Hemd spannte über seinem Kugelbauch. Biertrinker, dachte Bibi. Auch dadurch wurde er ihr nicht sympathischer.

»Was macht das Ku'damm-Karree?«, fragte Bach. »Ich habe gehört, die Polizei hat einen Toten aus der Grube geholt?«

Seine Schadenfreude war nicht zu überhören.

»Ein Student. Die Polizei vermutet, dass er den Bau sabotieren wollte«, wischte Bibi die Frage beiseite.

»Ein Student«, wiederholte Bach. »Kann es sein, dass man in Ihrer Nähe gefährlich lebt?«

Bibi lehnte sich zurück, schlug die Beine übereinander und schenkte ihm einen Blick, mit dem sie für gewöhnlich ihre Hunde zurückpfiff, wenn die sich auf den Briefträger stürzen wollten.

»Falls Sie damit auf den Senatsbaudirektor Borowski anspielen, ist das ein wenig pietätlos, meinen Sie nicht?«

Die Frage war so direkt und entlarvend, dass Bach abwehrend die Hände hob.

»Nein, nein. Ich meine nur. Die Presse.«

Es klopfte. Frau Frank brachte zwei Tassen Kaffee herein, stellte das Tablett auf dem Schreibtisch ab und verließ das Büro. Bach goss Milch in eine der Tassen, Bibi schaute das tiefschwarze Gebräu skeptisch an. Wahrscheinlich befand sich die Brühe seit Stunden in der Wigomat. Sie nippte an der Tasse und stellte sie schnell wieder ab.

»Haben Sie die aktualisierte Kostenaufstellung prüfen können?«, fragte Bibi.

»Ja, das habe ich. Sehr interessant.«

Sehr interessant bedeutete, dass er sie nicht gelesen hatte.

»Wohin soll der Müll im Osten denn nun gebracht werden?«, fragte er.

Bibi zog eine Karte des Berliner Umlands aus ihrer Handtasche und schaute sich suchend um. Da auf dem Schreibtisch nicht genug Platz war, breitete sie die Karte auf dem Fußboden aus.

»Es bedarf natürlich einer genauen Prüfung der Örtlichkeit. Aber laut Herrn Wurm dürfte Schöneiche infrage kommen«, erklärte sie.

»Wie weit ist das von Berlin?«

»Etwa vierzig Kilometer.«

»Das ist viel.«

»Aber vielleicht ist die Entfernung das kleinere Übel angesichts der Notwendigkeit, dringend das Müllproblem zu lösen«, sagte Bibi lächelnd. »Wie Sie ja selbst schon mal gesagt haben.«

Das stimmte zwar nicht, aber seine Eitelkeit würde ihm über die kleine Unwahrheit hinweghelfen. Sie musste Bach auf ihre Seite ziehen, und deswegen musste sie sein Ego füttern. Bach nickte stolz.

»Und wie ich höre, haben Sie bereits mit einem Verantwortlichen drüben gesprochen.«

»Ja, mit Oskar Wurm.«

»Aha. Welche Position bekleidet der in der Zone?«

»Das darf ich zurzeit noch nicht sagen. Wurm bittet um Verschwiegenheit.«

Sie hatte den Satz noch nicht ausgesprochen, da wusste sie schon, dass es ein Fehler war, von Verschwiegenheit zu sprechen. Prompt plusterte Bach sich auf.

»Frau Albrecht. Die Herren in der Zone können so viel um Verschwiegenheit bitten, wie sie wollen. Wir sind diejenigen, die hier die Ansagen machen. Das müssen Sie sich merken, wenn Sie mit denen reden. Wir werden schließlich, wenn das Geschäft zustande kommt, zig Millionen Mark nach Ost-Berlin überweisen. Woher kennen Sie den Mann überhaupt?«

Borowski hatte ihr Wurm im *Kempinski-Grill* vorgestellt. Bei einem zweiten Treffen hatte Bibi ihm im Englischen Salon der *Freya* vom West-Berliner Müllproblem erzählt und ihn gefragt, ob er eine Idee hätte, wie es gelöst werden könne. Oskar Wurm hatte den Wink verstanden und gelacht. Für die DDR gab es mit West-Berliner Müll eine Menge zu verdienen. Genauso wie für Wurm persönlich. Dann war, auf Bibis Wunsch hin und natürlich rein zufällig, eine junge Dame namens Rita aufgetaucht. Sie hatte Wurm die übrigen Räumlichkeiten gezeigt, wo es dann zur Sache gegangen war, wie Bibi am nächsten Tag erfahren hatte.

»Erlauben Sie mir, dass ich mit Wurm die Angelegenheit vorher bespreche und mich anschließend wieder bei Ihnen melde«, säuselte Bibi Bach an. »Der Mann hat leider ein großes Problem mit seinem kleinen Ego. Sie wissen ja, wie die in der Zone sind.«

»Nein, das weiß ich nicht. Entweder Sie legen die Karten auf den Tisch, oder Sie gehen wieder zurück auf Ihre Baustelle. Ich habe gehört, es gibt Probleme mit der Senatsbürgschaft.«

Du kleiner Dreckskerl, dachte Bibi. Sie starrten einander an – ein Ritual, das die Männer, mit denen sie verhandelte, gerne vollzogen, um die Machtverhältnisse zu klären. Wer zuerst wegschaute, hatte verloren. Bibi hielt dem Blick eine Weile stand. Dennoch hatte sie keine Wahl. Sie musste Bach mit Wurm bekannt machen. Und vielleicht war das sogar die beste Gelegenheit, um verfängliche Fotos aufzunehmen. Der Beauftragte der Bundesregierung für West-Berlin zusammen mit einem DDR-Funktionär, der vermutlich zur Stasi gehörte. Das Ganze in der Sauna im ersten Stock der *Freya*? Wenn das kein Pfund war! Bach musste einfach nur in die Falle tappen. Also senkte sie den Blick, gab gespielt nach und nahm aus den Augenwinkeln Bachs triumphierenden Gesichtsausdruck wahr.

»Kennen Sie den Nachtklub *Freya*?«, fragte Bibi.

»Ich habe schon davon gehört, war aber noch nie da.«

Lügner, dachte Bibi. Der halbe Senat verkehrte dort und du nicht?

»Wie wäre es, wenn wir uns zu dritt im Englischen Salon treffen und die finanziellen Fragen besprechen?«

Diesmal war Bach derjenige, der den Blick senkte. Aber er wollte immer noch wissen, welche Funktion Wurm in Ost-Berlin bekleidete. Bibi blieb auch jetzt nichts anderes übrig. Sie musste erneut nachgeben, auch auf die Gefahr hin, dass Bach sie übergehen und direkt Kontakt mit Wurm aufnehmen könnte.

Als sie das Gebäude verließ, wartete Anoush bereits neben dem Porsche.

»Wie ist es gelaufen?«, fragte sie.

»Bescheiden«, antwortete Bibi.

»Dann kannst du dir den heutigen Tag im Kalender anstreichen. Ein Oberkommissar Heller und eine Kommissarin Jung wollen dich wegen Lothar sprechen.«

Bibi stieg in den Porsche ein, Anoush fuhr sportlich los.

22

Nachdem Poljakow sie angeschossen hatte, das war im vergangenen Jahr auf dem Teufelsberg gewesen, war Louise abgestürzt. Nicht nur wegen der Schussverletzung, die so langsam heilte, als wäre sie ein Spiegel ihrer seelischen Verwundung, sondern weil sie sich in den russischen Spion verliebt und nicht gemerkt hatte, dass er ein Psychopath war. Und dann hatte sie Rita kennengelernt, und die hatte sie mit in die *Freya* geschleppt, wo sie die Berliner High Society kennengelernt hatte. Sie hatte allerdings nur im Englischen Salon gekellnert. Das war die Grenze. Wenn ich anfange, mich hinzulegen, ist es vorbei. Sie war konsequent geblieben. Obwohl sie Geld verdienen musste, nachdem ihre Eltern ihr die Unterstützung gestrichen hatten.

Die halbe Nacht lang hatte sie Heller davon erzählt. Reserviert und misstrauisch hörte er zu. Trotzdem ließ er sie auf dem Sofa schlafen.

Am Morgen waren die Kinder überrascht, dass Louise da war. Sie fragten, ob sie jetzt bei ihnen wohnen würde. Louise wusste es nicht, und Heller auch nicht. Aber weil sie keine Wohnung hatte, sollte sie so lange bei ihnen unterkommen, bis sie etwas finden würde. Außerdem konnte sie sich um die Kinder kümmern, wenn Heller Spätdienst hatte. Mit der *Freya* musste allerdings Schluss sein. Wenn ich dich da sehe, fliegst du raus, hatte Heller gesagt, als er die Wohnung verließ und zur Arbeit ging. Louise schwor ihm, dass sie bei Schlicht gekündigt hatte.

Als Heller seinen Wagen erreichte, blickte er hoch zum Himmel. Dunkle Wolken hatten sich zusammengebraut. Sie hingen so tief, dass er dachte, sie wollten ihn verschlingen. Die alte Frau Schwalbe kam ihm in den Sinn. Seit Kalbs Tod hatte er nicht mehr mit ihr gesprochen. Würde sie standhalten, wenn Vera Jung sie noch einmal befragen sollte? Er ging zurück.

Es dauerte eine Weile, bis Frau Schwalbe auf sein Klingeln reagierte. Er konnte ihre schlurfenden Schritte hören, das Klappern des Schlüssels, den knarzenden Türgriff.

»Ja?«, fragte sie, als sie Heller erkannte.

Er wusste nicht so recht, wie er beginnen sollte. Schaute sie an, als könnte er in ihrem Gesicht lesen, was sie dachte.

»Ich wollte Ihnen sagen, dass Sie hier weiter wohnen können. Vorerst.«

Sie schüttelte leise den Kopf. Sie hatte zwei Weltkriege durchlebt, ihr fehlte die Zuversicht, dass immer alles gut wird.

»Das glaube ich nicht, Herr Heller«, sagte sie mit fester Stimme. »Aber wenn Sie was über den Mann von der Hausverwaltung wissen wollen, kann ich nur sagen, dass er irgendwann wieder gegangen ist. Wohin, weiß ich nicht. Ich weiß nur, dass ich jeden Tag bete, dass nicht ein anderer kommt.«

Bevor Heller noch etwas sagen konnte, schloss sie die Tür. Heller schaute zu der Stelle, an der Kalb gelegen hatte. Für einen winzigen Augenblick sah er den dicken Mann, die verdrehten Augen, die nach außen geschielt hatten, die Blutlache. Frau Schwalbe hatte sich schuldig gemacht. Nicht so schuldig wie er, aber doch ausreichend, um zu schweigen. Die Frage war nur, wie lange. Was wäre, wenn sie wegen ihres fortgeschrittenen Alters ihre Schuld vergaß?

In der Keithstraße vertiefte er sich in Akten, die ihm Vera Jung auf den Schreibtisch gelegt hatte. Zur *Barbara Albrecht GmbH & Co. KG* gehörte ein weitverzweigtes Firmengeflecht mit Untergesellschaften für jedes einzelne Bauprojekt. Er stieß wieder auf die *Merkur Hausverwaltungen*. Kalb war hier Geschäftsführer. Hinzu kam eine Albrecht-Grundstücke-GmbH mit neun Gebäuden am Ku'damm und in der Umgebung, eine Albrecht-Bau-GmbH, eine Albrecht-Transport-GmbH, eine Albrecht-Handels-KG. Heller versuchte zu verstehen, wie diese Konstruktion funktionierte. Dabei schweiften seine Gedanken ab. Er stellte sich vor, wie Vera Jung ihm auf die Spur kam. Das Klingeln im rechten Ohr meldete sich wieder. Vielleicht denkt jemand an dich, hatte Hartmann einmal gesagt, als er ihm davon erzählte. Das war nicht der Grund. Er wusste einfach nicht mehr, wo ihm der Kopf stand. Da war die Sache mit Kalb, dann musste er eine neue Wohnung finden, sich um die Kinder kümmern, den verfluchten Fall bearbeiten, Vera Jung unter Kontrolle haben. Und nicht jeden Tag an Paula denken. Nur, wie sollte das gehen? Wie kann man an jemanden nicht denken? Indem man arbeitet. Oder trinkt. Oder am besten beides tut. Heller beugte sich wieder über die Akten.

Dort stand, dass der *Merkur* auch ein Haus in der Clausewitzstraße gehörte. Mieter waren der bekannte Rotlichtkönig Leo Schlicht und der Nachtklub *Freya*. Eigentlich brauche ich nur zu konstruieren, dass Kalb am Tag seines Verschwindens dort gewesen war, überlegte Heller. Und vielleicht konnte Louise ihm helfen. Sie war ihm was schuldig, immerhin hatte er ihr das Leben gerettet. Er legte die Akten beiseite. Nahm sich den Bericht vor, den er zum Fall Borowski geschrieben hatte. Da waren Reifenspuren gewesen, die auf einen großen Wagen hindeuteten. Er hatte einen Chevrolet oder Cadillac vermutet. Ein Anruf bei der Zulassungsstelle verriet ihm, dass in Berlin neun Chevrolet und vier Cadillac des Typs Fleetwood Eldorado registriert waren. Einer gehörte einer Schauspielerin, ein zweiter einem Regisseur, dessen Namen ihm nichts sagte, der dritte gehörte zu einer Sammlung, und der vierte war auf Leo Schlicht zugelassen. Na also, wer sagt's denn, dachte Heller. Wenn Schlicht mit Borowskis Tod zu tun hatte, konnte er ihm bestimmt auch Kalb unterschieben. Es wäre der sauberste Weg, sein Problem loszuwerden.

Als er das Büro verließ, traf er im Flur auf Frau Grimm, die ihn argwöhnisch beäugte. So, als wüsste sie von den Manipulationen, mit denen er seine Haut retten wollte. Er grüßte sie stumm. Sie grüßte zurück und verschwand in Hartmanns Büro. Sie war eine aufrichtige, ehrliche Frau. Hatte stets einen Tipp für ihn, wenn er sie wegen der Kinder um Hilfe bat. Irgendwie war sie eine moralische Instanz. Vielleicht weil sie nicht wie er mit Verbrechern konfrontiert wurde. So wie er jetzt einer war. Man muss höllisch aufpassen, dass man nicht wie das wird, was man bekämpft, hatte ihn sein alter Chef Holzinger gewarnt. Aber dafür war es bereits zu spät. Er musste es klug anstellen, wenn er Kalb bei Schlicht abladen wollte. Zum Beispiel, indem er beiläufig die Verbindung zwischen Kalb und Borowski erwähnte.

23

Vera Jung lehnte vor Barbara Albrechts Villa an dem dunkelblauen Ford Taunus und las in der *BILD*. Als Heller auf der gegenüberliegenden Straßenseite hielt, winkte sie ihm kurz zu.

»Haben Sie das Interview in der *BILD* gelesen? Die Albrecht will Berlin aus dem Dornröschenschlaf holen. Es kann aber sein, steht hier, dass Studenten ihr einen Strich durch die Rechnung machen. Wahrscheinlich meinen die den Toten in der Baugrube.«

Auf der Seite drei war das Foto abgebildet, das Barbara Albrecht und Borowski vor dem *Kempinski* zeigte. Heller kannte es bereits aus den Akten. Eine zweite Aufnahme zeigte Borowski, wie er sich lächelnd umsah und in ein Taxi stieg.

»So einfach ist das?«, sagte Vera. »Ein Senatsbaudirektor trifft sich mit einer der erfolgreichsten Immobilienunternehmerinnen im Hotel und versucht das nicht mal zu verheimlichen?«

»Ja, so einfach ist das in Berlin«, antwortete Heller.

Er ging zum Eingangstor und klingelte. Ein kurzes Klacken, und das Tor öffnete sich.

»Kommen Sie in den Garten«, knarrte eine Frauenstimme aus dem Lautsprecher der Klingelanlage.

Weiße Kieselsteine knirschten unter den Füßen, als er und Vera um die Villa herumgingen. Auf dem Rasen, der wie ein Kurzhaarschnitt rasiert war, lächelte ein Buddha Heller und Vera entgegen. Eine junge Frau empfing sie auf halbem Weg. Sie stellte sich als Anoush vor. Dem Akzent nach stammte sie aus Frankreich oder aus einem Land, das noch weiter entfernt war.

»Frau Albrecht erwartet Sie am Pool. Folgen Sie mir.«

Der Weg führte an einem üppigen Rosengarten vorbei. Barbara Albrecht zog mit kräftigen Zügen in dem fünfundzwanzig Meter langen und zehn Meter breiten Pool ihre Bahnen. Zwei Dobermänner lagen geduckt im Gras und verfolgten mit leisem Knurren jeden Schritt von Heller und Vera Jung. Sie warteten offenbar nur auf das Kommando, sich auf die beiden Besucher stürzen zu dürfen.

»Frau Albrecht ist gleich für Sie da«, sagte Anoush.

Heller war genervt.

»Sagen Sie Frau Albrecht, wir sind nicht hier, um ihren Leibesübungen zuzuschauen, sondern weil wir ein paar Fragen haben.«

»Natürlich.«

Anoush entfaltete ein großes Handtuch und trat an den Beckenrand. Bibi schwamm ihre Bahn zu Ende, dann kletterte sie aus dem Pool. Sie trug einen gelben Bikini, war muskulös und bewegte sich selbstbewusst und elegant. Sie winkte Heller und Vera zu, bat sie zu einer Sitzgruppe aus vier Sonnenliegen, die um einen flachen Tisch aus Bambus herum gruppiert waren. Bibi streckte sich bäuchlings auf einer der Liegen aus und ließ sich von Anoush die Schultern massieren. Heller wusste nicht so recht, wie er Platz nehmen sollte, und hockte sich auf eine der Liegen. Eine ungemütliche Haltung. Vera blieb stehen. Eindeutig die bessere Entscheidung.

»Dürfen wir Ihnen etwas anbieten?«, fragte Anoush.

»Nein danke.« Vera schüttelte den Kopf.

»Und Sie, Herr Kommissar?«, fragte Bibi. »Etwas Alkoholisches?«

Es war nicht klar, ob die Frage freundlich gemeint war oder ob sie Heller provozieren wollte.

»Sie kannten Lothar Borowski«, stellte er statt einer Antwort fest.

»Wen kennt man schon? Ich hatte eine Affäre mit ihm.«

»Sie waren vergangene Woche mit Borowski im Hotel *Kempinski*?«

»Herr Borowski und ich haben uns dort einmal pro Woche getroffen, um miteinander zu schlafen. Er war ein guter Liebhaber und wusste, was einer Frau Freude bereitet. Etwas, das trotz der sexuellen Befreiung, die unsere Studenten ausgerufen haben, immer noch selten ist. Aber deswegen sind Sie vermutlich nicht hier.«

»Sie haben ihn danach noch einmal gesehen?«

»Nein, er hatte Termine.«

»Ein Zimmermädchen sagt, dass Herr Borowski nach Ihrem Besuch noch länger in dem Zimmer war. Er soll sehr aufgebracht gewesen sein und über Sie geschimpft haben«, sagte Vera.

Heller blickte seine Kollegin erstaunt an. Das hatte Vera Jung also den Tag über gemacht. War im *Kempinski* gewesen und hatte das Personal befragt.

»Lothar konnte schnell ungeduldig werden, wenn er getrunken hatte.«

Für einen kurzen Augenblick schwang Trauer in ihrer Stimme mit.

»Was für Termine waren das?«, fragte Heller.

»Das kann ich Ihnen nicht sagen.«

»Kann es sein, dass eine der Verabredungen in der *Freya* stattgefunden hat?«

»Wie wäre es, wenn Sie seine Frau fragen. Sie hat ein wachsames Auge auf die Verabredungen ihres Mannes.«

»An der Stelle, an der Borowski gefunden wurde, haben die Kollegen aus dem Osten Reifenspuren eines Cadillac gefunden«, sagte Heller. »So ein Modell ist auf einen Leo Schlicht zugelassen. Sie kennen den Mann?«

»Ich habe von ihm gehört.«

»Nur von ihm gehört? Das Haus, in dem Leo Schlicht wohnt und seinen Nachtklub betreibt, ist Eigentum der *Merkur Hausverwaltungen*.«

»Ich besitze mehr als hundertfünfzig verschiedene Gebäude in Berlin, Herr Kommissar. Mein Geschäft, oder sagen wir besser, meine Leidenschaft gehört dem Bau von großen Projekten. Ich kümmere mich nicht um vermietete Objekte. Das ist die Aufgabe von Herrn Kalb.«

»Der verschwunden ist«, sagte Vera. »Oder untergetaucht.«

»Soweit ich gehört habe, war er zuletzt in der Sebastianstraße, um den Mietern die Kündigung zu überbringen«, entgegnete Barbara Albrecht.

Hin und wieder stöhnte sie kurz auf, wenn Anoush bei der Massage einen verhärteten Muskel traf und ihn energisch malträtierte.

»Der Senat hat in Erwägung gezogen, die Bürgschaft für das Ku'damm-Karree zu überprüfen. War das der Grund für Ihren Streit?«, fragte Heller.

Bibi richtete sich auf, bedankte sich bei Anoush, indem sie ihr zärtlich über die Wange strich.

»Würden Sie mir bitte das Handtuch reichen?«, fragte Bibi und deutete auf eine Stelle hinter Heller.

Heller gab Bibi das Handtuch, das über seiner Liege hing.

»Falls Ihre Fragen darauf abzielen, ob ich Lothar umgebracht habe oder in irgendeiner anderen Weise mit seinem Tod zu tun habe, lautet meine Antwort: Nein. Lothar war ein guter, ein sehr guter Freund. Dass der Senat Geschäftsbeziehungen überprüft, die er eingeleitet hat, hatte keinen Einfluss auf unser privates Verhältnis.«

»Ein Verhältnis, das für Sie aber geschäftlich erhebliche wirtschaftliche Vorteile hatte«, sagte Vera und schaute demonstrativ zur Villa hin.

»Unter anderem. Aber wenn ich Ihnen einen Tipp geben darf. Der große Vorteil, viel Geld zu haben, besteht nicht in den materiellen Reichtümern, sondern darin, dass eine Frau einem Mann sagen kann, was er zu tun hat. Der größte Fehler vieler Frauen ist der Mangel an Größenwahn.«

Bibi lächelte freundlich, erhob sich und wickelte das Handtuch um ihren Körper. Als würde sie eine Rüstung anlegen.

»Kann ich Ihnen sonst noch behilflich sein?«

Vera Jung verstummte. Sie erkannte wohl, dass die Albrecht nicht mit ein paar Provokationen aus der Reserve zu locken war.

Heller stand auf.

»Das ist erst mal alles, Frau Albrecht«, sagte er. »Aber wir brauchen dennoch von Ihnen eine genaue Aufstellung, wo Sie am vergangenen Samstag und Sonntag waren, wen Sie warum und wie lange getroffen haben.«

Mit einem kurzen Kopfnicken in Richtung Vera gab Heller das Kommando zum Aufbruch. Auf halbem Weg drehte er sich um. Anoush reichte Bibi einen Telefonapparat. Bibi nahm den Hörer ans Ohr. Sie wandte sich von Heller ab.

Sie war eine kluge Geschäftsfrau, sonst hätte sie sich in der Schlangengrube der Berliner Bauwirtschaft nicht durchsetzen können. Aber sie verschwieg etwas. Ihr Lächeln hatte eine Unsicherheit offenbart, die kurz sichtbar war und die sie mit Härte tarnte.

Als er mit Vera zu den Autos zurückgekehrt war, zündete Heller sich eine Zigarette an.

»Was meinen Sie?«, fragte Vera.

Sie war immer noch von Bibis Auftritt beeindruckt.

»Sie hat mit Borowskis Tod zu tun. Aber das Motiv ist nicht die Villa oder Borowskis Haus auf Sylt. Hier geht es um was anderes«, sagte er.

»Und was ist das?«, fragte Vera.

»Zum Beispiel eine Verbindung zwischen Kalb und Borowski.«

»Was haben die denn miteinander zu tun?«

Hellers Zigarette flog in einem hohen Bogen in den Rinnstein.

»Das herauszufinden ist deine Aufgabe.«

»Sind wir jetzt per Du?«, fragte Vera überrascht.

»So ist es«, antwortete Heller im Gehen.

»Ach, und wenn wir schon beim Du sind«, rief Vera ihm hinterher. »Ist dir der weiße BMW in der Luckauer Straße aufgefallen?«

Heller drehte sich zu Vera herum. Der Wagen war ihm tatsächlich aufgefallen. Das Modell BMW 2000C war selten in Berlin, und dann war da auch noch das Nummernschild. B-OK 1. Heller hatte überlegt, den Halter abzufragen, es aber vergessen.

»Ja«, sagte er so harmlos, wie er nur konnte. Dabei ahnte er bereits die Antwort.

»Der gehört Kalb«, sagte Vera.

Heller glaubte in ihrem Tonfall den Verdacht zu hören. Sie denkt, dass Kalb bei mir war und ich sie angelogen habe.

»Ich weiß«, sagte er. »Das habe ich heute Morgen auf der Zulassung abgefragt.«

Das mit der Zulassungsstelle war eine Lüge und vollkommen unnötig. Wieso hatte er das gesagt? Um ihr vorzumachen, dass er selbst auch nach Kalb suchte? Wenn sie sich bei der Zulassung erkundigte, könnte sie rauskriegen, dass er nicht angerufen hatte.

»Wieso lässt er den Wagen dort stehen? Und wie ist er von da wieder nach Hause gekommen? Oder in sein Büro? Oder zu seiner Freundin.«

»Vielleicht parkt der Wagen da, weil der Reifen hinten rechts plattgestochen ist«, sagte Heller.

»Ja?«, fragte Vera verunsichert. »Habe ich nicht bemerkt.«

»So was passiert«, sagte er.

Heller stieg in seinen Citroën ein. Der Motor sprang mit einem ruhigen Blubbern an, und der Wagen hob sich automatisch einige Zentimeter in die Höhe.

Auf der AVUS hängte er Vera ab. Sie musste nicht wissen, dass er nach Kreuzberg fuhr.

24

Als Heller sein Taschenmesser aus dem rechten hinteren Reifen des BMW zog, entwich die Luft mit einem scharfen Zischen. Das Geräusch war nicht laut, aber dennoch laut genug, dass man es durch die offenen Fenster in den umliegenden Häusern hören musste. Heller schaute sich um. Niemand reagierte. Als er aufstehen und zu seinem

Wagen zurückgehen wollte, kamen drei Jungs aus südlicher Richtung die Luckauer Straße entlang. Heller blieb hinter dem BMW in der Hocke und wartete. Er hörte, wie sie sich über das letzte Spiel von Hertha BSC aufregten. Dann blieben sie auf der anderen Seite des BMW stehen und bestaunten das Modell. Wie schnell der wohl fährt, wie viel PS der BMW hat, wie viel Hubraum, was die Karre kostet, wieso die hier parkt und ob sie die nicht knacken sollten. Heller überlegte, was er sagen konnte, wenn die Jungs tatsächlich den BMW aufbrechen würden. Einer der Jungs prahlte, dass sie die AVUS entlangheizen, Weiber abschleppen und auf der Rückbank richtig rannehmen könnten. Hellers Knie schmerzten. Er fluchte. In was für eine lächerliche Situation hatte er sich gebracht. Nach ein paar Augenblicken konnte er die Jungs nicht mehr hören. Sie waren vermutlich in die Sebastianstraße eingebogen. Heller stemmte sich hinter dem BMW hoch, stieg in die DS und fuhr zur Clausewitzstraße.

Der Cadillac war nicht zu übersehen. Das Nummernschild wies auf den Besitzer hin. B-LS 69. Leo Schlicht. Heller parkte am Straßenrand und inspizierte den Wagen. Offenbar frisch gewaschen, die Reifen auffällig neu, noch keine zwanzig Kilometer alt. Hier hatte jemand Spuren beseitigt. An den Radaufhängungen klebten dennoch Reste von Erde und Laub. Der Wagen war offensichtlich über einen Feldweg gefahren worden. Wenn die Reifen neu waren, mussten die alten irgendwo lagern. Heller parkte seinen Citroën um und stellte ihn so, dass der Cadillac eingeklemmt war. Dann ging er zu der Telefonzelle an der Ecke Ku'damm und rief in der *Freya* an. Es dauerte eine Weile, bis er Schlicht an den Apparat bekam. Er stellte sich als Hauptwachtmeister Müller vor und fragte nach einem gewissen Otto Kalb, der vergangene Woche im Nachtklub gewesen sein sollte. Schlicht reagierte ungehalten, meinte, dass er nicht alle Gäste mit Namen kenne. Als Heller sagte, Kalb würde einen Cadillac Fleetwood Eldorado fahren und die Kripo suche in einem Mordfall nach diesem Modell, wurde Schlicht einsilbig.

Heller bedankte sich, legte auf und lief zurück zur Clausewitzstraße. Er wartete im Schutz einer Litfaßsäule, bis ein Mann aus der *Freya* eilte. Er war mittelgroß, muskulös. Der Mann fluchte, als er sah, dass der Caddy eingeklemmt war. Mühsam rangierte er die Limousine aus der Parklücke. Heller wartete, bis der Mann losgefahren war, dann nahm er die Verfolgung auf. Die Fahrt führte in Richtung Norden. Hofjägerallee, Spreeweg vorbei am Schloss Bellevue. Heller musste Abstand halten, damit der Fahrer des Cadillac ihn nicht bemerkte. Es ging weiter zum Wedding. Dort bog der Cadillac in die Böttgerstraße ab. In einem Hinterhof reihten sich unzählige Autowerkstätten aneinander.

Heller stellte den Citroën vor dem Eingang ab und spazierte in den Hinterhof. Übereinandergestapelte Autowracks säumten den Weg. Daneben alte Motoren, Getriebe, Reifen. Dazu das Geräusch von Hämmern, Schweißgeräten und Maschinen. Heller schaute sich um. Auf den ersten Blick konnte er keine Reifen in der Größe sehen, die zu einem Cadillac passten. Als er die letzte Garage erreichte, sah er das Muskelpaket. Er stand neben dem Cadillac, der inzwischen auf eine Hebebühne aufgebockt worden war. Mit einem Wasserschlauch reinigte ein junger Mann den Unterboden. Heller schaute eine Weile scheinbar arglos zu, bis das Muskelpaket nervös wurde.

»Hast du ein Problem, oder warum glotzt du so?«, fragte er in Richtung Heller.

Heller hob die Hände, machte einen Schritt rückwärts, als würde er sich von der Drohgebärde einschüchtern lassen.

»Ich hab auch einen Eldorado. Die Reifen sind irre teuer. Deswegen suche ich gebrauchte.«

»Gibt's hier nicht.«

»Wie ist es mit runderneuerten?«

»Auch nicht. Und wenn du dich nicht subtrahierst, kann ich dich auch mal runderneuern.«

Der junge Mann mit dem Schlauch in der Hand lachte, als der Mann auf Heller zuging. Heller nickte. Irgendwoher kannte er ihn, konnte sich aber nicht erinnern, woher.

»Alles klar. Ich wollte ja nur mal fragen, weil Sie da neue drauf haben. Und vielleicht könnte ich die alten haben.«

Der junge Mann drehte das Wasser ab und hängte den Schlauch an einen Haken.

»Die alten sind längst in der Müllverbrennung«, stotterte er.

»Halt die Klappe, Pauli«, zischte der Mann seinen Kumpel an.

»Was für eine Verschwendung. Die hätte man noch gut gebrauchen können«, sagte Heller.

Muskel griff nach einer Eisenstange und wiegte sie drohend in der Hand.

»Ist schon gut«, sagte Heller.

Er kehrte mit einem Schmunzeln im Gesicht zurück zu seinem Wagen. Der junge Mann hatte ihm gesagt, was er wissen wollte. Heller fuhr in Richtung Westen.

Als er die Anlage Ruhleben eine halbe Stunde später erreichte, rollten ihm die großen Müllwagen wie an einer Perlenschnur aufgereiht entgegen. Er zeigte dem Pförtner seine Marke und fragte nach der Stelle, an der

Reifen entsorgt wurden. Der Pförtner schickte ihn zum Tor 3.

Schon von Weitem konnte Heller den riesigen schwarzen Berg aus altem Gummi sehen. Er parkte direkt davor und winkte einen der Arbeiter herbei.

»Heller, Kriminalpolizei. Ich bin auf der Suche nach vier 225er Reifen. Die müssten in den letzten zwei Tagen hier abgeliefert worden sein.«

»Ja, stimmt. Da war einer hier.«

»Eins fünfundsiebzig, Oberarme dick wie ein Baum?«

»Kann sein.«

Der Arbeiter zeigte sich verschlossen wie eine Auster. Vermutlich hatte er ein paar Scheine kassiert.

»Wo sind die Reifen?«

»Weiß ich nicht.«

Als der Mann sich abwenden wollte, hielt Heller ihn am Arm fest.

»Hör zu, mein Freund. Du hast jetzt zwei Möglichkeiten. Du zeigst mir die Reifen, oder ich nehme dich mit aufs Revier und behalte dich da wegen Aussageverweigerung in einem Mordfall.«

Das war Blödsinn, aber es verfehlte nicht die Wirkung. Der Arbeiter wurde rot, weil es ihm offenbar peinlich war, ein Geheimnis zu verraten.

»Die sind im Ofen. Der hat extra dafür bezahlt, dass ich die gleich reinschmeiße.«

»Wieso?«

»Wir verbrennen eigentlich keine Reifen mehr. Wir brauchen den Ofen für den Hausmüll. Der Borowski, kennen Sie den? Der ist ja tot. Der wollte vor zwei Jahren eine neue Müllverbrennung bauen. Aber daraus ist wohl nix geworden. So was will niemand in der Nachbarschaft haben. Wenn ich was zu sagen hätte, würde ich die im Grunewald direkt neben den Villas bauen.«

Heller sah zur Schlange der Müllwagen, die nicht abreißen wollte. Er hatte noch nie darüber nachgedacht, dass Müll zu einem Problem werden konnte.

»Was ist mit den Deponien?«, fragte er.

»Wannsee, Lübars, Marienfelde und Rudow sind bald voll. Das ist eben das Problem, wenn du eine Mauer um dich herum hast. Irgendwann weißt du nicht mehr, wohin mit all dem Zeug.«

»Und was passiert dann?«

»Das müssen Sie die im Rathaus fragen. Ich würde das Zeug in die Zone fahren und da irgendwo abkippen. Da ist genug Platz.«

Heller bedankte sich für die Auskunft.

Als er wieder in seinem Wagen saß, dachte er über den Satz des Arbeiters nach. Borowski wollte eine weitere Müllverbrennung bauen lassen, um das Müllproblem zu beseitigen. Da das nicht möglich war, konnte der Müll nur noch in die Zone gefahren werden. Borowskis Freundin Barbara Albrecht besaß ein Bauunternehmen, also auch genügend Lastwagen. Dann aber wurde Borowski umgebracht, mit einem Cadillac in den Osten gefahren und an einem Baum gehängt. War die Lösung DDR damit vom Tisch? Und wieso hing Leo Schlicht in der Sache drin? War das die Spur, die er verfolgen sollte? Während der Ausbildung in der Polizeischule hatte er gelernt, dass von all den Erklärungen für ein Verbrechen die einfachste Erklärung meistens die beste war. Aber welche sollte das sein?

Das Klingeln im rechten Ohr wurde wieder lauter.

Drei

25

Oskar Wurm, Chef der Abteilung Kommerzielle Koordinierung im Außenhandelsministerium der DDR, hatte vorgeschlagen, sich in Schöneiche südöstlich von Berlin zu treffen. Bach hatte sich zuerst gesträubt. Wahrscheinlich fand er es unter seiner Würde, von einem aus der Zone Ort und Zeitpunkt eines Treffens diktiert zu bekommen. Bibi hatte mit Engelszungen auf ihn eingeredet. Nach einigen Tagen hatte Bach ihr schließlich lang und breit dargestellt, dass er nur deswegen in den Osten fahren würde, weil man den Vorschlag in Bonn positiv aufgenommen hatte. Freilich sei es dabei nötig gewesen, den Ort Schöneiche als seine Idee auszugeben. Zudem durfte eine Unternehmerin, die in den Tod eines Senatsbaudirektors verwickelt war, in dem Projekt offiziell keine Rolle spielen. Inoffiziell würde sie natürlich an Bord bleiben. An diesem Punkt des Gesprächs hatten für Bibi sämtliche Alarmglocken geläutet. Wie sie bereits vermutet hatte, wollte Bach sie aus dem Geschäft herausdrängen.

Um auf der Fahrt nach Schöneiche kein Aufsehen zu erregen, hatte Anoush bei der Abteilung Bau einen möglichst unauffälligen Opel Rekord ausgeliehen. Am Grenzübergang Rudow-Schönefeld mussten sie eine Stunde warten. Die Straßen waren schmal und in schlechtem Zustand. Kopfsteinpflaster und dann Betonplatten, die den Opel in gleichmäßigem Takt durchschüttelten.

Anoush hielt Lüftung und Fenster geschlossen, weil der beißende Gestank der Zweitaktmotoren unerträglich war. Obwohl der Opel im Westen ein gewöhnliches Fahrzeug war, wurde der Wagen bestaunt, wenn Anoush auf freier Strecke schnittig überholte.

Zwei Wartburg folgten ihnen seit der Grenze. Anoush deutete nach hinten.

»Soll ich sie abhängen?«

»Nein. Die wollen nur verhindern, dass wir etwas sehen, was wir gar nicht sehen wollen.«

Bibi hatte detaillierte Berechnungen angestellt, um Bach und Wurm noch einmal die Dimensionen des Geschäftes aufzuzeigen. Pro Jahr würden 100.000 Tonnen West-Berliner Hausmüll nach Schöneiche transportiert werden. Sie würde den Transport mit einer Flotte von 100 Lkws organisieren. Das hieß, jeder Lkw musste pro Jahr 1.000 Tonnen schaffen. Bei einer möglichen Zuladung von zehn Tonnen pro Lkw waren das insgesamt 10.000 Fahrten. An die Zone sollten 50 DM pro Tonne gezahlt werden, weitere 20 DM pro Tonne für die Fahrten und 10 DM pro Tonne für Bach und Wurm. Das wären 80 Mark pro Tonne, bei 100.000 Tonnen jährlich acht Millionen Mark und davon zwei Millionen Mark für sie. Abzüglich der Kosten.

Es war kein besonders lukratives Geschäft, aber es würde ihr Liquidität verschaffen, sollten die Verhandlungen mit dem Senat wegen der Bürgschaft länger andauern. Vorausgesetzt, sie konnten sich schnell einigen. Vonseiten der Zone gab es keine Einwände. Wurm drückte sogar aufs Tempo, weil die DDR dringend Devisen benötigte. Und er offensichtlich auch.

Sie fuhren an Häusern vorbei, die in einem erschreckend schlechten Zustand waren. Die Asche der Holzkohleöfen hatte sich auf Dächer und Mauern gelegt. An den Wänden blätterte der Putz ab, die Fensterläden waren alt und brüchig.

»Es wäre ein Eldorado, wenn wir hier tätig werden könnten«, sagte Bibi, als sie vor einer Ampel anhalten musste. »Eines Tages wird die Mauer fallen, und dann müssen wir bereit sein.«

»Ist es nicht eigenartig, dass die Kommunisten den Kommunismus hauptsächlich fürs gemeine Volk vorgesehen haben, während sie privat gern auf kapitalistische Art dem Luxus frönen?«, sagte Anoush nachdenklich.

Sie hatte mit Wurm einen Treffpunkt außerhalb des Dorfes Schöneiche vereinbart, auf dem freien Feld. Bald nachdem sie dort eingetroffen waren, hielten auch Bach und Wurm, jeweils in eigenen Autos, neben ihnen. Hinter ihnen parkten die zwei Wartburg in respektvollem Abstand und beobachteten sie so offensichtlich, dass sie auch eine rote Schleife hätten tragen können.

»Kamera bereit?«, flüsterte Bibi.

Anoush nickte. Aus dem Handschuhfach holte sie eine Minox C mit Belichtungsautomatik.

»Gut. Ich versuche, es so zu arrangieren, dass du die beiden von vorne kriegst.«

Bibi stieg aus, ging auf die beiden Männer zu. Sie begrüßte Wurm und stellte ihm Günter Bach vor. Hände wurden gereicht, und Bach lächelte gequält, als würde er einem Verbrecher die Hand schütteln. Wurms Physiognomie war auch wenig einladend: Das Gesicht war nahezu kugelrund, unter dem Kinn hing ein dicker Hautsack. Die Ohren waren groß und fleischig, die Nase breit. Irgendwie erinnert er mich an Charles Laughton, hatte Anoush beim Blick auf ein Foto gesagt. Sie hatten den Schauspieler vor ein paar Tagen in dem Film *Zeugin der Anklage* mit Marlene Dietrich gesehen. Dem möchte ich nicht bei Nacht begegnen, hatte sie ergänzt. Bibi war froh, wenn sie die Begegnungen mit Wurm schon bei Tag auf ein Minimum reduzieren konnte.

Mit einer Geste, als würde er die Weite seiner Ländereien beschreiben, deutete Wurm auf eine Wiese, die rechts von einem Wald begrenzt wurde.

»Das ist es. Frau Albrecht hat von 100.000 Tonnen pro Jahr gesprochen«, sagte er.

»Die genauen Mengen müssen erst noch mit der Berliner Stadtreinigung besprochen werden«, erwiderte Bach, ohne Wurm auch nur anzusehen.

Bibi grinste still in sich hinein. Wie zwei Gockel umkreisten die beiden Männer einander. Das war etwas, das sie immer wieder erlebte, wenn sie mit den Alphatieren verhandelte. Ihre Aufgabe bestand nun darin, die Gockel in die Richtung zu lenken, die für sie am meisten Profit bedeutete.

»Das habe ich bereits getan«, erklärte Bibi.

Den kurzen missbilligenden Blick von Bach erwiderte sie mit einem freundlichen Lächeln. Sie ahnte, dass er sich weder informiert hatte noch wusste, wie die Sache später reibungslos über die Bühne zu kriegen war. Alles, was er zu dem Geschäft beisteuern konnte, war der Titel »Beauftragter der Bundesregierung für West-Berlin«, den er wie eine Monstranz vor sich hertrug.

»Hier ist eine Aufstellung des projektierten Umfangs, damit Sie, meine Herren, umreißen können, was uns erwartet. Vor allem finanziell.«

Bibi zog zwei Seiten Papier aus ihrer Tasche und reichte sie Bach und Wurm. Bach wollte zuerst abwehren, aber als Wurm interessiert danach griff, nahm er das Papier ebenfalls entgegen. Beide überflogen die Zahlen. Währenddessen stellte Bibi sich so hin, dass Anoush aus dem Opel heraus Fotos schießen konnte.

»Sie organisieren den Transport?«, wandte sich Wurm an Bibi.

»100 Lkws, jeder mit zehn Tonnen Lademenge. Man wird allerdings die Straße von Mahlow bis zur Grenze erneuern müssen. Wenn die ganzen Lkws da jeden Tag drüberfahren, ist die in drei Monaten hinüber.«

Wurm nickte. Das schien kein Problem zu sein.

»Dann haben wir ja das Wichtigste besprochen«, sagte Bach.

Er drängte zum Aufbruch. Man palaverte noch über dies und jenes, harmloser Small Talk, und verabredete dann ein weiteres Treffen in West-Berlin. Zuerst mit einem der Verantwortlichen im Senat und dem Leiter der Berliner Stadtreinigung, am besten im Rathaus Schöneberg, und danach sollte es für den gemütlichen Teil des Abends in die *Freya* gehen.

Bibi winkte Wurm noch kurz zu, bevor sie in ihren Wagen einstieg.

»Hast du Fotos gemacht?«, fragte sie leise.

Anoush nickte.

Sie fuhren zurück in Richtung West-Berlin. Wieder begleitet von den beiden Wartburg.

»Ich glaube, die wollen uns überholen«, sagte Anoush.

Bibi drehte den Kopf. Tatsächlich setzte der vordere Wartburg immer wieder zum Überholen an, musste die Aktion aber jedes Mal wegen des Gegenverkehrs abbrechen.

»Was wollen die?«, fragte Anoush.

»Vermutlich die Kamera. Gib sie mir.«

Anoush reichte die Minox nach hinten. Bibi ließ die Kamera unter ihrem Rock verschwinden. Wenig später überholten die beiden Wartburg sie und zwangen sie, anzuhalten. Vier Männer stiegen aus, verlangten Führerschein und Fahrzeugpapiere.

»Was haben Sie auf dem Gebiet der DDR gewollt?«, fragte der Älteste.

Offensichtlich der Vorgesetzte der kleinen Truppe.

»Das wissen Sie doch, Sie haben uns ja beobachtet, als ich mit Herrn Wurm und dem Beauftragten der Bundesregierung gesprochen habe.«

»Mein Kollege hat gesehen, dass die junge Dame Fotos aufgenommen hat.«

Er deutete auf seinen Kollegen, nicht älter als Mitte zwanzig und picklig.

»Bilder? Womit?«

»Er sagt, die da hätte eine winzige Kamera in der Hand gehalten.«

Anoush schaute so unschuldig drein, wie es nur ging, als der Mann auf sie zeigte. Sein Kollege errötete.

»Was er gesehen hat, war das hier«, sagte Anoush.

Sie nahm einen Lippenstift aus ihrer Hosentasche und zog die Lippen nach. Sie glänzten tiefrot, was den Pickligen noch mehr verunsicherte.

Die Vopos bestanden dennoch auf einer Leibesvisitation, und Bibi war nervös. Die Fotos waren ihre Versicherung, falls Bach tatsächlich versuchen sollte, sie auszubooten. Sie wusste noch nicht, wann und wie er es anstellen würde, aber es war klar, dass er darauf hinarbeitete.

26

Im *Kings-Club* standen die Stühle verkehrt herum auf den Tischen. Ryan fegte den Boden, und John Lennon sang aus der Jukebox, dass alles, was man brauchte, die Liebe sei. Mit der rechten Hand begleitete Heller den Song am Klavier. Heller hatte mit dem Leiter der Berliner Stadtreinigung über das Müllproblem gesprochen.

Als Heller ihn nach Plänen mit der DDR gefragt hatte, war der Mann einsilbig geworden. Angeblich wusste er nichts davon. Heller hatte den Namen Borowski fallen lassen. Hatte gedroht, dass man auch in der Keithstraße weiterreden könnte. Auf die Frage, mit welcher Begründung, wusste er keine Antwort. Der BSR-Chef hatte seinerseits gedroht, sich zu beschweren.

Leise nuschelte Heller den Refrain. Er trank sein Glas Whiskey in einem Zug leer. Dann lauschte er, hielt die Hand ans rechte Ohr und nickte. Das Klingeln war verschwunden. Er drehte sich zu Ryan hin.

»*All you need is love*. So ein Blödsinn. Liebe ist ein kolossaler Beschiss, meinst du nicht auch? Sie schwört dir, dass du glücklich wirst. Wenn du dich dann auf sie einlässt, nimmt sie die Maske runter, und alles, was du siehst, ist dein Spiegelbild.«

Heller schüttelte resigniert den Kopf.

Ryan polierte mit geübten Händen die Gläser und stellte sie in das Regal über dem Tresen.

»Wir Männer sind nicht für so was gemacht«, sagte er. »Wir sind mit unseren Jobs verheiratet. Bis dass der Tod uns scheidet. Das ist was anderes, als mit einer Frau verheiratet zu sein. Wenn du meine Meinung hören willst, gibt es nur eine Lösung. Sieben Jahre und dann scheiden lassen. Damit ersparst du dir jede Menge Ärger.«

Als er mit einer Flasche Jack Daniel's zum Klavier kam und Hellers Glas füllen wollte, legte Heller die Hand darauf. Ein Doppelter war in Ordnung, bei einem zweiten oder dritten kam das Klingeln zurück.

»Erinnerst du dich an Louise?«, fragte Heller.

»Die Ostküstenbraut? Hast du was mit ihr?«

»Ich glaube, sie weiß es.«

»Was weiß sie?«

»Kalb.«

Ryan legte den Kopf schief.

»Hast du es ihr gesagt?«

»Nein«, sagte Heller ruhig.

Er klimperte weiter, bis Ryan den Deckel runterklappte. Heller konnte die Hände gerade noch rechtzeitig wegziehen.

»Du hast gesagt, die Einzigen, die davon wissen, sind die Alte und deine Kinder. Und die halten dicht.«

Heller zuckte mit den Schultern.

»Ich glaube, Astrid hat es ihr gesagt.«

»Astrid? Wieso hat Louise Kontakt zu deinen Kindern?

»Sie wohnt bei mir«, sagte Heller, als sei es die normalste Sache der Welt.

»Was? Warum wohnt sie bei dir?«

»Jemand muss sich um Jochen und Astrid kümmern«, sagte Heller.

»Ach so.« Der Sarkasmus war nicht zu überhören. »Und wie macht sie das? Zeigt sie ihnen, wie man Bomben bastelt und Revolution macht?«

»Ich hab alle Hände voll zu tun, die Ermittlungen von Kalb fernzuhalten.«

Die Kneipentür ging auf, ein Schwall frischer, kühler Nachtluft wehte herein und rüttelte an der düsteren Stimmung. Heller schien es, als würde ihm jemand hart über den Rücken fahren.

»Wir haben geschlossen«, rief Ryan mürrisch über Hellers Kopf hinweg zur Tür hin.

»Ich suche einen Kommissar Wolf Heller«, sagte Vera.

Mit beiden Händen klappte Heller den Klavierdeckel wieder auf, griff in die Tasten, spielte die ersten Takte von *Fool on the Hill*. Vera entdeckte ihn und trat nah an das Klavier heran.

»Versteckst du dich vor mir?«, fragte sie sichtlich genervt.

»Würde mir das was nützen?«

Er spielte weiter, so laut, dass es im ganzen Raum dröhnte.

»Du warst bei der BSR«, sagte Vera. »Der Chef hat Hartmann angerufen und sich über dich beschwert. Er hat gesagt, du hättest ihm gedroht.«

»Das stimmt.«

»Das ist alles, was dir dazu einfällt? Hartmann will dir den Fall wegnehmen.«

»Von mir aus.«

»Du bist so ein Idiot.«

»Da sind wir ausnahmsweise einer Meinung. Hörst du das?«

Er legte den Kopf schief, spielte weiter und nuschelte ein paar Zeilen.

»But nobody ever hears him, or the sound he appears to make. And he never seems to notice ...«

Vera wandte sich von ihm ab, ging kopfschüttelnd zum Tresen.

»Kann ich einen Kaffee haben?«, fragte sie Ryan.

»Um diese Uhrzeit? Ich habe einen erstklassigen Johnny Walker. Zwölf Jahre alt.«

»Ich trinke keinen Alkohol.«

»Und wie hältst du es dann mit ihm aus?«

»Gar nicht.«

»Kriminalkommissarin Vera Jung«, rief Heller in Ryans Richtung. »Sie ist meine neue Kollegin. Will Barbara Albrecht an den Kragen, und nebenbei sucht sie nach diesem Penner Kalb.«

Ryan funkelte einen Moment lang Heller an.

»Und das ist Ryan King.« Heller gesellte sich zu Vera und Ryan an den Tresen. »Ex-Sergeant der 287th Military

Police Company und seit sechs Jahren stolzer Besitzer dieser Verwahranstalt für Schweralkoholiker und die beste Musik, die je geschrieben wurde. Falls du dich an ihn ranmachen willst, muss ich dich warnen. Er ist ein Redneck. Wo er herkommt, schießen sie auf unartige Frauen. Stimmt's, Ryan, oder hab ich recht?«

Heller wartete Ryans Antwort nicht ab, griff über den Tresen hinweg nach der Whiskeyflasche, schenkte sich ein Glas halb voll.

»Ich hab ihn gefragt, was mit dem Berliner Müll geschieht«, sagte Heller. »Und der hat sich gewunden wie ein Aal. Es ist nämlich so, dass die Deponien in Wannsee, Lübars, Marienfelde und Rudow bald voll sind. Und die Verbrennung in Ruhleben ist auch schon überlastet. Aber irgendwo muss das Zeug ja hin. Entweder in den Westen oder in den Osten.«

Vera schaute Heller konsterniert an.

»Osten?«

»Wir stochern hier im Nebel herum, weil wir denken, der kleine Lothar Borowski konnte sein Ding nicht im Stall lassen und deswegen hätte ihn jemand aus dem Weg schaffen lassen. Dabei ist die Spur so falsch wie Ryans Weibergeschichten. Hier geht es um Müll. Und Schlicht hängt bis Oberkante Unterlippe in der Sache drin. Und genauso Barbara Albrecht. Nur weiß ich noch nicht, wie.«

Mit einem falschen Grinsen wandte er sich Ryan zu.

»Die Frau Jung erzählt mir den ganzen Tag, sie kommt von der Abteilung Betrug. Aber tatsächlich ist sie abgestellt, um mir auf die Finger zu schauen.«

Er wandte sich Vera zu, sein Gesicht nahe vor ihrem. Von der Alkoholfahne angeekelt, tat sie einen Schritt zurück.

»Ist es nicht so, Frau Kommissarin?«

Als er einen weiteren Whiskey einschenken wollte, griff Ryan nach der Flasche in seiner Hand.

»Du hast genug, Heller«, sagte Ryan.

Heller hielt die Flasche fest. Einen Moment lang rangen sie miteinander, dann ließ Heller los.

»Weißt du, was, Ryan. Du hast zu einhundert Prozent recht.« Er wandte sich an Vera: »Falls du mich suchst, ich liege zu Hause im Bett. Allein.«

Mit erhobenen Händen verließ er den Klub. Er torkelte leicht. Die Tür fiel hart zu.

»Du bist hinter ihm her?«, fragte Ryan.

»So ein Blödsinn. Warum soll ich hinter ihm her sein?«

»Er ist einer von den Guten«, sagte Ryan.

»Ja?« Vera hob ihre Stimme: »Ist das so?«

27

Wenn der Alkohol Qualität hatte und er sich auf eine Sorte beschränkte, kam er damit klar. Dann wachte er ohne Kater auf, brauchte zwei bis drei Tassen starken Kaffee, und es war kaum zu merken, dass er am Abend zuvor zu viel getrunken hatte.

Als Heller die Küche betrat, hatte Louise den Kindern schon Schulbrote geschmiert, sie losgeschickt und anschließend aufgeräumt. Wahrscheinlich hoffte sie, bei ihm wohnen zu können. Zumindest eine Weile, vielleicht auch für länger. Heller gefiel, dass sie sich nützlich machte.

»Du siehst aus wie der Tod auf Latschen«, sagte Louise.

»Ich bin der Tod auf Latschen. Gibt's Kaffee?«

Louise schenkte eine Tasse voll. Heller setzte sich an den Küchentisch und trank den Kaffee. Als Louise ihm Brot, Butter und Marmelade anbot, griff er zu.

»Hast du noch Kontakt zu diesem Affen?«, fragte er kauend.

»Wen meinst du?«

»Du weißt genau, wen ich meine.«

»Nein, habe ich nicht.«

»Okay. Und du weißt, was passiert, wenn ich was anderes höre.«

»Du solltest dich ebenfalls vorsehen, Heller.«

Der sarkastische Ton war nicht zu überhören. Er sprach Louise nicht auf Kalb an, und sie erwähnte ihn nicht. Es war ein stillschweigendes Einverständnis. Ein Vertrag, der ihnen beiden nützte. Solange nichts dazwischenkam.

Nach der dritten Tasse Kaffee verließ Heller die Wohnung. In der Luckauer Straße parkte immer noch Kalbs BMW. Inzwischen fehlten an dem Wagen alle vier Reifen. Auch der, den er zerstochen hatte. Er fuhr in die Clausewitzstraße.

Ein Abschleppwagen zog den Cadillac auf die Ladefläche. Der Mann, dem Heller in der Werkstatt begegnet war, drohte dem Fahrer des Abschleppers. Wenn es auch nur einen Kratzer an dem Schmuckstück geben sollte, würde er dem Mann den Hals umdrehen. Heller beobachtete aus seinem Wagen heraus die Aktion. Inzwischen wusste er auch wieder, woher er das Muskelpaket kannte. Toni Engel, ehemals Berliner Meister im Mittelgewicht. Heller stellte seine DS am Straßenrand ab und ging zu dem Abschleppwagen. Als Toni ihn bemerkte und wütend auf ihn zuging, wich Heller diesmal nicht zurück.

»Erinnerst du dich an mich?«, fragte er.

»Was willst du?«

Die kleine Metallplakette in Hellers Hand überraschte Toni.

»Ich will wissen, wie und mit wem zusammen du Sonntag vor einer Woche den toten Senatsbaudirektor in dem kleinen Wäldchen neben der Transitautobahn an einen Baum gehängt hast.«

Als hätte Heller einen Stecker gezogen, fand Tonis Großmäuligkeit ein jähes Ende. Es war nicht klar, ob er als Nächstes flüchten oder angreifen würde.

»Hast du es an den Ohren, Toni?«, fragte Heller.

Vorsichtshalber griff er in die Jackentasche, dorthin, wo seine Pistole im Halfter steckte. Für den Fall, dass er Toni stoppen musste.

»Ich hab nichts mit dem Tod von Borowski zu tun«, jaulte Toni. »Wenn Sie das behaupten, kriegen Sie Ärger mit meinem Boss.«

»Erstens wäre ich mir, was deinen Boss angeht, nicht so sicher, und zweitens ist es interessant, dass du den Namen unseres Senatsbaudirektors kennst.«

»Ich interessiere mich eben für Politik.«

»Na klar, ausgerechnet du.«

»Ich kenne die alle mit Namen. Einige sind ja unsere Stammgäste. Aber ich bin diskret.«

Toni war stark und skrupellos. Allzu clever war er nicht. Vielleicht hatte er im Ring zu viele Schläge einstecken müssen.

»Ist dein Boss im Büro?«

Heller deutete zu der Hausnummer 3 hin.

»Weiß ich nicht.«

»Dann sollten wir mal nachsehen. Abmarsch, Boxer.«

Vermutlich war Toni stolz, dass Heller sich an ihn erinnerte. Der Cadillac auf der Ladefläche des Abschleppwagens wurde mit Gurten festgezurrt und würde demnächst auf dem Autohof der Polizei zu besichtigen sein.

28

Im ersten Stock war noch nichts los. Die Schicht dauerte von sechs Uhr abends bis sechs Uhr morgens. Eine junge Frau kroch auf allen vieren umher. Knapp bekleidet, in der rechten Hand einen roten Pumps, schaute sie unter Sofas und Sessel. Sie hob den Kopf, als Heller und Toni den Raum durchquerten. Der kurze Bubi, der seit Jean Seberg in *Außer Atem* auch in Berlin Mode war, stand ihr gut. Heller sah das Veilchen am rechten Auge der Frau. Sie hatte es nur ungenügend überschminkt. Er erinnerte sich, dass Louise von einer Rita mit einer besonderen Frisur gesprochen hatte. Und dass sie eigentlich für Toni anschaffte, die Perser sie Toni aber abkaufen wollten. Seit einiger Zeit kursierte das Gerücht, dass die Kerle ins Rotlichtmilieu drängten. Manche von denen, die 1967 für den Schah von Persien Demonstranten verprügelt hatten, waren in Berlin geblieben.

Heller winkte der jungen Frau zu. Vielleicht konnte sie ihm bei Gelegenheit etwas über Borowski und die Albrecht erzählen. In den nächsten Tagen wollte er ihr auf den Zahn fühlen. Er folgte Toni in den zweiten Stock. Als sie Schlichts Büro betraten, stellte Heller überrascht fest, dass Vera Jung sich bereits vor dem Schreibtisch aufgebaut hatte und den Rotlichtkönig in die Mangel nahm. Schlicht hielt die Arme vor der Brust verschränkt, hatte einen hochroten Kopf, guckte an Vera vorbei und lud seinen Ärger über den Besuch der Polizei bei Toni ab.

»Ich hab dir gesagt, du sollst draußen warten.«

Heller trat hinter Toni hervor.

»Hat mir Toni auch schon gesagt, aber der Cadillac ist abgeschleppt worden, Leo, und ich dachte, ich frag doch mal, wieso. Gibt's hier Kaffee?«

Schlicht war für einen kurzen Moment perplex. Vermutlich, weil noch ein Polizist in seinem Büro aufgetaucht war. Aber dann nahm er Hellers Auftritt als willkommene Gelegenheit, sich aus Veras Vernehmung zu befreien. Er stand auf, kam hinter seinem Schreibtisch hervor.

»Wie geht's unserem Kommissar Heller?«, fragte er.

»Am liebsten gut.«

Heller bediente sich selbst an der Kaffeekanne. Er hörte, wie Vera sich räusperte. Keine Frage, sie war über sein Erscheinen alles andere als erfreut.

»Schwere Nacht gehabt?«, fragte Schlicht.

»Nur eine kleine Erkältung. Die kommt wohl vom Whiskey.«

Es war das übliche Geplänkel. Bei jemandem wie Leo Schlicht durfte man nicht schüchtern sein. Ein paar gute Sprüche halfen meistens weiter. Noch weiter halfen Sprüche und eine Polizeimarke.

»Ich habe Herrn Schlicht gefragt, ob der Senatsbaudirektor am vergangenen Wochenende in der *Freya* war«, schaltete Vera sich ein.

»Klar war er«, sagte Heller. »Stimmt's, Toni?«

Die Frage führte zu einem dämlichen Lachen bei Toni und bei Schlicht zu einem tiefen Stöhnen.

»Und das heißt, er ist auch am Freitag hier gewesen?«, fragte Vera.

Schlicht verschränkte erneut die Arme.

»Das weiß ich nicht«, bellte er.

»Anhand der Buchführung ließe sich das doch überprüfen, oder?«, insistierte Vera.

»Wenn er hier war, haben wir eine Quittung. Wenn nicht, dann nicht.«

»Wenn Sie unsicher sind, könnte ich das Finanzamt bitten, Ihnen auf die Sprünge zu helfen.«

Eine unverhohlene Drohung, die die meisten Geschäftsleute in Stress versetzt hätte. Nicht so Schlicht. Schließlich verkehrten, wie Heller wusste, ein paar aus der oberen Etage der Steuerverwaltung in der *Freya*.

»Von mir aus«, sagte Schlicht abfällig.

»Ich könnte auch Ihre Angestellten befragen«, drohte Vera.

»Auch von mir aus. Sonst noch was? Ich hab nämlich zu tun.«

»Aber vielleicht brauchen wir die Aussagen gar nicht«, sagte Heller und wandte sich Vera zu. »Du hast recht gehabt. Borowski ist tatsächlich mit einem Taxi gekommen, und der Taxifahrer kann sich genau erinnern, dass er hier reingegangen ist. Er hat sogar gewartet, weil Borowski ihm ein ordentliches Trinkgeld gegeben hat. Aber dann ist Borowski nicht mehr rausgekommen.«

Ohne eine Regung sah Heller Schlicht herausfordernd an. Und der überlegte offensichtlich, ob Heller bluffte und lediglich eine Geschichte erzählte, um ihn aus der Reserve zu locken.

»Willst du persönlich mit ihm reden, Leo? Er wartet unten«, sagte Heller.

Lachend streckte Schlicht die Hände aus, als würde er sich auf seine Festnahme vorbereiten.

»Er war hier«, sagte Schlicht. »Ist mit einem Mädchen aufs Zimmer gegangen. Sie haben was getrunken. Dann hat er 250 Mark auf den Tisch gelegt, und weg war er. Das können alle, die hier arbeiten, bezeugen. Quittung wollte er nicht haben. Gespräche mit den Mädchen lassen sich beim Finanzamt schlecht als Spesen absetzen.«

»Bevor die Kommissarin Jung sich mit deinen Angestellten unterhält, musst du aber vorher auch noch mit ihnen reden. Damit sie auch alle wirklich dieselbe Geschichte erzählen«, sagte Heller.

Dann wandte er sich erneut an Vera.

»Lass uns hier verschwinden. Einen schönen Tag noch, Leo. Und nicht vergessen, die Kommissarin will von dir eine genaue Aufstellung, wo du am vergangenen Wochenende warst. Und von dir, Toni, auch.«

»Ich war mit dem Cadillac im Tegeler Forst«, sagte Toni. »Rita wollte in die Natur. Keine Ahnung, warum. Wenn die ihre Tage hat, wird die jedes Mal sentimental.«

»Na, wenn das mal kein Alibi ist«, sagte Heller. »Und anschließend hast du die Reifen gewechselt. Das mache ich auch immer, wenn ich im Wald war.«

Er verließ das Büro, Vera hinter ihm her.

Als sie auf die Straße hinaustraten, schaute Vera sich um.

»Falls du ein Taxi suchst, das gibt es nicht«, sagte Heller.

Vera sah ihn mit großen Augen erstaunt an.

»Und was hättest du gemacht, wenn Schlicht mit rausgegangen wäre, um mit dem Taxifahrer zu reden?«

»Dann wäre meine kleine Lüge in sich zusammengefallen.«

An die DS gelehnt, zündete Heller sich eine Zigarette an.

»Du hast von einer Müll-Geschichte gesprochen«, sagte Vera.

»Ja. Stell dir mal vor, die Geschichte stimmt und die wollen den Müll tatsächlich in den Osten verfrachten. Wie funktioniert das? Geht das einfach so?«

»Eigentlich nicht. Vor allem kann Berlin das nicht allein entscheiden. Das Außenhandelsrecht gilt hier laut Bundesverfassungsgericht nicht, weil es zwischen der Bundesrepublik Deutschland und der Sowjetischen Besatzungszone keine Zollgrenze, sondern eine Herrschaftsgrenze gibt. Das heißt, wenn du etwas in den

Osten bringen willst, brauchst du eine Bezugsgenehmigung, so eine Art Warenbegleitschein. Steht alles in der Verordnung über den Warenverkehr der Bundesbank mit der Deutschen Notenbank in der Sowjetischen Besatzungszone.«

Heller wunderte sich. Woher wusste Vera das?

»Und was heißt das?«

»Dass solche Entscheidungen von Bonn genehmigt werden müssen.«

»Und von wem da?«

»Das weiß ich nicht. Lässt sich aber leicht herausfinden.«

»Okay. Worauf wartest du dann noch?«

Mit einer lässigen Handbewegung schnippte er die Zigarette auf die Straße.

»Und noch was«, sagte er. »Wenn du Schlicht hochnehmen willst, musst du das ein bisschen cleverer anstellen. In dem Laden trifft sich die Berliner Politik und die oberen Zehntausend, und weil beide nicht wollen, dass zu viel über gewisse Geschichten in die Öffentlichkeit dringt, ist Schlicht unantastbar. So lange, bis wir eindeutige Beweise haben. Gibt es schon was Neues von dem Kerl in der Baugrube?«

»Ich wusste nicht, dass ich dafür zuständig bin.«

»Die Baugrube gehört zum Ku'damm-Karree. Und das baut die Albrecht. Vielleicht hängt das mit dieser Müll-Sache zusammen.«

Mit einem Augenzwinkern stieg er in die DS ein und fuhr los. Im Rückspiegel sah er, wie Vera ihm hinterherschaute. Sie machte sich ihre Gedanken über ihn. Aber solange er sie mit Aufgaben beschäftigte, hatte sie hoffentlich keine Zeit, sich um Kalb zu kümmern.

29

Die *Freya* war als Treffpunkt für weitere Gespräche nicht opportun, wie der Beauftragte der Bundesregierung Günter Bach überraschend entschied. Sehr zum Bedauern von Oskar Wurm, weil im besten Nachtklub der Stadt nicht nur deutsche Mädchen, sondern auch welche aus Paris für das Wohlergehen der Gäste sorgten. Man traf sich also so heimlich wie möglich in Barbara Albrechts Villa. Mit dabei war Heiner Ernst, Senatsdirektor im Büro des Regierenden Bürgermeisters. Um Wurm freundlich zu stimmen, gab es zur Begrüßung Moët und später eine Magnumflasche Sancerre, die allseits gelobt wurde. Wir hätten länger in Paris bleiben sollen, dann hätten wir besseren Zugriff auf die guten Tropfen, hatte Heiner Ernst gesagt, aber niemand war auf die etwas fragwürdige Bemerkung eingegangen. Bibi hatte einen Koch aus dem China-Restaurant in der Bamberger Straße ausgeliehen, der nun in der Küche die asiatische Variante von Kaviar auf Hummer zubereitete. Anoush legte Elvis auf, und Bibi unterhielt die kleine Runde mit Anekdoten aus dem Baugeschäft und damit, wie sie es fertigbrachte, die Steuergesetzgebung zu ihren Gunsten zu interpretieren. Gerne gab sie den einen oder anderen Tipp. Die Stimmung war heiter, ausgelassen, bis Bach auf Bibis Konzept zu sprechen kam.

»Ich habe ein erstes Gespräch mit Bonn geführt«, sagte er. »Man ist *Hades* gegenüber aufgeschlossen, vor allem, weil die Sache drängt. Es muss allerdings eine Gesellschaft gegründet werden, bei der es keine Hinweise darauf gibt, dass Bonn mitspielt. Am besten wäre eine *Hades GmbH & Co. KG*. Beteiligt sind die BSR und die ostdeutsche *Novum GmbH.*« Bach wandte sich an Wurm. »Wenn das für Sie in Ordnung ist.«

»In Ordnung wird es sein, wenn wir eine Einigung über die Vergütung erzielen«, sagte Wurm, bevor er den Sancerre kippte.

»Das muss noch besprochen werden. Vor allem, weil der Kuchen nicht endlos verteilt werden kann«, meinte Bach. »Als stille Teilhaber werden Oskar Wurm und ich beratend über die KG beteiligt sein.«

Bibis Vermutung, dass Bach ihre Beteiligung an dem Geschäft nicht passte, stellte sich in diesem Moment als richtig heraus. Sie sollte keine Gesellschafterin sein.

Anoush und der Koch servierten den Hummer, Servietten wurden umgebunden. Die Kreation wurde schon nach dem ersten Bissen auf das Höchste gelobt. Wurm, der inzwischen beim dritten Glas Sancerre angekommen war, wollte den Koch sofort nach Ost-Berlin abwerben. Und sollte er sich weigern, würde er ihn entführen lassen, fügte er hinzu, was zu allgemeiner Heiterkeit führte.

»Es gibt allerdings einen Haken«, sagte Bach in die Runde, während er sich einen Löffel Kaviar in den Mund schob. »Wie gehen wir mit Leo Schlicht um?«

Die anderen beiden Männer taten so, als würde die Frage sie nichts angehen. Für Bibi war klar, dass die drei schon vor dem Treffen über Schlicht gesprochen hatten.

»Ich habe erfahren, dass er an dem Geschäft beteiligt werden möchte. Was eine dreiste Forderung ist«, fuhr Bach fort.

»Worauf stützt sich diese Forderung?«, fragte Wurm scheinheilig.

»Auf Informationen, die er von dem Senatsbaudirektor Lothar Borowski erhalten hat«, antwortete Bach. »Und auf Schlichts Nähe zu unserer Gastgeberin.«

Woher weißt du das, fragte sich Bibi. Hatte er mit

Schlicht gesprochen, und hatte Schlicht ihm versprochen, sie aus dem Weg zu schaffen?

»Ist dieser Schlicht in den Tod des Senatsbaudirektors verwickelt?«, fragte Wurm, während er ungeniert ein Stück Hummer aus den Zähnen pulte.

»Das wissen wir nicht. Aber vielleicht wissen Sie mehr darüber«, sagte Bach und schaute zu Bibi hin.

Bibi lehnte sich zurück, betrachtete die Runde, die sich so unverhohlen gegen sie verbrüderte.

»Ich war zwar privat mit Lothar Borowski verbunden, meine Herren. Aber ich bitte Sie, zu berücksichtigen, dass die Polizei mich nach einem Gespräch nicht für tatverdächtig hält.«

Sie deutete auf Heiner Ernst.

»Was ich damit sagen will, Herr Senatsdirektor, ist Folgendes: Lothar Borowski hatte gewisse Bedürfnisse, die er in der *Freya* unkompliziert befriedigen konnte. Aber er war nicht der einzige Gast. Leo Schlicht begründet den Anspruch, an dem Geschäft beteiligt zu werden, nicht nur mit Informationen, die er von Herrn Borowski erhalten hat, sondern mit seiner Nähe zur Berliner Politik. Mein Einfluss auf Herrn Schlicht ist also begrenzter als zum Beispiel Ihrer. Meinen Sie nicht auch?«

Heiner Ernst versuchte ein nervöses Lachen und verschluckte sich dabei derart heftig, dass Anoush ihm mehrmals fest auf den Rücken klopfen musste.

»Lassen wir das alles einmal beiseite«, sagte Bach mit Blick zu Bibi. »Liebe Frau Albrecht, Sie werden hoffentlich dafür Verständnis haben, dass Ihre Beteiligung an dem Projekt bei dieser ungünstigen Gemengelage keinesfalls möglich ist.«

»Aber irgendjemand muss den Müll transportieren, meine Herren. Und ich kann in kürzester Zeit die benötigte Zahl an Lkws zur Verfügung stellen.«

»Das können andere auch«, sagte Bach, ohne aufzusehen.

Na endlich, dachte Bibi. Jetzt war die Katze aus dem Sack. Wen hatte Bach im Sinn? Nur *Hochtief* war in der Lage, noch schneller als sie die Lkws bereitzustellen. Bachs Plan war simpler, als Bibi vermutet hatte. Bibi lächelte still in sich hinein, tauschte einen kurzen Blick mit Anoush. Vielleicht war jetzt der richtige Zeitpunkt gekommen, die Folterinstrumente auszupacken.

Anoush legte eine Reihe Fotos vor Bach, Wurm und Ernst auf den Tisch. Darauf waren Bach und Wurm gestochen scharf in Schöneiche abgebildet. Die Veröffentlichung der eigentlich harmlosen Aufnahmen eines Ausflugs in die DDR würde vor allem Bach in die Bredouille bringen, da er eigenmächtig in Verhandlungen eingestiegen war.

»Wo haben Sie die her?«, schnauzte er Bibi an.

»Sind die nicht gelungen?«, fragte Bibi sarkastisch. »Und dazu mit einer so winzigen Kamera.«

»Sie hat sie von der jungen Dame machen lassen«, sagte Wurm.

Er strahlte Anoush an.

»Meine Begleiter haben Sie beobachtet. Sie haben die armen Genossen mit Ihrem Lippenstift ganz schön nervös gemacht. So etwas haben wir nur im Intershop. Und da kaufen die einfachen Genossen nicht ein.«

»Wieso haben Sie das nicht gesagt? Sie hätten die Kamera beschlagnahmen müssen«, herrschte Bach den Chef der KoKo an.

»Das haben wir versucht, aber die Leibesvisitation war erfolglos.«

»Wieso das denn?«, blaffte Bach.

Weil Wurms Leute nicht allzu gründlich gesucht haben, dachte Bibi. Warum sollten sie auch? Für den KoKo-

Chef war das Geschäft an sich wichtig und nicht, wer es auf West-Seite organisierte. Vermutlich wollte er Bach für die Arroganz, mit der er ihm gegenüber aufgetreten war, eins auswischen.

Heiner Ernst betrachtete die Fotos. Die Stirn in tiefe Falten gelegt, versuchte er wohl, zu verstehen, was sie für den Senat bedeuten konnten.

»Ich schlage vor, es bleibt bei dem, was ich Herrn Bach unterbreitet habe«, sagte Bibi. »Mit einer Ergänzung. Leo Schlicht wird mit einem geringen Anteil beteiligt. Ich vermute, aufseiten des Senats wird es da keine Widerstände geben. Diese Beteiligung wird allerdings den Anteil von Herrn Bach reduzieren.«

Sie lächelte. Und in die Verwunderung hinein, die die drei Männer befallen hatte, ergriff Anoush das Wort.

»Möchte einer der Herren Kaffee?«, fragte sie.

Niemand mochte. Das Treffen war beendet. Man verabschiedete sich mit dem letzten Rest gebotener Höflichkeit.

Als Bibi mit Anoush alleine war, verzehrten sie mit Eis gefüllte Windbeutel.

»Was, meinst du, werden sie jetzt tun?«, fragte Anoush.

»Mit aller Macht zurückschlagen.«

»Übrigens hat Schlicht angerufen. Er lädt dich zu einem Essen ein.«

»Leo? Was will er?«

»Wenn ich an das Gespräch heute Abend denke, dich vermutlich aus dem Weg räumen.«

Bevor Bibi die Einladung auch nur im Entferntesten in Betracht zog, musste sie genau wissen, was dahintersteckte. Anoush hatte eine Idee.

30

Vera hatte nicht lange suchen müssen. Sie wartete am Zentralen Omnibusbahnhof am Funkturm, bis Heller seine beiden Kinder für die Ferienfahrt mit der Caritas an die Nordsee abgeliefert hatte. Er winkte den Kindern hinterher, bis der Bus außer Sichtweite war. Dann stand er noch eine Weile nachdenklich da, wollte sich eine Zigarette anzünden, fand aber keine Streichhölzer in seinen Taschen. Er überquerte die Masurenallee und ging direkt auf Vera zu.

»Hast du Feuer?«

»Ja. Streichhölzer übrigens auch.«

Heller lachte milde.

»Wann hast du dir denn den Spruch ausgedacht?«

Eine leichte Röte legte sich auf Veras Wangen.

»Du wolltest wissen, wer für das Müllgeschäft eine Genehmigung erteilen kann«, sagte sie.

»Lass uns einen Kaffee trinken. Am Theo kenne ich ein kleines Café.«

Sie ließen die Autos stehen und liefen die Masurenallee in Richtung Nordwesten. Vera berichtete, was sie herausgefunden hatte.

»Für solche Genehmigungen ist Günter Bach zuständig. Er hat eine kuriose Geschichte. Geboren 1908 in Münster, Protestant, Familie seit drei Generationen Beamte. Ausbildung an der Verwaltungsakademie Berlin, 1933 der NSDAP beigetreten, hat hier in Berlin beim Finanzamt 1 gearbeitet, damals für die Ausplünderung der Juden zuständig. Bei Kriegsbeginn meldet er sich für die Zivilverwaltung in Polen, wechselt 1941 ins Reichsministerium für die besetzten Ostgebiete. Drei Jahre später wird er von Partisanen überfallen und verwundet. Zurück nach Münster, Lazarett und Reha bis zum Kriegsende. 1951 fängt er erneut als Beamter im Düsseldorfer Ministerium für Wiederaufbau an. Wechselt 1961 ins Gesamtdeutsche Ministerium nach Bonn. Inzwischen Ministerialdirektor und Beauftragter der Bundesregierung für West-Berlin. Also kann er fast nach Gusto Subventionen und Steuervorteile gewähren.«

Es war ein beeindruckender Vortrag, den sie da herunterrasselte.

»Und das hast du an einem Tag herausgefunden?«

»Gewusst, wie und wo.«

Vielleicht ging es doch nicht um ihn, wie er vermutet hatte. Er beschloss, sie auf die Probe zu stellen.

In dem Café am Theodor-Heuss-Platz konnte man nicht sagen, ob man sich in einem Museum oder einer vergessenen Bahnhofshalle befand. Der Chic war aus den Dreißigern, was dem Lokal eine morbide Schönheit verlieh. Das Personal war noch älter.

»Kaffee mit Schuss und ein Stück Apfelkuchen ohne Schuss, aber mit extraviel Sahne«, sagte Heller zur Bedienung.

»Extraviel Sahne für den Kommissar? Kann ich die alleine tragen, oder soll ich Hilfe holen?«, fragte die Bedienung.

Es war der typische Berliner Charme. Entweder wehrte man sich mit einer guten Retourkutsche oder ignorierte ihn. Touristen aus Westdeutschland kamen nur selten ein zweites Mal hierher. Und das war auch gewollt.

»Bring einfach die Kuh und einen Schneebesen«, antwortete Heller. »Und meine Begleiterin trinkt Tee, vermute ich.«

»Nein, einen Kakao.«

»Wenn Sie auch noch Sahne wollen, kündige ich.«

Vera lächelte gequält. Dort, wo sie herkam, war das Personal nicht so rotzig. In Bonn war man freundlich, auch wenn man es nicht immer so meinte. Vera war höfliche Freundlichkeit lieber als diese raue Direktheit. Nachdem die Bedienung zum Tresen geeilt war, schaute Vera Heller skeptisch an.

»Alkohol im Dienst?

»Du kannst mich ja verhaften. Oder es Hartmann melden.«

»Ich wundere mich nur. Immerhin fährst du Auto mit deinen Kindern auf dem Rücksitz.«

Heller lehnte sich zurück.

»Ja, aber weil ich nüchtern noch schlechter fahre, ist es nur zu ihrem Besten.«

Kaffee, Kuchen, eine Extraportion Sahne und Kakao wurden serviert. Heller bedankte sich.

»Wenn du so gut informiert bist, kannst du mir sicher auch sagen, um was es geht. Müll oder Bau? Oder ist das alles eins?«, fragte Vera.

»Keine Ahnung. Die Genehmigung von Bauvorhaben gehörte zu Borowskis Aufgaben. Anders als das Thema Müll.«

»Also doch Ärger, weil der Senat eventuell die Bürgschaft zurückzieht?«

»Möglich.«

»Und wie hängen dann Leo Schlicht und dieser Toni drin?«

»Nehmen wir mal an, Borowski wollte eine weitere Müllverbrennung bauen lassen. Und die Albrecht sollte den Auftrag kriegen. Das Vorhaben ist aber gescheitert, weil es keinen Platz dafür gibt. Die Albrecht ist sauer, verlangt zur Entschädigung eine Bürgschaft. Borowski organisiert das. Dann gibt die Albrecht keine Ruhe und will bei dem neuen Müllgeschäft auch dabei sein. Borowski wird das alles zu viel, will sie daraufhin loswerden.«

Heller machte sich über den Apfelkuchen her.

»Klingt das logisch?«, fragte er.

Vera dachte kurz nach, dann hob sie die Schultern.

»Weiß ich noch nicht.«

»Die Albrecht ist ihrerseits wütend, weil die Bürgschaft des Ku'damm-Karrees auf der Kippe steht, und sie sagt Schlicht, er solle ein paar Fotos von Borowski knipsen, wie er eines der Mädchen vernascht, damit sie ihn motivieren kann, sie bei dem Müll mit ins Boot zu holen.«

»Und stattdessen bringt Leo Schlicht Borowski um, und Toni entsorgt ihn in der Zone neben der Transitautobahn?«, fragte Vera. »Warum?«

»Weil es zur Ostsee zu weit ist?«

Vera lächelte über die Bemerkung.

»Normalerweise ist niemand so blöde und schafft eine Leiche in den Osten«, sagte Heller. »Für so was haben wir den Wannsee. Die Gefahr, dass du an der Grenze auffliegst, ist einfach zu hoch. Die DDR-Grenzer kontrollieren nämlich sehr genau, wer in ihr Arbeiter- und Bauern-Paradies einreist und wieder ausreist. Außer du versteckst die Leiche so gut im Kofferraum, dass die es nicht merken. Ist ein beliebter Trick bei den Fluchthelfern.«

Heller gefiel seine Theorie. Er trank von dem Kaffee, spürte, wie der Cognac ihn wärmte. Lehnte sich zurück in Erwartung, dass Vera Jung etwas dazu sagen würde. Aber sie nippte lediglich am Kakao. Beide hingen sie eine Weile ihren Gedanken nach. Heller zündete sich eine Zigarette an und nahm einen neuen Anlauf.

»Wir haben einen toten Senatsbaudirektor, eine Baulöwin in finanziellen Schwierigkeiten und eine Stadt mit einem Müllproblem. Da die Deponien überlastet sind und keine zweite Müllverbrennung gebaut werden kann, warum auch immer, muss das Zeug in den Osten verfrachtet werden. Aber dafür brauchst du Lastwagen. Und wer hat genug davon? Jemand mit einem Baugeschäft«, sagte er.

Durch den Rauch seiner Zigarette musterte Heller seine Kollegin. Was ging in ihr vor? Wieso hörte sie ihm zu, ohne ihre Meinung dazu kundzutun?

»Du hast bei deiner Aufzählung die Leiche in der Baugrube vergessen«, sagte sie endlich. »Und Kalb, der entweder untergetaucht ist oder auch tot. Irgendwas hat er doch damit zu tun. Immerhin arbeitet er für die Albrecht.«

Das war es. Kalb. Heller spürte, wie Unruhe in ihm aufstieg. Er aß seinen Apfelkuchen auf und verließ wortlos das Café. Vera rief ihm noch hinterher, erhielt aber keine Antwort. Dann musste sie die Rechnung übernehmen.

31

Heller war stinksauer. Es war klar, dass Vera Jung ihn aushorchte. Damit sollte jetzt Schluss sein. Von nun an würde er allein ermitteln. Das bedeutete, er musste herausfinden, wie diese Müll-Geschichte in Berlin organisiert wurde und ob Borowski oder die Albrecht ihre Finger da drin hatten. Wenn der Müll aus Berlin weggebracht werden soll, muss er vorher irgendwo gesammelt werden, überlegte er. Bei der BSR hatte Heller die Flurkarten mit den Flurstücken studiert, auf denen sich die bisherigen Mülldeponien Wannsee, Lübars, Marienfelde und Rudow befanden. Danach war er zum Grundbuchamt Reinickendorf gefahren. Für die dortige Hausmülldeponie in der Quickborner Straße gab es mehrere Blätter mit Eintragungen und Löschvermerken, die auf verschiedene Senatsabteilungen lauteten. Das war nicht, was er suchte. Also fuhr er weiter nach Neukölln und ließ sich im Amtsgericht das Grundbuch für Rudow zeigen. Heller bat die zuständige Beamtin, ihm die Vermerke für das Flurstück Dörferblick zu erklären.

Nach einer halben Stunde hatte er verstanden, was passiert war. Er fuhr in die Keithstraße, spurtete die Treppe hoch in den zweiten Stock. Vor der Tür zu Hartmanns Büro wartete er erst gar nicht ab, bis ihn jemand hereinrief. Ohne zu klopfen, betrat er das Zimmer, schloss die Tür, setzte sich vor Hartmanns Schreibtisch und drückte seine Zigarette in dem übervollen Aschenbecher aus. Sein Chef hielt den Telefonhörer am Ohr und schaute Heller entgeistert an. Dann legte er grußlos auf.

»Sag mal, spinnst du?«, herrschte er Heller an.

»Du sagst mir jetzt, was diese Jung in Wirklichkeit hier macht und warum sie wie eine Klette an mir dranhängt.«

»Die Jung hilft in der Abteilung Steuerbetrug. Das habe ich dir schon mal gesagt. Neubauer hat sie zu uns versetzt, weil wir den Mordfall Borowski auf dem Tisch haben.«

Heller schwieg, zündete sich die nächste Zigarette an.

»Hast du schon mal was von einem Berliner Müllproblem gehört?«, fragte er. »Und das meint nicht deinen Aschenbecher. Berlin muss den Dreck loswerden. Entweder in Richtung Westen oder in den Osten. Aber da ist noch irgendwas im Busch.«

»Was soll da im Busch sein?«

»Ich weiß es nicht. Deswegen bin ich hier.«

»Was hast du inzwischen?«

Heller legte die Notizen, die er im Grundbuchamt Neukölln aufgeschrieben hatte, auf den Tisch.

»Das ist aus dem Grundbuch für die Mülldeponie Dörferblick in Rudow. Die letzten Einträge sind eine Löschung, die West-Berlin betrifft. Die Löschung hat ein Mitarbeiter der Senatsbauverwaltung unterzeichnet. Lothar Borowski, da war er noch nicht Senatsbaudirektor. Eingetragen als neue einhundertprozentige Eigentümerin ist eine *MA Vermögensverwaltung GmbH*. ›MA‹ ist vermutlich die Tochter von Barbara Albrecht.«

Die Stirn in Falten gezogen, schaute Hartmann abwechselnd auf Heller und die Notizen. Dann stand er abrupt auf, ging zur Tür, schloss ab und setzte sich wieder.

»Die Jung ist hier, weil die Geschichte ein paar Leute in West-Berlin den Kopf kosten soll. Neubauer hat mich ins Gebet genommen. Offiziell ist sie dir wegen der Albrecht und Borowski zur Seite gestellt. Aber eigentlich geht es um mehr.«

»Und was ist mehr?«

Hartmann hob die Schultern. Die stumme Antwort sah glaubhaft aus. Heller entspannte sich.

»Hast du was über Borowski rausgefunden?«, fragte Hartmann.

»Er ist wahrscheinlich in der *Freya* ums Leben gekommen. Ob ihn jemand umgebracht hat oder ob es ein Unfall war, ist bislang nicht klar. Toni Engel hat die Leiche in die Zone gebracht und neben der Transitautobahn an einen Baum gehängt.«

»Toni Engel? Das ist doch der Boxer?«

»Und das Faktotum von Leo Schlicht.«

»Kannst du beweisen, dass Engel die Leiche in die DDR geschafft hat?«

»Noch nicht.«

Hartmann erhob sich stöhnend, als würde die Angelegenheit wie Blei auf seinen Schultern lasten. Den Blick zum Fenster hinaus gerichtet, nickte er.

»Was ist mit diesem Kalb?«

»Was soll mit ihm sein? Ich bin nicht für Vermisste zuständig.«

Heller hatte harmlos klingen wollen, aber es war ihm nicht geglückt. Und sein Chef kannte ihn gut genug, um es zu bemerken. Hartmann drehte sich um.

»Seine Frau ruft hier zehnmal am Tag an und beschwert sich, weil wir nichts unternehmen. Sie glaubt, dass er tot ist, weil er noch nie mehr als drei Tage von zu Hause weg war. Soll ich Mercier dransetzen? Oder Koch? Der ist morgen wieder im Dienst.«

»Nicht nötig. Ich finde Kalb schon.«

»Ja, dann beeil dich aber.«

Hartmann zwängte sich wieder hinter seinen Schreibtisch. Er erinnerte Heller an einen Bären, dem man die Krallen ausgerissen und Zähne herausgebrochen hatte und der jetzt in seinem engen Käfig auf und ab lief. Vom Schreibtisch zum Fenster und wieder zurück.

»Und wegen Borowski schnappst du dir den Engel«, befahl Hartmann.

»Mit welcher Begründung?«

»Lass dir was einfallen. Was ist mit dem Ermittler von drüben? Wie heißt der?«, fragte Hartmann.

»Simon Bernard. Bis jetzt noch nichts.«

Heller überlegte, ob er die Leiche von Kalb wieder auftauchen lassen sollte, damit die nervende Fragerei aufhörte. Aber dann würde die Spur zu Schlicht, die er bereits gelegt hatte, richtig heiß werden, und Leos Beteiligung an der Müll-Sache würde in den Hintergrund treten. Also musste Kalb dort bleiben, wo er war.

»War's das?«, fragte Hartmann.

Als Heller auf die Straße hinaustrat, blendete ihn die Sonne so sehr, dass er blinzeln musste.

»Herr Heller?«

Er drehte sich um. Die Sekretärin Frau Grimm war ihm hinterhergelaufen und stand in der Tür der Keithstraße.

»In der Sebastianstraße 85 ist gerade ein Einsatz.«

»Was für ein Einsatz?«

»Ein Toter.«

»Wer?«

»Das haben sie nicht gesagt.«

Heller stürzte los zu seinem Wagen.

32

Zwei Streifen der Polizei, ein Krankenwagen und zwei Feuerwehrautos mit Blaulichtern versperrten Heller den Weg. Er trat so heftig auf die Bremse, dass der Wagen ins Rutschen kam und quer zur Straße stehen blieb. Er stieg aus, rannte in Richtung Sebastianstraße. Den ersten Polizisten, den er erwischen konnte, fragte er, was passiert sei. Der Kollege wusste es nicht. Deutete zur Nummer 85. Ein Dutzend Anwohner hatten sich auf dem Bürgersteig versammelt. Ein weißes Tuch lag ausgebreitet. Darunter die Konturen eines Menschen. Es war wie ein Schlag in den Magen. Heller starrte das Tuch an. Wer? Astrid? Jochen? Nein, die waren auf Ferienfahrt. Louise?

»Wohnen Sie hier?«

Die Frage hinter seinem Rücken ließ ihn zusammenfahren. Er drehte sich zu einem Polizisten um.

»Wer liegt da?«

»Wohnen Sie hier?«

Heller zeigte seine Marke. Der Beamte beugte sich zum weißen Tuch hinunter und hob es an einer Ecke hoch.

»Kennen Sie den?«

Es war der Maler aus dem vierten Stock.

»Hat der hier gewohnt?«

»Im vierten. Er heißt Wolfgang Schnell.«

»Die Kollegen von der Feuerwehr mussten die Tür aufbrechen. Der hatte sich verbarrikadiert, als würden die Russen einmarschieren.«

Der Körper des Toten war eigenartig verrenkt, als hätte jemand die Knochen neu sortiert. Schnells Augen waren aufgerissen, unter seinem Kopf breitete sich eine Blutlache aus und lief in den Rinnstein.

Als Heller nun die Treppe hocheilte, schlich sich leise ein Gedanke an. Was wäre, wenn ich Schnell den Tod von Kalb anhänge? Ryan holt die Leiche aus dem Grab, schmiert ein bisschen Ölfarbe an seine Klamotten. Hartmann erzähle ich, dass es Streit im vierten Stock gab. Dann muss ich nur noch die alte Frau Schwalbe instruieren. Und die Kinder. Kompliziert, aber möglich.

Im vierten Stock zeigte er einem weiteren Uniformierten seine Marke und betrat die Wohnung. Sie war genauso wie seine geschnitten, Bad gleich links, dann Schlafzimmer, Küche, ein weiteres Zimmer, das Wohnzimmer. Der Unterschied lag in der Unordnung und den mehr als hundert Gemälden überall an den Wänden. Es roch nach Farbe und Verdünner. Eine Armada von leeren Bierflaschen auf den Tischen, Kleidung auf Sofa und Sesseln. Im Wohnzimmer direkt neben dem weit geöffneten Fenster stand eine Staffelei, darauf ein halb fertiges Werk. Heller guckte aus dem Fenster auf die Straße hinunter. Von hier war der Maler in den Tod gesprungen. Als er das Gemälde näher betrachtete, erkannte er darauf zwei Menschen. Einer krümmte sich auf dem Boden, ein anderer schlug auf ihn ein. Der auf dem Boden sollte wohl der Maler sein. Und der andere? In der Küche stapelte sich Geschirr, von grünem Schimmel überzogen. Im Schlafzimmer eine einzelne nackte Matratze, ansonsten war der Raum leer. Hatte Schnell begonnen, Möbel zu verscherbeln? Im Flur fand Heller einen geöffneten Brief von der Firma *Merkur Hausverwaltungen*. Mit dem Betreff: »Kündigung des Mietverhältnisses«.

»Schau an, der Herr Heller. Mal wieder ein Mord für die Sammlung?«

Oskar Schubert von der Spurensicherung betrat die Wohnung, begrüßte Heller mit einem kurzen Kopfnicken.

»Du hast hoffentlich nichts angefasst«, sagte er.

Wortlos zeigte Heller dem Kollegen den Brief. Schubert nahm ihn, überflog die Zeilen.

»So sind die jetzt überall unterwegs. Abreißen, neu bauen und sich eine goldene Nase verdienen«, sagte Schubert. »Bei uns wird gerade das Nachbarhaus abgerissen. Du wohnst doch auch hier.«

»Im dritten.«

»Das heißt, du musst auch raus?«

»Wahrscheinlich.«

»Hast du schon was Neues?«

»Nein.«

Heller deutete auf den Brief in Schuberts Händen. Der Gedanke an Schnell und Kalb wollte nicht verfliegen.

»Gibt es einen Hinweis, wie es passiert ist? Ist er gesprungen?«, fragte Schubert.

»Komm mal mit«, sagte Heller.

Er ging ins Wohnzimmer, Schubert folgte ihm. Vor dem Gemälde auf der Staffelei blieben sie stehen und schauten es eine Weile an.

»Wer ist das auf dem Boden? Der Künstler?«, fragte Schubert.

»Möglich«, antwortete Heller. »Oder der Kerl, der ihm den Brief geschickt hat.«

Schubert nahm den Brief hoch, las den Absender.

»*Merkur Hausverwaltungen*, Geschäftsführer Otto Kalb.«

»Ist das nicht der, den wir suchen?«

»So ist es«, sagte Heller.

Schubert blickte erneut auf den Brief.

»Der ist vom Neunten. Also von vor zwei Wochen. Du meinst, dass Schnell Kalb ermordet hat?«

Heller schwieg, führte den Gedanken nicht aus, ließ Schubert die Schlussfolgerungen selbst ziehen. Schubert dachte nach.

»Interessante Theorie«, befand er nach einer Weile. »Schnell hat Angst gekriegt, dass er seine Wohnung verlassen muss, und hat geglaubt, mit dem Mord wäre er das Problem los.«

Heller nahm eine Zigarette aus dem Päckchen, fand aber wie so oft in seinen Taschen keine Streichhölzer.

»Aber wieso malt er dann seine Tat?«, fragte Schubert und half Heller mit seinem Feuerzeug aus.

»Weiß man, was im Kopf eines Künstlers vor sich geht?«, antwortete Heller.

Als zwei Kollegen der MI eintrafen, verabschiedete sich Heller und hastete die Treppe hinunter zu seiner Wohnung.

Louise war nicht da. Er schaute sich um. Hatte sie eine Nachricht hinterlassen? Ihr Koffer mit dem wenigen, was sie noch besaß, stand neben dem Sofa. Heller zögerte einen Moment, rang mit sich, dann öffnete er ihn. Ganz unten, versteckt in Unterwäsche, fand er ein Bündel Zwanzigmarkscheine. Mit einem Gummi zusammengehalten. Er zählte mehr als eintausend Mark. Woher hatte sie das Geld? Nicht von der Bar im Englischen Salon. Denn dort verdiente man keine tausend Mark. Ging sie aufs Zimmer? Dealte sie? Heller fluchte. Wieso hatte er sich von ihr einseifen lassen? Heller nahm das Geld an sich und verließ die Wohnung. Sein Wagen stand immer noch so auf der Straße, wie er ihn verlassen hatte. Er stieg ein, legte das Geld ins Handschuhfach und atmete tief aus. Er musste sie rausschmeißen. Falls sie überhaupt wieder zurückkommen würde.

33

Es war Bibi immer noch ein Rätsel, wie die Einladung von Leo Schlicht zu verstehen war. Sie sollte ins Restaurant *Bukarest* kommen, er wollte dort mit ihr eine Lösung für das Projekt *Hades* besprechen. Angeblich sollte Bach später auch noch dazukommen. Anoush hatte vorgeschlagen, ihren Bruder Arian dazu um Rat zu fragen. Er kannte sich im Rotlichtmilieu bestens aus. Er hatte für das Gespräch eines von seinen Etablissements am Stuttgarter Platz angeboten, aber Bibi hatte abgelehnt. Also traf man sich am Ku'damm im *Kranzler*.

Arian war geschätzt Mitte dreißig, ein Bild von einem Mann. Vage erinnerte er Bibi an den Schauspieler, der in *Doktor Schiwago* die Hauptrolle gespielt hatte. Wenn Arian nicht zum Milieu gehören würde, hätte sie ihn sicherlich zu sich nach Hause eingeladen.

Drei Tassen Kaffee standen auf dem Tisch.

»Was meinst du zu der Einladung?«, fragte Anoush.

Arian zuckte mit den Schultern.

»Dazu kann ich nichts sagen. Ich weiß noch nicht mal, um was es geht.«

»Das musst du auch nicht wissen«, sagte Anoush.

Bibi legte beruhigend die Hand auf Anoushs Arm.

»Es geht um ein Geschäft, das ich initiiert habe und aus dem mich gewisse Herren nun wieder rausdrängen möchten«, sagte Bibi.

»Du machst Geschäfte mit Leo?«, fragte Arian erstaunt.

Bibi spürte seinen taxierenden Blick.

Er winkte die Bedienung herbei.

»Was möchtet ihr trinken?«, fragte er Bibi und Anoush.

Er bestellte drei Gläser Champagner. Als Bibi ablehnte, lachte er.

»Der ist nur zur Entspannung.«

»Ich bin entspannt.«

Sie blieb auf Distanz. Einerseits imponierte ihr Arians Auftreten, andrerseits irritierten sie die Narben auf den beiden Handrücken. Und dass er sie duzte, behagte ihr schon gar nicht. Arian bemerkte ihren Blick auf seine Hände.

»Wie die Hände des Erlösers, oder?«

Er betrachtete nun selbst die Narben.

»Sagt dir Savak etwas?«, fragte er.

»Nein.«

»Das ist der persische Geheimdienst. Der Savak und ich waren eine Zeit lang beste Freunde, aber dann hatten wir eine Meinungsverschiedenheit, und sie dachten, es wäre eine gute Idee, mich mit den Händen an ein Kreuz zu nageln, damit ich ihre Argumente besser verstehe.«

Er besaß ein Talent für Sarkasmus. Das gefiel Bibi wiederum. Sie mochte Menschen, die ihr Schicksal nicht bejammerten, sondern es als Herausforderung verstanden, es zu meistern.

»Wann soll das Treffen sein?«, fragte Arian.

»Heute Abend«, sagte Anoush.

Arian runzelte die Stirn.

»Jetzt komm schon, Arian«, herrschte Anoush ihren Bruder an. »Wir wollen lediglich von dir wissen, ob in der Szene etwas über das Treffen durchgesickert ist.«

»Na gut«, sagte Arian.

Er wartete, bis die Bedienung den Champagner abgestellt hatte. Dann beugte er sich nach vorne, sprach leise.

»Seltsamer Zufall oder auch nicht. Ich werde heute Abend auch im *Bukarest* sein. Leo und ich haben einen Interessenkonflikt, über den wir schon seit ein paar Wochen reden wollen. Heute soll das große Treffen sein. Wieso du dazu eingeladen wirst, Bibi, weiß ich nicht. Du hast eigentlich bei so einem Verhandlungspoker nichts zu suchen, würde ich sagen. Da geht es hart zur Sache.«

»Was, meinen Sie, könnte passieren, wenn ich der Einladung folge?«, fragte Bibi.

»Manchmal sterben Leute.«

Bibi lehnte sich zurück. Sie spürte Anoushs besorgten Blick.

»Was sollen wir machen?«, fragte Anoush.

»Ruf Schlicht an und sag, ich wäre unpässlich. Eine Frauensache. Und dann frag im Büro von Bach, ob er mit mir verabredet ist.«

Anoush nickte und ging zur Telefonkabine neben den Toiletten. Es war eine verzwickte Situation. Wollte Schlicht sie auf diese Weise loswerden? Aber wieso war Arian dazu eingeladen?

»Du bist ein großes Tier in der Baubranche, hat mir

Anoush verraten«, sagte Arian. Er strahlte sie charmant an.

»Hat sie das?«

»Was bist du? Löwin? Widder?«

»Wie wäre es mit Skorpion?«

»Oh. Ein Stachel.«

Er flirtete, und Bibi gefiel es, wie er flirtete. Sie betrachtete ihn. Er war ein stattlicher Mann, sah gut aus, hatte Humor und war offensichtlich noch nicht zum Sklaven von Macht und Geld geworden.

»So ist es nun mal für eine Frau«, sagte Bibi.

»Hartes Geschäft?«

»Gelegentlich sportlich.«

»Falls du jemanden brauchst, der ein Auge auf dich hat und dich beschützt …«

Er beendete den Satz nicht, und Bibi war ein wenig enttäuscht.

»Danke für das Angebot. Aber schauen Sie, Arian, ich habe im Laufe der Jahre im Baugeschäft gelernt, mich von Leuten fernzuhalten, die mir Schutz versprechen, weil es meistens dieselben sind, die mich in Gefahr bringen.«

Arian steckte die Zurückweisung locker weg.

»Manchmal irrt man sich und muss die alten Lehren wieder vergessen«, sagte er.

Anoush kam zurück, setzte sich.

»Leo Schlicht ist nicht zu erreichen«, sagte Anoush. »Und Bachs Sekretärin weiß nichts von einer Verabredung mit dir. Es steht jedenfalls nichts im Kalender.«

Nachdenklich rührte Bibi in ihrer Kaffeetasse.

»Ich mache dir einen Vorschlag«, sagte Arian. »Anoush fährt dich heute Abend in die Bleibtreustraße, ihr wartet an der Ecke Niebuhr. Leo will, dass ich alleine komme, aber ich glaube, ich fahre besser mit ein paar von meinen

Jungs vor. Dann werde ich ja sehen, wer im *Bukarest* auf dich wartet. Wenn die Lage überschaubar ist, gebe ich dir Bescheid. Ist das ein guter Vorschlag?«

Bibi war einverstanden. Als sie Kaffee und Champagner bezahlen wollte, wehrte Arian ab. Er lasse sich aus Prinzip nicht von Frauen einladen. Bibi ging mit Anoush zu ihrem Mercedes. Sie war nervös.

Vielleicht war es an der Zeit, sich zurückzuziehen. Sie war wohlhabend genug, um ein schönes Leben mit einem galanten Mann zu führen. Den sie allerdings noch finden musste. Manuela hatte ihr am Telefon von Paris und den Parisern vorgeschwärmt. Die sind so charmant, hatte sie gesagt.

34

Bisher war Heller davon ausgegangen, dass Barbara Albrecht Streit mit Borowski wegen der Senatsbürgschaft gehabt hatte. Aber das war vielleicht nur der unwichtigste Teil der Auseinandersetzung gewesen. Borowski hatte ihr geholfen, das Grundstück der Mülldeponie Rudow zu erwerben. Eine der vier großen Deponien am Stadtrand, auf die der Hausmüll abgeladen wurde. Wenn der Müll in die Zone gebracht werden sollte, würde man Rudow irgendwann schließen. Vielleicht hatte Barbara Albrecht erwartet, dass Borowski sie zum Ausgleich an dem Müllgeschäft mit der Zone beteiligen würde? Er überlegte, die Albrecht mit diesen Vermutungen zu konfrontieren. Wenn er richtiglag, war sie vielleicht bereit, ihm mehr über Borowski und Leo Schlicht zu erzählen.

Er parkte den Wagen in einiger Entfernung zu Albrechts Villa und lief auf das Haus zu. Der Klingelknopf an dem Namensschild aus Messing klemmte. Niemand antwortete. Er versuchte es noch einmal. Wieder nichts.

Ich hätte anrufen sollen, dachte er und wandte sich zum Gehen. Dabei sah er gerade noch einen Schatten hinter einem der Fenster im ersten Stock. Eindeutig ein Mann. Es konnte ein harmloser Besucher sein. Einer von Barbara Albrechts Liebhabern. Heller dachte daran, zu warten, bis der Besucher das Haus wieder verließ. Aber das konnte Stunden dauern, vielleicht sogar bis zum nächsten Morgen. Es war keine gute Idee.

Er kletterte über den Zaun und schlich am Haus vorbei in den Garten. Die Terrassentür war geöffnet. Er überlegte, ob er einfach ins Haus gehen und Barbara Albrecht überraschen sollte. Das war zwar rechtswidrig. Ein Polizist durfte sich nur in einer Notlage ohne richterlichen Beschluss Zugang zu fremdem Grund verschaffen. Aber er könnte sich damit herausreden, dass die Terrassentür offen gestanden hätte und Einbrecher geradezu einlud.

Er betrat das Wohnzimmer. Im ersten Stock bellten die Dobermänner. Er schaute sich um. Im Erdgeschoss war niemand. Zumindest war niemand zu sehen. Als er die Treppe hinaufstieg, hörte er außer dem Gebell noch ein anderes Geräusch. Wie das Singen einer Maschine. Sehr hoch. Eine Bohrmaschine? Heller zog die Pistole aus dem Halfter, der Teppichboden dämpfte seine Schritte. Hinter der ersten Tür links lag ein Badezimmer. Leer. Hinter der zweiten bellten die Hunde. Er ging weiter. Die dritte Tür war angelehnt. Heller öffnete sie vorsichtig einen Spaltbreit. Regale voller Bücher, ein großer Globus. Ein gerahmtes Schwarz-Weiß-Foto, das eine jüngere Barbara Albrecht mit einem älteren Mann zeigte. Wahrscheinlich ihr Vater. Es stand gegen die Wand gelehnt. Daneben ein Mann mit dem Rücken zur Tür. Er war schmal, trug eine Cordhose, eine dunkelblaue Jacke, billige Schuhe. Vor ihm ein Wandtresor. Die Bohrmaschine kreischte. Fraß sich in das Metall der Tresortür. Heller beobachtete den Mann. Überlegte, was er tun sollte. Die Maschine verstummte. Der Mann legte sie auf den Boden. Die Hunde bellten immer noch. Können diese Köter nicht die Schnauze halten?, dachte Heller. Mit einem Schraubenzieher öffnete der Mann die stählerne Tür. Stapel von Papieren. Der Mann nahm einen nach dem anderen heraus. Warf sie zu Boden. Er suchte etwas Bestimmtes. Auf einer Akte konnte Heller in dicken, schwarzen, handgeschriebenen Buchstaben das Wort »Hades« lesen. Der Einbrecher fluchte. In dem Tresor war nicht das, was er suchte.

Plötzlich hielt er inne, sein Rücken versteifte sich, als hätte er nun bemerkt, dass er beobachtet wurde. Seine linke Hand verschwand in seiner Jacke. Heller richtete die Pistole auf ihn.

»Polizei. Hände hoch!«

Der Einbrecher rührte sich nicht.

»Drehen Sie sich zu mir um. Langsam. Zum letzten Mal, die Hände hoch.«

Der Einbrecher nahm die Hände nicht hoch, drehte sich nur langsam herum.

»Ich will Ihre Hände sehen!«, brüllte Heller.

Den Bruchteil einer Sekunde später sah er, dass der Mann in der rechten Hand eine Waffe hielt und schoss. Eine Kugel traf Heller im linken Oberarm und riss ihn herum. Eine zweite Kugel schlug im Türrahmen rechts neben ihm ein. Heller zog sich in den Flur zurück. Er lehnte sich gegen die Wand, versuchte, den Schmerz unter Kontrolle zu bekommen. Fluchte. Wieso hatte er sich so überrumpeln lassen? Wie ein blöder Amateur. Er lauschte. Was machte der Einbrecher in dem Zimmer? Auf alle Fälle würde er nicht so einfach fliehen können. Es gab ein Fenster. Fünf Meter bis zum Boden. Zwei

Türen. Die zum Flur, neben der Heller stand, hinter der anderen die Hunde. Heller hörte, wie sie an der Tür kratzten. Der Türgriff bewegte sich. Die Viecher versuchten tatsächlich, die Tür zu öffnen. Sah der Mann es auch?

»Waffe weg, Sie kommen hier nicht raus!«, rief Heller.

Keine Antwort. Was hatte der Mann vor? Worauf wartete er?

»Geben Sie auf«, rief Heller.

Stille. Nichts geschah. Wahrscheinlich wusste der Mann, dass er sich in eine ausweglose Situation manövriert hatte. Genauso wie Heller. Er konnte den linken Arm nicht mehr bewegen, konnte den Platz neben der Tür nicht verlassen. Also er brauchte Verstärkung. Im Erdgeschoss gab es ein Telefon, von der Treppe aus in Sichtweite. Er könnte telefonieren und den Mann trotzdem im Visier haben, falls er fliehen wollte. Heller drehte den Kopf zur Tür hin.

»Hören Sie mich? Geben Sie auf!«

Keine Antwort, nichts. Die Waffe auf die Tür gerichtet, ging Heller rückwärts zur Treppe. Stieg Stufe um Stufe herab. Den Blick auf die Tür gerichtet. Er erreichte das Telefon.

Als er den Hörer abnahm, hörte er wütendes Bellen. Laut, sehr laut. Schreie. Dann ein Schuss. Er eilte zurück in den ersten Stock. Lugte in das Zimmer. Ein Hund lag winselnd am Boden, blutete aus einer Wunde am Kopf. Das zweite Tier hatte seine Zähne in den Hals des Mannes geschlagen. Zerrte und zog. Der Mann versuchte, den Hund von sich wegzudrücken. Schlug nach ihm. Blut spritzte. Heller zögerte einen Moment. Dann trat er neben den Mann und erschoss den Hund.

35

Es war schnell gegangen. Kaum hatte Heller in der Keithstraße angerufen, waren auch schon zwei Streifenwagen mit Blaulicht und Martinshorn eingetroffen. Gleich danach seine Kollegen Koch und Mercier. Dass sie so schnell gekommen waren, lag nicht an Hellers Anruf, sondern an einer Alarmanlage, die Albrechts Villa mit dem nächsten Polizeirevier verband. Mercier legte ihm einen notdürftigen Verband an, Koch stieg nach oben, um einen Blick auf den Tatort zu werfen. Kurz darauf traf Hartmann ein und dann noch Heinz Manteufel, der Leiter der Inspektion M. Heller wunderte sich. Normalerweise begab sich Manteufel nicht in die Niederungen der Tatortarbeit. Selbst dann nicht, wenn einer seiner Beamten verletzt worden war. Heller lieferte einen kurzen Bericht des Tathergangs.

Die Schmerzen waren immer noch stark, die Kugel steckte tief im Fleisch und ließ jede Bewegung zur Qual werden.

»Wo bleibt der Krankenwagen?«, blaffte Hartmann.

Mercier ging zum Telefon im Flur, wählte eine Nummer. Heller wartete darauf, dass einer seiner Vorgesetzten ihn in den Senkel stellte. Er steckte sich eine Zigarette in den Mund, Manteufel gab ihm Feuer.

»Können Sie mir sagen, was Sie hier wollten?«, fragte er.

»Ich bin zufällig in der Gegend gewesen«, antwortete Heller.

»Zufällig in der Gegend? Und was haben Sie zufällig hier zu tun gehabt?«

Manteufels Tonfall war beißend. Heller zog es vor, die Standpauke stumm über sich ergehen zu lassen. Was hätte er auch sagen sollen? Er war ja nicht zufällig hierhergefahren. Er hatte die Albrecht in die Enge treiben wollen.

»Du bist angeschossen worden, da oben liegt ein Toter. Mit welcher Erlaubnis bist du überhaupt hier reingegangen?«, herrschte Hartmann ihn an.

Heller drückte die Zigarette in einem Aschenbecher aus und sah seinem direkten Vorgesetzten in die Augen.

»Du hast die beiden Hunde vergessen. Aber du kannst mich gerne wegen Missachtung einer Anordnung vom Dienst suspendieren.«

Heller sah Hartmann herausfordernd an. Er hatte einen Einbrecher gestellt, das fiel unter Gefahr im Verzug. Der Einbrecher hatte auf ihn geschossen. Widerstand und Angriff auf einen Vollzugsbeamten.

»Ich bin gespannt, wie du die Suspendierung begründen willst.«

Manteufel hob die Hände, trat zwischen Heller und Hartmann.

»Niemand will Sie suspendieren. Der Kollege Hartmann will nur sagen, dass wir die Pferde nicht scheu machen dürfen.«

»Die Albrecht wird uns ihre Anwälte auf den Hals hetzen«, knurrte Hartmann.

»Ja, und? Vielleicht sollten wir die Albrecht einfach mal fragen, was diese *Hades*-Akte bedeutet. Und was dieser Dreckskerl da oben eigentlich gesucht hat«, brüllte Heller.

Für wie blöde hielten sie ihn? Zurückhaltung, weil die Albrecht ihre Anwälte von der Leine lassen könnte? Seit wann ließ die Keithstraße sich so ins Bockshorn jagen? Hier steckte etwas anderes dahinter. Wahrscheinlich hatte Hartmann sich zu weit aus dem Fenster gelehnt, als er von dem Müll-Projekt erzählt hatte, und war von

Manteufel zurückgepfiffen worden. Und wenn es nun hieß, dass er die Finger von der Albrecht lassen sollte, konnte das nur bedeuten, dass er auf der richtigen Spur war.

»Wo ist der Einbrecher?«, fragte Manteufel.

»Erster Stock rechts«, antwortete Koch. »Ich zeige es Ihnen.«

»Du bleibst hier«, ordnete Hartmann an.

Zusammen mit Manteufel stieg er schweren Schrittes die Treppe hoch, um das Zimmer mit den zwei Hunden und dem übel zugerichteten Einbrecher zu inspizieren.

Inzwischen war Schubert mit seinen Leuten eingetroffen. Er war überrascht, Heller schon wieder zu begegnen. Er nahm seine Tasche und stiefelte ebenfalls nach oben.

Als die Schmerzen stärker wurden, setzte Heller sich in einen Sessel. Jetzt hätte er einen Schluck gebraucht. Er schaute sich um. An der Wand gegenüber dem großen Fenster befand sich ein schwarzer Schrank mit Glastüren, dahinter eine erstklassige Versammlung von Hochprozentigem. Mit einem Kopfnicken beorderte Heller Mercier dahin.

»Du bist noch im Dienst«, sagte Mercier.

»Ich trinke auch sonst im Dienst.«

Mit einem Schulterzucken reichte Mercier ihm eine Flasche. Heller trank. Allseitiges Schweigen. Es war eine seltsame Situation. Mercier und die Kollegen in der Keithstraße wussten offenbar auch, dass sie im Fall Borowski an der Leine waren. Nicht zum ersten Mal, wenn es um Prominenz oder Unternehmer oder die Politik ging. In bestimmten Fällen sollte einfach mit etwas weniger Nachdruck ermittelt werden. Und so mancher Fall rutschte in dem großen Stapel nach unten und wurde irgendwann vergessen. Wenn du weiterkommen willst, ist es besser, du überlegst zwei Mal, mit wem du dich anlegst, hatte sein alter Chef Holzinger zu ihm gesagt. Aber was sollte Heller machen? Er steckte selbst bis zur Halskrause in der Sache drin. Er hatte Otto Kalb auf dem Gewissen. Irgendwann würde die Jung ihm auf die Spur kommen. Das hieß Verurteilung und Knast.

»Da ist übrigens noch was«, sagte Mercier betont leise.

»Was?«

»Du interessierst dich doch für Leo Schlicht.«

»Und?«

»Er trifft sich heute Abend im *Bukarest* mit der Albrecht.«

»Woher weißt du das?«, fragte Heller Mercier.

Ein kurzer Blick von Mercier in Richtung erster Stock, und Heller wusste Bescheid. Die Leitung der Keithstraße beschäftigte sich durchaus mit Barbara Albrecht. Manteufel und Hartmann wollten nur nicht, dass er sich zu sehr reinhängte.

»Es soll auch noch jemand aus der Politik dabei sein«, sagte Mercier.

Wer das war, wusste er nicht. Kurz darauf traf der Krankenwagen ein. Die Sanitäter legten Heller einen Druckverband an. Dann musste er ins Krankenhaus, damit die Kugel entfernt werden konnte. Als er mit dem Sanitäter das Haus verließ, waren seine beiden Chefs immer noch im ersten Stock zugange. Heller vermutete, dass sie den Inhalt des Tresors inspizierten. Und er wollte jede Wette eingehen, dass anschließend die Akte mit der Aufschrift *Hades* verschwunden war.

36

Der Mercedes parkte an der Ecke Niebuhr- und Mommsenstraße mit direktem Blick auf das Kino *Filmkunst 66*, in dem seit Monaten der Film *Easy Rider* gespielt wurde.

»Hast du den Film schon gesehen?«, fragte Anoush.

»Nein.«

Bibi hatte nur selten Zeit fürs Kino.

»Den musst du angucken. Da spielt einer mit, der heißt Jack Nicholson. Er ist ein drogensüchtiger Anwalt und so unglaublich witzig und charmant.«

»Von Rechtsverdrehern in all ihren Erscheinungsformen habe ich die Nase voll.«

»Ich weiß«, Anoush lachte und fragte dann: »Was sind zweihundert Anwälte auf dem Grund des Wannsee?«

»Sag.«

»Ein guter Anfang.«

Für einen Moment löste sich die angespannte Stimmung. Sie beobachteten das Restaurant *Bukarest*, das schräg gegenüber dem Kino lag. Vor einem Jahr war ein Mann auf dem Bürgersteig vor dem Restaurant erstochen worden. Daraufhin hatte der Besitzer gewechselt. Aber es verkehrten immer noch dieselben zwielichtigen Figuren dort. Ein Milieu, zu dem man lieber keine Verbindung haben sollte.

»Da sind sie«, sagte Anoush.

Aus nördlicher Richtung bogen zwei Opel Admiral im Licht der Straßenlaternen in die Bleibtreustraße ein. Sie fuhren langsam, als würden sie eine Stadtrundfahrt machen und sich die Gegend anschauen. In der Höhe des Restaurants *Bukarest* hielten sie an, warteten.

»Was machen die?«, fragte Anoush.

Kaum hatte sie den Satz ausgesprochen, wurden die

Türen der beiden weißen Opel geöffnet. Sechs Männer stiegen aus. Arian als Letzter. Die Männer gingen auf das Restaurant zu. Dem steifen Gang nach trugen sie unter den Jacken und Mänteln Gewehre. Vor dem *Bukarest* stoppten sie. Arian drehte sich zu seinen Leuten um, sprach kurz zu ihnen. Dann betrat er allein das Restaurant.

»Ich sollte nicht hier sein«, murmelte Bibi. »Wenn es Ärger gibt und jemand sieht mich hier, weiß ich genau, was morgen in der *BILD* steht.«

»Soll ich fahren?«

»Ja. Arian wird uns schon erzählen, was bei dem Palaver rauskommt.«

Anoush startete den Wagen, drehte sich nach hinten, um in Richtung Mommsenstraße zurückzustoßen. Im selben Moment jagte ein lauter Knall durch die Bleibtreustraße. Die beiden Frauen sahen zum Restaurant. Arians Männer, die sich vor dem Lokal postiert hatten, suchten Schutz hinter ihren Wagen. Die Waffen auf das Restaurant gerichtet, riefen sie sich aufgeregt unverständliche Kommandos zu. Ein weiterer Schuss fiel, zerschlug die Frontscheibe des ersten Opel.

»Wir müssen hier weg«, schrie Bibi. »Fahr los!«

Anoush schien sie nicht zu hören. Wie gebannt starrte sie auf die Straße. Ein Mann kam aus dem Restaurant heraus, taumelte, presste sich beide Hände auf den Bauch. Stürzte auf die Straße. Anoush erkannte ihn sofort.

»Arian!«, schrie sie. »Nein!«

Bevor Bibi reagieren konnte, riss Anoush die Fahrertür auf, sprang heraus und rannte auf ihren Bruder zu.

»Anoush! Bleib hier«, rief Bibi ihr hinterher.

Aber Anoush war nicht zu halten. Bibi verfolgte gebannt, wie sie neben ihrem Bruder auf die Knie fiel, ihn umarmte, während um sie herum Kugeln wie ein Stahlgewitter waagerecht über die Straße fegten.

Aus dem *Bukarest* heraus wurde weiter geschossen. Kugeln durchlöcherten die Wagen, hinter denen die Perser sich verschanzt hatten. Einer von Arians Männern schrie auf, griff sich ins Gesicht und stürzte zu Boden. Die Fensterscheiben des Restaurants und der Läden rechts und links zersplitterten. Einer von Schlichts Männern, von denen er etliche eigens für diese Schlacht zur Verstärkung aus Westdeutschland hatte anreisen lassen, stolperte schießend aus dem Restaurant. Getroffen brach er auf dem Bürgersteig zusammen. Querschläger zischten kreuz und quer, prallten von Wänden ab, änderten die Richtung. Leute, die aus dem Kino auf der anderen Straßenseite kamen, verstanden nicht, was hier passierte. Die drehen keinen Film, das ist echt, rief einer mit weißen Haaren, woraufhin die Kinobesucher schreiend zurück in die dunklen Räume flüchteten. Zischend entwich Luft aus einem Autoreifen. Eine Frau goss aus einem Fenster im zweiten Stock über dem *Bukarest* einen Eimer Wasser auf die Straße. Der Stamm eines jungen Baumes splitterte von einer Salve getroffen. Patronenhülsen flogen umher, hüpften einen irren Tanz, als sie zu Boden fielen.

Und mittendrin kniete Anoush auf der Straße und hielt ihren Bruder, seinen Kopf in ihrem Schoß. Ihre linke Hand auf seinem Bauch, wo Blut zwischen ihren Fingern hindurchsickerte.

Bibi war wie erstarrt. So etwas hatte sie noch nie zuvor erlebt. Gelegentlich prügelten sich Männer auf einer Baustelle. Einmal waren sie und Anoush im Auto überfallen worden, jemand hatte ihr mit einer Pistole vor dem Gesicht herumgefuchtelt. Aber das hier war etwas anderes. Es war ein Albtraum.

Als die Schießerei wie auf Befehl eines unsichtbaren Regisseurs verstummte, stieg Bibi aus dem Wagen. Sie hatte gelernt, ruhig zu bleiben, wenn Gefahr drohte. Die Umgebung mit den Augen abzusuchen, Auswege zu finden. Den Rücken gerade, schritt sie auf Anoush zu. Kniete neben ihr nieder.

»Wir müssen hier weg«, sagte sie so ruhig, als würde sie eine Theateraufführung verlassen wollen.

Jetzt waren von ferne Sirenen zu hören. Streifenwagen trafen vom Ku'damm und der Kantstraße her ein. Blaulicht erhellte die Szenerie. Die Splitter der zersprungenen Scheiben reflektierten es wie ein Kaleidoskop. Blutlachen bedeckten das Straßenpflaster wie Regenpfützen. Verletzte stöhnten und jammerten, unterbrochen von den Kommandos der Polizisten. In der Bleibtreustraße herrschte Chaos.

»Was ist hier los?«, fragte ein Hüne im Smoking mit empörter Stimme. Der Mann mit der Fliege bahnte sich einen Weg durch den Ameisenhaufen aus Polizisten, Pressefotografen und Schaulustigen. Dann schaute er ziemlich ratlos in die zerschossenen Autos. Er wirkte persönlich beleidigt, als handele es sich um sein Eigentum, das hier zerstört worden war. Bibi sah zu dem Mann hin und erkannte den Berliner Polizeipräsidenten Klaus Hübner, den man offenbar aus einer Opernaufführung oder einem festlichen Dinner gerissen hatte.

»Können Sie mich stützen?«, fragte Bibi.

Am übernächsten Morgen schmückte der Freund und Helfer im Smoking die Titelblätter der Boulevardzeitungen.

Vier

37

Die junge Assistenzärztin stellte sich ungeschickt an, als sie die Kugel aus Hellers Arm holte. Es war die erste Schussverletzung, die sie versorgen musste, wie sie Heller gestand. Es dauerte endlose Minuten, bis sie das Geschoss mit der Pinzette zu fassen bekam. Dann reinigte sie die Wunde. Die örtliche Betäubung ließ nach, und Heller biss die Zähne zusammen. »Da haben Sie aber noch mal Glück gehabt«, sagte die Ärztin.

Heller schaute das Projektil an, das in einer Metallschale lag. Kleinkaliber, offenbar 6,35 Millimeter, aber kürzer, keine klassische Browning-Munition. Es musste sich um ein Produkt aus dem Ostblock handeln. Das war überraschend. Gehörte der Einbrecher zur Staatssicherheit der DDR?

Eine Stunde später brachte ein Streifenwagen Heller nach Hause. Es war kurz vor Mitternacht. Er hatte einen der Sanitäter überreden können, ihm die DS heimzufahren.

Als Heller die Wohnung betrat, war es dunkel und still. Die Küche war aufgeräumt. An der Garderobe hing Louises Jacke. Heller überlegte, ob er sie wecken und sofort hinauswerfen sollte, und entschied sich, sie erst am Morgen zur Rede zu stellen. Sein linker Arm schmerzte höllisch. Die Tabletten, die die Ärztin ihm mitgegeben hatte, wirkten nicht. Er versuchte erfolglos, sich mit der rechten Hand zu entkleiden. Es gelang ihm nicht. Erschöpft fiel er in den Schlaf und bald in den Traum, der ihn seit Jahren nicht losließ.

Er ist zwölf Jahre alt. Die Wohnung im Biedermannweg 17. Er liegt im Bett und hört, wie seine Eltern in der Küche streiten. Über die Frau, die den Zeitungsladen im U-Bahnhof Ruhleben betreibt. Sie hat eine Tochter. Petra. Sie ist von seinem Vater. Die Eltern brüllen einander an. Böse, hässliche Worte fallen. Dann kracht es, Geschirr zerschellt auf dem Fußboden. Er schreckt hoch. Von irgendwoher Kinderstimmen. Heller richtet sich auf.

Er lag im Schlafzimmer im Bett. Das Geschirr gehörte in die Gegenwart, nicht in seinen Traum. Aus den Wortfetzen entnahm er, dass Paulas Lieblingstasse zu Boden gefallen war. Ein Geschenk von Astrid und Jochen zum Muttertag. Jetzt hörte er Weinen und Louises Stimme. Sie versuchte, die Kinder zu trösten, wollte die Scherben wieder zusammenkleben.

Wieso waren die Kinder zurück? Sie sollten doch auf Ferienfahrt sein. Als Heller aufstehen wollte, spürte er wieder den Schmerz in seinem linken Arm. So heftig, als ob jemand ein Messer hineingestochen und in der Wunde gelassen hätte. Es fiel ihm ein, warum er angezogen im Bett geschlafen hatte. Er fluchte. Sofort erstarben die Stimmen in der Küche.

Sie saßen zu dritt am Tisch, Astrid, Jochen und Louise.

»Was macht ihr denn hier?«, fragte Heller verwundert.

Die Kinder schwiegen verschämt.

»Jochen hatte Heimweh«, sagt Louise.

Sie legte den Arm um die Schultern des Jungen, drückte ihn tröstend an sich.

»Und Astrid wollte nicht allein in Sankt Peter bleiben.«

Heller nickte. Er hatte damit gerechnet, als die beiden ihm aus dem Bus heraus traurig zugewinkt hatten.

»Okay.«

»Wir können auch hier eine schöne Fahrt machen, oder?«, fragte Louise.

Heller nickte.

»Klar, machen wir.«

Die Kinder lächelten erleichtert.

In der Mitte des Tisches lagen die Scherben der Tasse. Heller hatte darauf gewartet, dass es eines Tages passieren würde. Solche Dinge geschehen, ohne dass man sie erklären kann, dachte er. Die Kinder schauten ihn schuldbewusst an. Heller versuchte ein Lächeln.

»Was ist da passiert?«, fragte Louise.

Sie deutete auf seinen linken Arm. Der Hemdsärmel war schwarz vom getrockneten Blut. Jetzt sahen es auch die Kinder. Die Tasse war augenblicklich vergessen. Heller musste ihnen erzählen, was geschehen war. Er setzte sich, Louise schenkte ihm Kaffee ein. Als er den ersten Schluck getrunken hatte, spürte er, wie das Koffein ihn belebte. Er berichtete von dem Einbrecher und den Hunden und wie der Mann auf ihn geschossen hatte. Den Angriff des zweiten Hundes verschwieg er. Auch, dass er den Dobermann erschossen hatte. Die Kinder durften noch das getrocknete Blut auf dem Ärmel berühren, dann sollten sie mit Geld und Einkaufszettel losmarschieren. Louise lief ihnen im Treppenhaus hinterher, weil sie den Korb vergessen hatten.

»Setz dich!«, forderte Heller sie auf, als sie zurückkam.

Verwundert tat sie, was er gesagt hatte.

»Gestern ist der Maler aus dem Fenster gesprungen«, sagte er.

»Ja, ist das nicht schrecklich?«

»Wo warst du?«

»Ich war einkaufen.«

Er blickte sie herausfordernd an. Louise wurde unruhig.

»Was?«, fragte sie mit erhobener Stimme.

»Du warst einkaufen?«

»Ja. Ich war einkaufen, wenn du es genau wissen willst.«

»Hol deinen Koffer!«, befahl Heller.

»Wieso?«

»Hol deinen Koffer.«

»Du schmeißt mich raus? Wieso?«

»Woher hast du tausend Mark?«

Louise fiel die Kinnlade herunter.

»Du wühlst in meinen Sachen? Hast du sie noch alle?«

»Schaffst du in der *Freya* an?«

»Nein, spinnst du? Ich hab gekellnert.«

»Damit verdient man keine tausend Mark. Noch nicht mal in diesem Puff.«

Unsicher trat Louise von einem Fuß auf den anderen, sah zu Boden. Stöhnte genervt.

»Ich warte.«

»Ich hab es beim Pokern gewonnen.«

»Beim Pokern!« Heller lachte auf.

»Wieso nicht beim Pokern? Ich bin gut in so was.«

»Und mit wem hast du gepokert?«

»Ist doch egal. In der *Freya* werden keine Namen genannt.«

»Hast du noch mehr?«

»Du glaubst mir nicht. Du denkst, dass ich deale oder auf den Strich gehe. Du bist irre, Heller, total durchgeknallt. Du solltest dich einliefern lassen.«

»Mach deine Taschen leer«, verlangte er drohend.

Sie sprang vom Stuhl auf, stemmte wütend die Hände in die Hüften.

»Na gut, du meinst es ernst. Aber dann verrat mir mal, wie das mit den Kleinen laufen soll. Wenn ich nicht da gewesen wäre, hätten die beiden nicht die Ferienfahrt abbrechen können, weil die Schule niemanden hätte informieren können. Du warst ja nicht zu Hause. Ich rufe in der Keithstraße an, und irgendwer vertröstet mich. Angeblich darf sie mir keine Auskunft geben. Also sag ich den Kleinen, du seist im Einsatz, aber es sei alles in Ordnung und sie müssten keine Angst haben. Wir essen zu Abend, wir lesen zusammen aus *Winnetou*, und dann schlafen sie ein. Wie wird das, wenn du mich rausgeworfen hast?«

Heller wusste es nicht. Aber es gab auch nichts, was ihn beruhigen konnte. Vielleicht würde er es sich anders überlegen, wenn in ihren Hosentaschen ein Feuerzeug, ein Schlüssel, was auch immer auftauchen würde. Alles, nur kein Geld. Er sah Louise an. Wartete darauf, dass sie ihre Hosentaschen leerte.

»Du bist so ein Dreckskerl, Heller.«

Schnaubend verließ sie die Küche. Heller hörte, wie sie den Koffer packte und durch den Flur schleifte. Sie kam zurück in die Küche.

»Wo ist das Geld?«, fragte sie.

»Du kriegst es wieder, wenn du aufhörst mich anzulügen.«

Kopfschüttelnd verließ sie erneut die Küche, kam noch einmal zurück.

»Gestern war deine Kollegin wieder hier. Sie hat den Keller durchsucht. Du brauchst keine Angst zu haben. Ich werde nichts von diesem Kalb erzählen. Aber an deiner Stelle würde ich mal mit Astrid und Jochen darüber reden. Astrid pinkelt nämlich ins Bett.«

Die Wohnungstür wurde geöffnet und fiel ins Schloss. Heller ließ den Kopf sinken.

Er musste sich einen anderen Job suchen. Sofort. Wenn es mit dem Werkschutz nicht klappte, dann als Nachtwächter. Oder bei Ryan in der Bar. Oder noch besser Berlin verlassen. Irgendwo in Südamerika die Zelte aufschlagen. Brasilien, wo es das ganze Jahr über warm war. Wo es keine Albrecht, keine Jung und keinen Kalb gab. Und dann dachte er, dass es Träumereien waren. Reiß dich zusammen. Du hast Kinder, für die musst du eine Lösung finden. Sein Vater fiel ihm wieder ein. Da mussten sie jetzt hin. Wenigstens für ein paar Tage. Bis er den Fall gelöst hatte.

Um sich abzulenken, zog er im Wohnzimmer den Brockhaus aus dem Regal.

»Hades«, las er, »griechischer Gott der Unterwelt und des Todes. Im Mythos Sohn des Kronos und der Rhea, Bruder des Zeus und des Poseidon. Nach dem Kampf der Götter mit den Titanen fiel ihm bei der Teilung der Erde die Unterwelt zu, wo er als Gott der Toten wirkte.«

Kein schlechter Name, wenn es sich um Müll dreht, dachte er. Er rief in der Keithstraße an, wollte Vera Jung sprechen. Aber die war gerade bei Manteufel, und Frau Grimm durfte nicht stören.

38

Die Aquarelle an den Wänden zeigten Landschaften im späten Licht der Sonne, als wollten sie die Wartenden an den Lauf der Natur erinnern. Ein Schild verbot Rauchen und das Trinken von Alkohol. Bibi wartete seit zehn Stunden auf eine Nachricht aus dem Operationssaal. Der Holzstuhl im Aufenthaltsraum knarrte, wenn sie sich setzte, ebenso wenn sie wieder aufstand. Ab und zu ging sie nach draußen, um zu rauchen. Schwor, denjenigen fertigzumachen, der auf Anoush geschossen hatte. Sie würde ihn ruinieren, sein Leben zugrunde richten, seine Zukunft zerstören. Oder ihn umbringen. Langsam und unter Schmerzen. Wegen Anoush. Unentwegt tauchten die Bilder auf.

Du darfst nicht sterben, hatte Bibi gefleht. Halte durch. Hübner hatte ihr geraten, auf den Krankenwagen zu warten. Weil das zu lange dauerte, hatte sie Anoush zu ihrem Mercedes geschleppt und war mit ihr in die Westend-Klinik gerast. Über sämtliche Kreuzungen und rote Ampeln hinweg. Am Pförtner vorbei die Rampe zur Notaufnahme hoch. Sie hatte Anoush aus dem Wagen gehoben und in die Notaufnahme getragen, nach einem Arzt gerufen. Eine Krankenschwester angeschrien, weil die nicht sofort reagierte. Anoush war auf eine Trage gelegt und in einen Operationsraum gerollt worden. Seitdem wartete sie.

Barbara Albrecht war in vielen Dingen gut. Sie konnte Menschen auf den ersten Blick einschätzen. Als Architektin und Bauherrin war sie herausragend, als Unternehmerin erfolgreich. Aber beim Warten versagte sie elendig.

Bibi war Anoush an Weihnachten begegnet, als das Mädchen frierend auf dem Ku'damm vor dem *Kranzler* hockte. Sie hatte sie mitgenommen, zu Hause in die Badewanne gesteckt, ihr zu essen gegeben und sie ins warme Bett gepackt. Das hatte sie noch nie zuvor gemacht. Und sie wusste nicht, warum sie ausgerechnet dieses Mädchen mitgenommen hatte. Anoush hatte sie gerührt. Die großen Augen, die sie misstrauisch anschauten, die nicht verstehen konnten, warum jemand gut zu ihr war. Vielleicht sah Bibi sich selbst in ihr. Die eigene Angst, die tief in ihrem Herzen rumorte. Sie liebte sie. Anders, als sie ihre Tochter Manuela liebte. Manuela ähnelte eher ihrem Vater. Mit dem Kopf in den Wolken, das Leben so nehmen, wie es ist, kein Gedanke an Geld, Verpflichtungen, Zukunft und ähnlich Profanes verschwenden. Ein Schauspieler. Und ein Trabant, der um sich selbst kreiste. Er hatte Bibi mit Manuela alleingelassen, behauptete, nicht der Vater zu sein. Und wenn schon. Bibi hatte genug Selbstbewusstsein. Sie brauchte keinen Mann, und gewiss keinen, der nur eine Delle in ihr Bett lag.

Dann kam ein Arzt aus dem Operationsraum, sein Kittel war blutverschmiert. Schon von Weitem wusste sie, was er ihr sagen würde. Und noch bevor er bei ihr war, um ihr etwa sein Beileid auszusprechen, um zu versichern, dass sie alles versucht hätten, dass die Verletzung zu schlimm gewesen sei, wandte sie sich ab und verließ das Krankenhaus. Bibi stieg in ihren Wagen, machte das Radio an. Der *RIAS* spielte den Song *Helpless* von Crosby, Stills, Nash & Young. Sie fuhr in ihr Penthouse in Schöneberg. Die Villa am Kleinen Wannsee war nach dem Tod des Einbrechers von der Polizei versiegelt worden. Sie nahm eine Flasche Taittinger aus dem Kühlschrank und setzte sich auf den Balkon. Es war kühl, trotzdem harrte sie dort stundenlang in eine Decke gehüllt aus. Bis das Telefon klingelte. Manuela.

Begeistert erzählte sie von Paris, von Daniel Cohn-Bendit und den Nächten, die sie mit Marx und Lenin verbrachten, in denen sie die künftige Revolution planten, bei der die Arbeiterklasse endlich befreit werden würde. Manuela war verliebt und wollte den roten Dany, wie sie ihn nannte, am liebsten sofort heiraten. Bibi ermahnte sie, sich zurückzuhalten, sich ihm nicht gleich an den Hals zu werfen, vor allem keinem arbeitslosen Revolutionär. Weil sie leise sprach, die Stimme verletzt klang, wunderte sich Manuela und fragte, ob etwas passiert sei. Bibi erzählte, dass Anoush ums Leben gekommen war. Manuela hörte erschrocken zu und begann, so zu weinen, dass sie kaum ein Wort über die Lippen bekam. Alles, was sie sagen konnte, war, dass sie so schnell wie möglich nach Berlin fliegen würde. Bibi legte auf. Sie konnte nicht weinen. Warum das so war, wusste sie nicht. Vielleicht, weil es ein Zeichen von Schwäche gewesen wäre. Und weil Schwäche den Untergang bedeutete.

Sie ging in ihr Arbeitszimmer, nahm ihren Montblanc und schrieb auf, wie sie in den Krieg gegen Bach, Wurm, Ernst und Leo Schlicht ziehen wollte. Sie alle waren auf die eine oder andere Weise für den Tod von Anoush verantwortlich. Sie zog ein Buch aus dem Regal, das ihr Vater ihr geschenkt hatte, als sie in seine Firma eingetreten war. Es hieß *Die Kunst des Krieges*. Geschrieben hatte es ein chinesischer Feldherr namens Sun Zi.

Sie hatte ihn schon oft um Rat gefragt. Aber noch nie war sein Rat so wichtig gewesen wie in diesem Moment. Die größte Leistung, schrieb Sun Zi an einer Stelle, besteht darin, den Widerstand des Feindes ohne Kampf zu brechen, ihn ohne Gefecht zu unterwerfen. Und dann kam das, was ihr Vater kurz vor seinem Tod zitiert hatte. »Wenn du weder den Feind noch dich selbst kennst, wirst du in jeder Schlacht unterliegen. Wenn du dich selbst kennst, jedoch nicht den Feind, wirst du für jeden Sieg, den du erringst, eine Niederlage erleiden. Aber wenn du dich kennst und den Feind, brauchst du den Ausgang von hundert Schlachten nicht zu fürchten.«

Sie kannte ihre Schwächen. Den Wunsch, jemanden an der Seite zu haben wie Anoush. Eine beste Freundin und mehr als das. Jemanden, an den sie sich anlehnen konnte. Mit der sie zusammen gegen diesen heimlichen Bund von Männern antreten konnte. Aber Anoush war tot. Und das hieß, sie musste aus der Schwäche eine

Stärke machen und mit aller Härte, Strenge und Entschiedenheit zurückschlagen.

39

Er hatte den Kindern einen Zettel hingelegt. Sie sollten Kleidung, Waschzeug, Schuhe, Schulsachen, ein paar Bücher und etwas Spielzeug in einen Koffer packen. Gegen Abend würde er sie zu Opa bringen. Er ahnte, dass sie fragen würden, warum Louise nicht länger bei ihnen wohnen dürfe. Er wollte es ihnen so gut wie möglich erklären. Es sei nur für ein paar Tage, vielleicht eine Woche.

Der Arm schmerzte bei der geringsten Bewegung. Es wird Wochen dauern, bis Sie die linke Hand wieder wie gewohnt benutzen können, hatte die Assistenzärztin angekündigt. Sein Citroën hatte zum Glück Servolenkung. Trotzdem war es eine Tortur, und er verfluchte die Ärztin. Glücklicherweise waren die Straßen leer, nur wenige Autos verkehrten in der Innenstadt, und so kam er gut voran. Er parkte in der Invalidenstraße vor dem Grünen Haus. Dann sah er, wie Vera Jung aus dem Gebäude trat. Sie lief zu ihrem Ford Taunus und fuhr in die entgegengesetzte Richtung weg. Was hatte sie in der Rechtsmedizin gewollt?

Im Obduktionssaal stank es noch bestialischer als sonst. Heller zog ein Taschentuch aus der Hosentasche und presste es vor die Nase. Dr. Kemper war mit einer Sektion fertig und wollte gerade die Leiche in ein Kühlfach an der rechten Seite des Saales schieben. Heller sprach ihn an.

»Dr. Kemper, warten Sie. Ist das der Kerl aus der Albrecht-Villa?«

Dr. Kemper hielt inne.

»Heller! Ich habe gehört, dass auf Sie geschossen wurde. Wie geht es Ihnen?«

Heller ignorierte die Frage, trat neben die Bahre.

»Kann ich ihn sehen?«

»Ihre neue Kollegin war gerade hier. Ich habe ihr gesagt, dass mein Bericht heute Nachmittag fertig ist.«

Heller nickte.

»Trotzdem.«

»Wie Sie wollen.«

Mit Schwung zog Dr. Kemper das Baumwolltuch von der Leiche. Der Mann sah schrecklich aus. Aber nicht wegen des üblichen Ypsilon-Schnitts. Den hatte Kempers Assistent mit wenigen groben Stichen wieder vernäht. Auch die Kopfhaut befand sich wieder an der richtigen Stelle. Schlimm war der Hals, von dem ein ganzes Stück fehlte.

»Der Hund hat sich ordentlich verbissen. Kommt nicht oft vor. Schubert musste dem Vieh den Kiefer mit einem Brecheisen öffnen.«

Heller konnte den Blick nicht vom Kopf des Mannes abwenden. Die Bilder, wie der Hund sich auf den Einbrecher gestürzt hatte, tauchten wieder auf. Eine wilde Bestie, die er mit einem Schuss hatte stoppen müssen.

»Haben Sie was Besonderes an ihm entdeckt?«, fragte er.

»Was meinen Sie?«

»Irgendetwas, das auf seine Herkunft verweist.«

»Er hat keine Papiere bei sich gehabt. Jedenfalls nicht mehr, als er hier angeliefert wurde.«

»Was heißt das?«

»Dass er keine Papiere bei sich hatte«, sagte Dr. Kemper kurz angebunden.

Hellers skeptischer Blick ließ den ansonsten besonnenen und abgeklärten Rechtsmediziner unruhig werden. Er hatte einen Fehler gemacht, und Heller hatte es bemerkt.

»Sie meinen, dass er welche gehabt hatte?«

»Ich habe mich versprochen. Woher soll ich wissen, ob er Papiere bei sich hatte?«

Als Dr. Kemper die Leiche erneut in das Kühlfach schieben wollte, stoppte Heller die Bahre.

»Hören Sie zu, Kemper. Wir kennen uns seit wie vielen Jahren? Sechs? Sieben?«

»Ich habe die Leitung der Rechtsmedizin am 9. Dezember 1963 übernommen.«

»Das ist eine lange Zeit. Wie wäre es, wenn Sie mir verraten, was Sie meiner Kollegin gesagt haben?«

Es war nicht zu übersehen, dass Dr. Kemper mit sich haderte. Heller hielt die Bahre mit der rechten Hand fest. Er würde sie notfalls den ganzen Tag festhalten.

»Sie bringen mich in eine sehr unangenehme Situation, Heller.«

»Der Kerl hat auf mich geschossen. Um ein Haar würde ich auch hier liegen, und Sie würden an mir herumschnippeln. Ich schwöre Ihnen, ich bringe Sie in noch ganz andere Situationen, wenn Sie mir nicht sagen, was es mit diesem Kerl auf sich hat.«

»Drohen Sie mir?«

»Muss ich das?«

Dr. Kemper wandte sich ab.

»Ich hätte nicht nach Berlin kommen sollen«, seufzte er. »Alle haben mich gewarnt.«

»Das fällt Ihnen ein bisschen spät ein.«

Heller hielt die Bahre immer noch fest.

»Es gibt keine Hinweise auf die Herkunft oder den Wohnort des Mannes«, sagte Dr. Kemper. »Er ist ein Osteuropider. Eins siebzig groß, untersetzt. Der Kopf ist kantig, das Gesicht eher breit, eine zurückweichende Stirn, wenig ausgebildetes Kinn, die Nase mittelgroß, das Haar aschblond bis aschbraun, der Mund …«

»Wir können den ganzen Tag hier verbringen«, sagte Heller.

Mit einem Ruck hob Dr. Kemper den rechten Arm des Toten hoch. Auf der Innenseite des Handgelenks hatte er die Buchstaben »Poreba« und die Ziffer »3« tätowiert.

»Das ist alles, was auf seine Herkunft hindeutet.«

Heller zog die Stirn in Falten. *Poreba 3*. In einer Schrift, als hätte er sich die Buchstaben selbst in die Haut geritzt. Heller kannte die Tätowierung. Er hatte sie jahrelang jeden Tag vor Augen gehabt.

»Haben Sie die meiner Kollegin gezeigt?«

»Ja.«

»Wissen Sie, wofür das steht?«, fragte er.

»Nein«, antwortete Dr. Kemper.

Sein Gesicht hatte dieselbe Farbe wie die Leiche angenommen. Lediglich die Lippen waren gerötet, weil er sie fest aufeinanderpresste, als wollte er jedes weitere Wort aufhalten.

Heller ließ die Bahre los. Grußlos wandte er sich ab. In der Tür drehte er sich noch einmal um.

»Warum stinkt es hier eigentlich so bestialisch?«

»Die Lüftung ist defekt«, sagte Dr. Kemper resigniert.

40

Vom Telefon beim Pförtner des Grünen Hauses hatte Heller versucht, Vera Jung anzurufen. In der Inspektion hatte man allerdings keine Ahnung, wo sie sich aufhielt. Also fuhr Heller in die Keithstraße, ging in Witteks

Büro, das Hartmann der neuen Kollegin vorübergehend zugeteilt hatte, und wartete. Irgendwann würde sie auftauchen.

Vera Jung hatte in dem Büro nichts verändert. Die Postkarten von Italien an der Wand neben dem Schreibtisch, die Fotos von der Rialtobrücke, dem Dom in Florenz, dem Kolosseum. Es war Witteks großer Traum, nach der Pensionierung ausgiebig Italien zu bereisen. Heller blätterte in Unterlagen, Berichten, Dossiers. In den oberen Schubladen lagen Berichte, die Wittek nicht fertig geschrieben hatte. Unten zwei Flaschen Cognac.

Und darunter ein dünner Aktendeckel mit der Aufschrift *Hades*. Seit er ihn in Albrechts Villa gesehen hatte, war er verschwunden.

Heller wollte ihn gerade aufschlagen, als Vera Jung zur Tür hereinkam. Sie war überrascht, Heller anzutreffen. Als sie den Aktendeckel in seinen Händen bemerkte, warf sie wütend die Tür hinter sich zu.

»Was machst du da?«, blaffte sie.

Heller hielt demonstrativ die Akte hoch.

»Wann noch mal wolltest du mir sagen, dass die hier in der Schublade liegt?«

»Gar nicht.«

»Wie bitte? Jemand hat auf mich geschossen«, brüllte er. »Um ein Haar wäre ich draufgegangen.«

»Das tut mir leid.«

»Dein Mitleid kannst du dir sonst wohin stecken. Diese Akte ist genau das, was ich suche. Und die finde ich hier in dem Schreibtisch. Ich habe den Kerl dabei erwischt, wie er den Tresor von der Albrecht ausgeräumt hat. Dabei hat er diese Akte gesucht. Weißt du, was ›Hades‹ ist?«, fragte er.

»Der griechische Gott der Unterwelt und des Todes.«

»Richtig. Ich dachte eigentlich, Hartmann oder Manteufel hätten sie eingepackt. Und jetzt will ich wissen, warum die hier in einer Schublade liegt.«

»Warum machst du sie nicht auf und schaust nach?«, fragte Vera.

Heller schaute sie erstaunt an. Er verstand nicht, warum sie so ruhig blieb. Er wickelte die Kordel ab, klappte den Deckel auf. Die Akte war leer. Verwundert sah er Vera an.

»Wieso ist die leer?«, fragte er.

»So habe ich sie von Manteufel erhalten. Angeblich haben Hartmann und er sie so vorgefunden.«

»Und das soll ich dir glauben?«

»Es ist mir egal, was du glaubst. Ich hab sie so erhalten. Und das ist alles, was ich dazu sagen kann.«

Heller setzte sich auf den Schreibtischstuhl und zündete sich eine Zigarette an.

»Hier drin wird nicht geraucht«, ermahnte Vera ihn.

»Du kannst mich ja verhaften.«

Vera beugte sich über den Schreibtisch und zog ihm die Zigarette aus dem Mund.

»Ich meine es ernst. Ich kriege keine Luft, wenn jemand im Zimmer raucht. Ich bin zu oft mit meinen qualmenden Eltern im Auto in den Urlaub gefahren.«

Heller steckte sich die nächste Zigarette zwischen die Lippen, zündete sie aber nicht an.

»Wie wäre es, wenn du mir jetzt endlich verrätst, was dein Auftrag ist«, sagte er.

»Ich ermittle gegen Mitglieder des Berliner Senats.«

»Das habe ich auch schon mitgekriegt. Aber geht das auch ein bisschen genauer?«

»Nein.«

»Wer ist es außer Borowski?«

»Das kann ich dir nicht sagen.«

»Kannst du nicht, oder darfst du nicht?«

»Gibt es da einen Unterschied?«

»Koster? Markwart?«

Seit einigen Wochen geisterten Gerüchte über den Bausenator Koster und den Finanzsenator Markwart durch die Presse – und über seltsame Geldbewegungen.

Vera Jung zuckte mit den Schultern.

»Du warst bei Kemper in der Rechtsmedizin«, fuhr Heller fort. »Hat er dir die Tätowierung gezeigt?«

»Ja.«

»Und er hat dir gesagt, was sie bedeutet?«

»Nein.«

»Du weißt also nicht, wer der Typ ist.«

»Nein.«

»Ich weiß, wie ich es herausfinden kann.«

»Wie?«

»Vorher erzählst du mir, hinter wem genau du her bist.«

Vera ließ sich auf dem Stuhl vor dem Schreibtisch nieder. Offensichtlich dachte sie darüber nach, ob das ein guter Handel war, den Heller ihr anbot. Sie schwieg. Auf Hellers Stirn zeigten sich Zornesfalten, sein Kiefer mahlte. Er zündete nun doch die Zigarette an, erhob sich, verließ das Büro. Die Tür blieb offen.

41

Ein grüner Hanomag der Gärtnerei Rothe stand am Straßenrand direkt vor Barbara Albrechts Villa. Heller klingelte. Es dauerte eine Weile, bis eine ältere Frau die Tür öffnete. Heller zeigte seine Marke, und die Frau führte ihn in den Garten. Schon von Weitem bemerkte er, dass zwei Männer auf dem Rasen eine Grube aushoben. Barbara Albrecht stand ein paar Schritte entfernt.

Sie trug einen schwarzen Hosenanzug, die Augen waren hinter einer Sonnenbrille versteckt. Sie wirkte schmal und klein. Fast wie ein Geist.

Er überquerte das Grundstück, stoppte kurz bei den beiden Gärtnern.

Direkt neben dem Loch, das sie schwitzend aushoben, lagen die beiden toten Hunde. Dass Barbara Albrecht sich zwei Dobermänner als Haustiere gehalten hat, passt zu ihr, dachte Heller. Das Fell der Hunde spannte sich über dem Brustkorb und ließ die Knochen deutlich hervortreten.

»Tut mir leid, dass Frau Mossadegh verstorben ist«, sagte Heller.

»Ja.«

Eine Antwort, die einem Rauswurf gleichkam.

»Kann ich etwas für Sie tun?«, fragte Heller.

Barbara Albrecht nickte stumm.

»Sie können dafür sorgen, dass die Polizei den Mann findet, der sie erschossen hat.«

Mercier und Koch waren darauf angesetzt. Sie hatten Schlicht befragt, der sie aber hatte abblitzen lassen. Schlicht schob den Tod von Arian und Anoush Mossadegh auf die Perser, die schoben die Tat auf Schlichts Leute. Und da die sichergestellten Waffen nicht eindeutig zuzuordnen waren, blieb unklar, wer die tödliche Kugel abgefeuert hatte.

»Und Sie können dafür sorgen, dass ich mich von Anoush verabschieden darf, Herr Kommissar.«

»Wieso dürfen Sie das nicht?«

»Weiß ich nicht.«

»Ich kümmere mich darum.«

Es ärgerte ihn, dass er in der Rechtsmedizin nicht nach Anoush gefragt hatte.

»Sie haben Castor getötet?«, fragte Barbara Albrecht.

»Er hat sich auf den Einbrecher gestürzt. Ich musste schießen.«

»Sie scheinen gerne zu schießen«, sagte sie ohne sichtbare Regung.

Heller wunderte sich, woher sie von den beiden Fällen wusste. Er schaute sie von der Seite an. Offensichtlich machten sie Trauer und Schmerz nicht wehrlos.

»Ich hoffe, dass es für Sie in Ordnung ist, wenn ich Ihnen ein paar Fragen stelle?«

Bibi antwortete nicht.

»Haben Sie eine Ahnung, was der Einbrecher gesucht hat?«

»Vermutlich den Schmuck, den ich im Tresor aufbewahre.«

»Ich konnte beobachten, wie er eine Akte, die den Namen *Hades* trug, herausgenommen hat. Was ist *Hades*?«

Es war nur ein winziger Moment, in dem sie die Beherrschung verlor. Sie fasste mit der linken Hand nach ihren Haaren, legte sie hinter das Ohr. Sie war offensichtlich erstaunt, dass er die Akte erwähnte.

»Pläne für eine neue Friedhofskapelle in Dahlem.«

»Eine neue Kapelle mit Namen *Hades*. Interessant. Aber der Einbrecher hat noch nach anderen Dingen in Ihrem Tresor gewühlt. Ich glaube nicht, dass er es auf Ihren Schmuck abgesehen hatte.«

»Vielleicht hat er mein Diplom gesucht, meinen Reisepass und ein Flugticket.«

»Sie wollten Berlin verlassen?«

»Sie nicht?«

»Mit Lothar Borowski?«

»Das dürfte schwierig werden, da er, wie Sie wissen, tot ist.«

»Vielleicht gibt es einen Nachfolger.«

»Da niemand von uns unersetzlich ist, wird es den sicherlich geben.«

Jede ihrer Antworten hatte die Schärfe und Schnelligkeit eines Floretts. Sie hatte sich unter Kontrolle. Aber hinter der Maske war Zorn zu spüren.

Heller machte weiter. Er wollte sie so lange provozieren, bis sie ihm sagte, weshalb Anoush tot war und warum der Einbrecher in ihr Haus eingedrungen war.

»Auch wieder jemand aus dem Umfeld des Berliner Senats, den Sie dann im *Kempinski* treffen?«, fragte er.

Jetzt schaute sie ihn zum ersten Mal an. Sie grinste leicht, als wollte sie ihm zeigen, dass sie sich nicht provozieren ließ. Schon gar nicht von einem Polizisten.

»Nun ja, Herr Kommissar, was soll ich dagegen tun, dass die meisten Männer, die ich kennengelernt habe, letztlich nur die Angestellten ihrer eigenen Lust sind. Und dass der Weg für eine Frau zu den großen und wichtigen Unternehmungen durch Hotelzimmer führt. Und jetzt entschuldigen Sie mich bitte. Ich muss das Opfer Ihrer Schießwut beerdigen.«

»Irgendwann werden Sie mir erzählen, wer es auf Sie abgesehen hat, Frau Albrecht. Die Frage ist nur, wie viele Menschen bis dahin noch sterben werden.«

»War es das?«

»Für den Moment, ja.«

»Dann können Sie den Weg nach draußen durchs Haus nehmen. Aber schließen Sie bitte die Tür hinter sich.«

Mit einem kurzen Kopfnicken ließ sie ihn stehen.

Heller schaute zu, als sie den beiden Gärtnern klare Ansagen machte, wie die Hunde, sie hießen Castor und Pollux, in das Grab gelegt werden sollten.

Auf dem Weg nach draußen kam Heller zwangsläufig an der Garderobe vorbei. Irgendetwas lenkte seinen Blick auf die kleine silberne Schale auf dem Sideboard. Darin lag eine Visitenkarte. Sie gehörte Vera Jung. Er hatte nicht gewusst, dass sie überhaupt Visitenkarten hatte.

42

Die Kinder waren nicht gerade begeistert, dass sie bis zum Ende der Ferien bei Opa wohnen sollten. Wo ist Louise, fragten sie, wieso ist sie weggegangen, wann kommt sie wieder? Er log sie an, sagte, Louise sei zu ihren Eltern nach Amerika geflogen und würde in ein paar Wochen zurückkehren. Er versprach, samstags mit ihnen den Zoo und den Funkturm zu besuchen, wo sie dann Cola trinken und Pommes essen durften.

Als sein Vater die Tür öffnete, traten Astrid und Jochen einen Schritt hinter Heller zurück, als würden sie eine Strafe erwarten.

Heller hatte den Alten ein paar Wochen lang nicht gesehen und war überrascht, wie schlecht er beieinander war. Das Gesicht grau, die Wangen eingefallen, die Augen müde und zu Schlitzen zusammengepresst. Die Verbitterung, die er schon immer ausgestrahlt hatte, war mit den Jahren schlimmer geworden. Es waren die Erinnerungen an die entsetzlichen Dinge, die er im Krieg angerichtet hatte. Er hatte lange vor ihnen weglaufen können. Doch nun, da er an Kraft verlor, holten sie ihn ein. Es ist nicht das, was ein Mann auf Befehl tut, sondern das, was er ohne Befehl tut, hatte er an Weihnachten zu Heller gesagt.

»Hier sind wir«, murmelte Heller.

Sein Vater nickte, drehte sich um und ging wortlos zurück ins Haus. Die stumme Aufforderung, ihm zu folgen.

»Es ist nur für ein paar Tage«, sagte Heller noch einmal zu den Kindern.

Astrid und Jochen nahmen ihre kleinen Koffer und betraten das Haus.

»Es riecht komisch«, sagte Astrid.

Seit Wochen war hier nicht mehr gelüftet worden. Es riecht nach altem Mann, dachte Heller. Auf den Möbeln lag eine dicke Staubschicht, Bierflaschen und Konservendosen stapelten sich in der Küche. Im Wohnzimmer spielte das Radio *Leben heißt Lieben* von Peter Alexander.

»Könnt ihr kochen?«, fragte der Alte.

Astrid nickte.

»Gut. Euer Zimmer ist oben. Neben der Treppe links. Los. Und ihr wartet oben, bis ich euch rufe.«

Der Alte schickte die Kinder mit einer knappen Handbewegung die Treppe hoch. Astrid und Jochen warfen Heller verängstigte Blicke zu. Als sie außer Hörweite waren, wandte der Alte sich an seinen Sohn.

»Die Kinder können hier nicht ewig wohnen. Du musst sie in ein Heim geben. Ich hab's dir schon mal gesagt.«

»Es ist nur für ein paar Tage.«

»Eine Woche, nicht länger.«

Der Alte war ein Kotzbrocken. Und unter anderen Umständen hätte Heller die Kinder sofort wieder mit nach Hause genommen. Aber in seiner aktuellen Situation war es besser, seinem Vater nicht zu widersprechen.

»Was ist mit deinem Arm?«, fragte der Alte.

Heller überging die Frage. Er zog einen kleinen Block und einen Bleistift aus der Tasche. Mit wenigen Strichen zeichnete er die Tätowierung, die er am Handgelenk des Toten gesehen hatte, und zeigte sie seinem Vater.

»Was ist damit?«, fragte der Alte.

»Dieselbe, die du hast.«

»Und?«

»Heute Morgen habe ich die Tätowierung an einer Leiche entdeckt. Der Kerl ist bei der Albrecht eingebrochen, und er hat versucht, mich abzuknallen.«

Siegfried Heller schaute auf sein Handgelenk, auf die verblasste Tätowierung. *Poreba 3*.

»Wir waren eine kleine Spezialtruppe beim dritten Polizei-Reserve-Bataillon«, sagte der Alte dann. »Acht Leute. Sondereinsätze gegen Kollaborateure. Die meisten haben wir erwischt. Und dann sind wir in eine Falle gelaufen. So eine Bombe. Selbst gebastelt. Vier waren sofort tot, Heinrich Viel, Rudolf Kessler, Franz Durand und Emil Markowski. Bruno Helfrich ist drei Tage später gestorben. Der sechste von uns ist auf Heimaturlaub geschickt worden und dann untergetaucht. Soll vor drei Jahren abgekratzt sein. Und dann noch Reinhold Baader. Ist desertiert, soll sich nach dem Krieg in Dresden niedergelassen und für die Stasi gearbeitet haben.«

»Wie alt ist der?«

»Acht oder neun Jahre jünger als ich.«

»Also zweiundfünfzig. Das könnte hinkommen.«

Der Alte nickte. Seine Neugier war offensichtlich geweckt.

»Ihr seid an dem Fall Borowski dran?«, fragte er.

»Woher weißt du das denn schon wieder?«

»Lass besser die Finger von dem Kerl. Der ist nur das Vorzimmer. Das kann einen kleinen Kommissar aus der Keithstraße zugrunde richten.«

Bevor sein Vater anhob, sich über die Verkommenheit der Politiker, über Korruption und Betrügereien auszulassen, verabschiedete sich Heller. Als er auf der Straße in seinen Wagen stieg, entdeckte er die Kinder am Fenster im ersten Stock, in seinem früheren Kinderzimmer.

Vergangene Nacht hatte er wieder diesen Albtraum gehabt. Er ist zwölf Jahre alt und fährt auf dem Motorrad seines Vaters durch Berlin. Irgendwann hält er in dem Traum an und starrt auf etwas, das ihm Angst macht. Aber er kann nicht erkennen, was es ist.

43

In der Keithstraße erfuhr Heller von Frau Grimm, dass Vera Jung eine Spur zu dem toten jungen Mann aus der Baugrube gefunden hatte. Sie wusste allerdings nicht, wer oder was diese Spur war. Vera hatte nur die Adresse hinterlassen. Bisher hatte Heller es so hingebogen, dass er zu den Radikalen in der linken Szene gehörte. Da Vera Jung in die Ulmenallee 10 in Neu-Westend fuhr, war das äußerst alarmierend. Denn dort wohnte Otto Kalb. Genauer: Dort hatte er gewohnt. Heller eilte zu seinem Wagen und raste los. Er musste verhindern, dass die Kollegin allein mit der Witwe redete.

Was konnte sie dort finden? Einen Kalender, in dem Kalb eingetragen hatte, dass er in der Sebastianstraße auch ihn hatte besuchen wollen? Und woher wusste sie überhaupt von der Verbindung des Toten zu Kalb? Er hatte ihr doch nichts von dem Zettel mit der Telefonnummer erzählt, den Dr. Kemper in der Hosentasche des jungen Mannes gefunden hatte.

Veras Ford parkte direkt vor dem Haus Nummer 10. Er wollte zuerst klingeln, dann bemerkte er, dass die Haustür nur angelehnt war. Heller konnte Veras Stimme aus dem ersten Stock vernehmen. Ihre Sätze hatten scharfe Kanten, waren kurz und präzise. In dem großen Flur führte eine geschwungene Treppe nach oben. An den holzverkleideten Wänden säumten Gemälde brandenburgischer Landschaften den Weg. Oben angekommen, sah Heller Vera in einem Zimmer vor einem Fenster, die rechte Hand in die Seite gestützt, die linke deutete auf irgendjemanden außerhalb seines Blickfelds. Vermutlich Frau Kalb. Heller stoppte neben der Zimmertür. Er wollte hören, was Vera über den Toten und dessen Verhältnis zu Otto Kalb herausgefunden hatte.

»Sie haben Josef Becher vermisst gemeldet, dann die Anzeige wieder zurückgezogen. Und jetzt wollen Sie allen Ernstes behaupten, er habe nie hier gewohnt?«, sagte Vera.

»Er hat hier doch nur ein paar Nächte geschlafen.«

»Wie ist es dazu gekommen?«

»Was meinen Sie?«

»Sie sind nicht verwandt, Sie kennen ihn nicht. Lassen Sie jeden Fremden bei sich übernachten?«

»Mein Mann hat ihn gekannt.«

»Woher?«

»Das weiß ich nicht.«

»Haben Sie ihn nicht gefragt?«

Heller wartete immer noch neben der Tür. Frau Kalb schien den Tränen nahe, ihre Stimme brach, sie hustete. Und auf einmal war klar, was Kalb höchstwahrscheinlich mit dem Toten verband. Die Menzel von der Sitte hatte Heller erzählt, dass sie seit Wochen gegen Mitarbeiter eines Jugendamts ermitteln würde. Da vermittelte jemand Jungs, die sich auf der Straße herumtrieben, an ältere Männer, damit die sich um deren Erziehung kümmerten. Die Menzel hatte sich fürchterlich aufgeregt, weil es hier auch um Geschlechtsverkehr ging. Heller wunderte sich. Wieso fragte Vera nicht das Offensichtliche? Wusste sie nichts von den Ermittlungen gegen das Jugendamt? Oder wollte sie die verzweifelte Frau Kalb nicht weiter bedrängen? Mitleid ist in unserem Metier kein guter Ratgeber, dachte Heller und beschloss, einzuschreiten. Vera und Frau Kalb erschraken, als er in die Tür trat.

»Das Jugendamt hat Josef Becher mit Herrn Kalb bekannt gemacht, so war es doch, oder?«, fragte er.

Frau Kalb hielt sich eine Hand vor den Mund.

»Jemand, der jugendliche Heimausreißer zu älteren Männern schickt«, sagte Heller. »Und da der Junge Ihrem Gatten besonders gut gefallen hat, hat er ihn mit hierhergenommen.«

Vera Jung war sichtlich genervt, dass Heller die Vernehmung übernahm.

»Kommst du mal«, zischte sie und trat aus dem Zimmer.

Heller folgte ihr. Im Flur drehte sie sich zu ihm herum. Ihre Wut steigerte sich.

»Kannst du mir mal sagen, was das soll?«

»Wieso? Ist das eine geheime Ermittlung? Ich hab gedacht, du kannst Unterstützung gebrauchen. Und wie wir gerade gesehen haben, liege ich da nicht so falsch.«

Die Ironie kam bei Vera überhaupt nicht gut an.

»Ich weiß auch, dass hier eine Schweinerei mit den Jungs läuft. Aber ich will wissen, wieso Otto Kalb den Josef Becher auf die Baustelle geschickt hat, damit er die Pumpe sabotiert. Immerhin ist es die Baustelle seiner Chefin.«

Das war in der Tat eine Frage, auf die Heller keine Antwort wusste. Es sei denn, er kombinierte den Einbrecher und dessen Verbindung in den Osten mit dem Fall.

»Vielleicht ist die Antwort einfacher, als wir denken. Der Einbrecher, der auf mich geschossen hat, gehört zur Stasi«, sagte er. »Das heißt, es geht hier nicht mehr nur um Machenschaften zwischen der Albrecht und dem

Berliner Senat. Irgendwie steckt auch der Osten mit drin.«

»Willst du damit sagen, Kalb hat nicht auf eigene Rechnung gehandelt, sondern hatte Verbindungen in die DDR?«

Der Gedanke war weit hergeholt. Aber wieso sollte Kalb nicht mit dem Osten in Verbindung stehen? Es gibt Dinge, von denen wir wissen, dass wir sie nicht wissen, hatte sein früherer Chef Holzinger zu ihm gesagt. Wichtiger sind aber die Dinge, von denen wir nicht wissen, dass wir sie nicht wissen. Es hatte ein paar Mordermittlungen gebraucht, bis Heller es verstanden hatte. Vera sah ihn irritiert an.

»Also könnte auch Borowski mit Ost-Berlin zu tun haben?«, fragte Vera.

»Möglich«, sagte er.

»In Kalbs Kalender ist nämlich für den Tag, bevor er verschwunden ist, ein Termin mit Borowski eingetragen. Darunter steht *Ku'damm-Karree*«, sagte Vera nachdenklich.

»Was ist denn nun mit meinem Mann? Wo ist er, warum haben Sie ihn noch nicht gefunden? Suchen Sie überhaupt nach ihm?«

Frau Kalb war aus dem Zimmer hinaus auf den Flur getreten.

»Wir suchen nach ihm, Frau Kalb. Und wir werden ihn finden, da können Sie sicher sein«, antwortete Vera.

Heller hoffte das Gegenteil. Auf dem Weg zu ihren Autos spekulierten sie weiter über Borowski und Barbara Albrecht. Kalbs Tod war genauso wie der von Borowski etwas, das der Albrecht nutzte. Hatte sie beide Morde bei Schlicht in Auftrag gegeben?

Falls ja, konnte nur eine Person darüber Auskunft geben.

44

Vera fuhr zu Frau Borowski, um zu überprüfen, ob im Kalender ihres Mannes ebenfalls ein Termin mit Kalb eingetragen war. Heller wollte zusammen mit dem Leiter der Spurensicherung den Cadillac noch einmal in Augenschein nehmen. Er fuhr in die Werkstatt auf dem Polizeihof.

Türen, Motorhaube und Kofferraumdeckel des Wagens waren weit geöffnet. In Schuberts Bericht stand, dass er neben Sand, Erde und kleinen Steinen auch winzige Kiefernnadeln gefunden hatte. Das war ein Hinweis darauf, dass Toni tatsächlich in die Landschaft gefahren war, so wie er es beschrieben hatte. Aber es brachte Heller nicht weiter, weil Kiefern nahezu überall in Berlin und Umgebung wuchsen. Der Baum ist anspruchslos, so wie die Berliner, hatte Schubert in seinem Bericht geschrieben.

»Dich werde ich wohl gar nicht mehr los«, sagte er, als Heller ihm die schmutzige Hand schüttelte. »Willst du bei mir einziehen? Wir haben im Keller ein Zimmer frei.«

»Erst wenn deine Frau sich von dir scheiden lässt.«

»Da kannst du lange warten. Eher werde ich einen eingewachsenen Fußnagel los. Komm her, schau dir das mal an.«

Am Unterboden hatte Schubert zwei tiefe Schrammen gefunden, was darauf hinwies, dass Toni über unebenes, hartes Gelände gefahren war. Schubert schloss die Türen des Cadillac, schlug die Motorhaube und den Kofferraumdeckel zu und ließ die Limousine auf der Hebebühne hochfahren. Er zeigte Heller die Kratzer, die Steine in dem Bitumen, mit dem der Boden versiegelt war, hinterlassen hatten.

»So was kann schon mal vorkommen«, sagte Schubert. »Aber die Frage ist doch, ob so was bei einem gemütlichen Ausflug am Sonntag passiert. Schließlich kann dir dabei der Auspuff abreißen.«

»Es passiert eher bei weniger gemütlichen Fahrten«, führte Heller den Gedanken weiter.

»Zum Beispiel mit einer Leiche im Kofferraum, die du schnell loswerden musst.«

Heller guckte Schubert erstaunt an. Der Cadillac wurde wieder zu Boden gelassen, der Kollege öffnete den Kofferraumdeckel. Der Boden des Kofferraums war mit einer weißen Wachstuchdecke mit gelbem Blumenmuster ausgeschlagen. Unter der Decke befand sich eine Metallplatte und darunter ein Fach, das bis unter die Rückbank reichte. Groß genug, um einen Ersatzreifen, Werkzeug, Proviant und notfalls auch eine Leiche unterzubringen.

»Hier könnte er Borowski versteckt haben. Wenn du dich mit dem Wagen nicht auskennst, kommst du nicht drauf. Aber das ist nicht das Wichtige. Es ist mir zuerst nicht aufgefallen, hier in der Ecke war etwas. Auf den ersten Blick dachte ich, es wären Steine.«

Er zeigte Heller ein kleines Schraubglas, in dem er den Fund aufbewahrte. Heller betrachtete die schwarze Masse.

»Das sind keine Steine, das ist Kaviar.«

»Woher weißt du, dass es Kaviar ist?«, fragte Heller erstaunt.

»Bei uns gibt's jeden Sonntag ein Kilo von dem Zeug«, scherzte Schubert. »Bei euch etwa nicht?«

»Die Kinder stehen nicht drauf.«

»Verwöhnte Bälger.«

Sie grinsten. Ab und zu half es, wenn der Druck mit ein paar Sprüchen abgelassen wurde.

»Das Zeug ist schon ein bisschen angegriffen. Ich würde sagen, da hat einer gekotzt.«

»Interessant. Wieso reihert Borowski in den Kofferraum?«, fragte Heller.

»Nicht in den Kofferraum. Der Kerl hat sich schon vorher von dem Fischzeug befreit.«

Heller nickte beeindruckt. Das waren wichtige Indizien, die etwas darüber erzählten, dass Toni mit dem Cadillac nicht nur Ausflüge in den Tegeler Forst unternahm. Trotzdem waren es keine Beweise. Dafür müsste Dr. Kemper den Mageninhalt von Borowski untersuchen.

»Was ist eigentlich mit der Leiche?«, fragte Schubert folgerichtig.

»Immer noch im Osten.«

Die Keithstraße hatte zwar um die Überstellung des Toten ersucht, aber keine Antwort erhalten. Und Simon Bernard von der Volkspolizei hatte sich bisher auch nicht dazu gemeldet, obwohl er es zugesagt hatte.

»Wahrscheinlich wollen die Kommunisten dafür Geld«, sagte Schubert abfällig.

Er gehörte zur großen Mehrheit der West-Berliner, die Kommunisten partout nicht ausstehen konnten.

»Und hier ist noch was. Das wird dir richtig gut gefallen.«

Er nahm eine Holzschachtel aus dem Regal neben der Hebebühne und zeigte sie Heller. Ein halbes Dutzend Zigarettenstummel lagen darin.

»Die sind aus dem Aschenbecher im Cadillac.«

Heller verstand nicht, worauf der Kollege hinauswollte.

Schubert hielt eine Kippe mit gelbem Filter hoch. *Casino* war darauf zu lesen, eine Ost-Marke.

»Die kannst du bei uns gar nicht kaufen. Da musst du schon rüber.«

Zwischen der Stelle, an der er Borowski an einem Baum aufgehängt gefunden hatte, und der Grenze lag die Mitropa-Raststätte Ziesar. Hatte Toni die Ost-Zigaretten dort gekauft? Das war zwar ebenfalls kein Beweis, aber Heller konnte Toni damit unter Druck setzen.

Heller dankte Schubert, stieg in seinen Citroën und fuhr zurück zur Keithstraße. Eigentlich wollte er noch nach Ruhleben und nachschauen, wie es mit den Kindern und seinem Vater lief. Doch dann elektrisierte ihn ein Telegramm, das in der MI eingetroffen war. Borowskis Leiche sollte nun doch nach West-Berlin überstellt werden. Endlich eine gute Nachricht. Die Frage war nur, in welchem Zustand sich der Tote befand. Und ob Dr. Kemper noch etwas finden konnte, das als Beweis taugte. Andererseits hatte Heller auch schon erlebt, dass der Pathologe mit den Maden sprach, die sich genüsslich über die Leichen hermachten, und von ihnen so manches Geheimnis erfuhr.

45

Bibi wollte Anoush auf dem Waldfriedhof Zehlendorf beerdigen, war aber auf erheblichen Widerstand beim Bezirksamt gestoßen. Hier liegen Ernst Reuter, Otto Suhr, Paul Löbe und noch viele andere prominente Politiker der Stadt, hatte der Bezirksbürgermeister am Telefon gesagt, als sie sich beschwerte. Sie können nicht im Ernst erwarten, dass ich meine Zustimmung zur Bestattung dieser … Dame auf unserem Friedhof gebe. Im letzten Moment war ihm das Wort »Dame« über die Lippen gekommen, aber er hatte es so ausgesprochen, dass man deutlich den Ekel heraushören konnte. Daraufhin hatte Bibi ihn um ein Treffen gebeten. Sie machte es kurz, legte einen Umschlag auf den Tisch, und schon sah der Bezirksbürgermeister das Ganze nicht mehr so eng.

Mehr als drei Dutzend Personen hatten sich vor der Kapelle versammelt. Fast ein Drittel davon gehörten zur Presse. *BILD*, *Der Abend*, *B.Z.*, *Morgenpost*, *Tagesspiegel* und *Telegraf*, jeweils ein Reporter und Fotograf, außerdem ein Kamerateam der *Abendschau*. Wegen der wilden Schießerei in der Bleibtreustraße, bei der Anoush ums Leben gekommen war, hatte die Berliner Schnauze die Straße kurzerhand in »Bleistreustraße« umgetauft. Ein Grund mehr, warum niemand aus der Politik der Beerdigung beiwohnen wollte, auch keiner von Bibis Geschäftspartnern, und ebenso wenig Vertreter der Organisationen, die sie seit Jahren mit üppigen Spenden bedachte. Ein Zeichen dafür, dass Bibi auf dem Weg war, eine *persona non grata* zu werden. Ausgestoßen aus der besseren Gesellschaft, weil es sich nicht gehörte, mit zwielichtigen Gestalten Umgang zu pflegen, zumindest nicht öffentlich. In den Zeitungen wurde über die wahre Größe des Imperiums der Albrecht spekuliert. Missgunst, Neid und Ressentiments brachen sich Bahn, durch Schadenfreude geadelt. Ein Teil der Belegschaft von Bibis Architekturbüro erwies Anoush die letzte Ehre.

Bibi erschien in einem violetten Kleid und einem passenden Hut. Ein Schleier verdeckte ihre Augen. Vier von ihren Angestellten trugen den Sarg zum Grab. Der Pfarrer stand am Kopfende und erzählte von der jungen Frau, die er nicht gekannt hatte. Die Worte stammten von Bibi. Lediglich am Schluss befreite der Geistliche sich von ihrer Vorgabe. »Der Du die Menschen sterben lässt und sprichst, kommt wieder, Menschenkinder! Denn tausend Jahre sind vor Dir wie der Tag, der gestern vergangen ist, und wie eine Nachtwache.« Nach einer Atempause fuhr der Pfarrer fort: »Lehre uns bedenken, dass wir sterben müssen, auf dass wir klug werden. Amen.«

Lehre uns bedenken, dass wir sterben müssen, auf dass wir klug werden? Bibi konnte sich gerade noch zurückhalten, den Pfarrer vor der versammelten Trauergemeinde für den Satz zu schelten. Was hatte der Tod durch eine Kugel mit »klug werden« zu tun?

Nachdem der Sarg in die Erde herabgelassen worden war, ließ sie eine Rose in das Grab fallen. Dann wandte sie sich stumm um und verschwand.

Am Steuer ihres Porsche fuhr sie in die Tauentzienstraße zum Europa-Center. Der Aufzug brachte sie in ihr Architekturbüro im siebzehnten Stock. Ihr Arbeitszimmer bot einen überwältigenden Blick auf die Gedächtniskirche. Zwei Zeichentische direkt vor den Fenstern, ein übergroßer Schreibtisch, davor drei Stühle. An der Wand hing ein Roy Lichtenstein. *Sweet Dreams, Baby!* lautete die Zeile in der Sprechblase. Daneben eine Faust, die einem Männerkinn einen Haken verpasste. Hinter dem Bild war ein Tresor in die Wand eingelassen. Die Zahlenkombination bestand aus dem Datum des ersten Großauftrags, den sie an Land gezogen hatte. Der Neubau einer Kirche, die mehr an eine Trutzburg als ein Gotteshaus erinnerte. Das war der Beginn ihres Aufstiegs zu Berlins erfolgreichster Bauherrin gewesen. Bibi nahm einen Umschlag aus dem Tresor. Er enthielt die Abzüge, die der Einbrecher in ihrer Villa gesucht hatte. Auf einigen davon war sie zusammen mit Bach und Wurm in Schöneiche abgebildet, weitere zeigten Bach in der *Freya*. Die Fotos stellten ihre unternehmerische und jetzt auch persönliche Lebensversicherung dar. Sie steckte einige davon in ihre Handtasche, dann schloss sie die Tresortür und hängte den Lichtenstein wieder an seinen Platz.

Als Nächstes musste sie die Unruhe einfangen, die sich unter ihren Angestellten ausgebreitet hatte. Sie ging in den sechzehnten Stock hinunter und rief die Belegschaft zusammen. Es dauerte eine Weile, bis sich alle versammelt hatten. In der Zwischenzeit überlegte Bibi, wie sie ihren Mitarbeitern beibringen konnte, dass die goldenen Zeiten bald enden würden. Es war zu viel passiert. Der Mord an ihrem Liebhaber Borowski, das Verschwinden des *Merkur*-Geschäftsführers Kalb, der Tod ihrer Assistentin Anoush und deren Bruders Arian, der eine Größe im Rotlichtmilieu war. All das zusammen mit den Untersuchungen zu der Senatsbürgschaft würde die Banken veranlassen, sie eine Weile nicht mehr zu empfangen. Und das würde ihr den Geldhahn zudrehen.

Bibi nahm den Hut ab. Rund hundert Augenpaare sahen ihr besorgt entgegen.

»Ich weiß, Sie sind beunruhigt. Sie alle haben in der Presse verfolgt, wie wir angegriffen werden. Von Leuten, die uns den Erfolg neiden, unseren Fleiß und unser Talent. Leute, die sich mangels Klasse nicht anders zu helfen wissen, als in der Öffentlichkeit über uns herzufallen. Sie fragen sich, ob Sie morgen statt großartiger Projekte bloß noch Toilettenhäuschen entwerfen werden.«

Das Lachen ihrer Angestellten zeigte, dass sie den richtigen Ton traf.

»Lassen Sie mich Ihnen davon erzählen, wie ich mit Attacken, Gerüchten und Verleumdungen umgehe.« Bibi blickte in die Runde. »Ich lese Bücher.«

Wieder war ein erleichtertes Lachen zu vernehmen.

»Ich lese über die großen Feldherren, die in arger Bedrängnis Auswege gefunden und dabei am Ende den Sieg über ihre Feinde davongetragen haben. Als dem Alten Fritz in der Schlacht bei Roßbach eine verheerende

Niederlage drohte, sagte der junge General von Seydlitz zu ihm, ›mein König, es ist hoffnungslos, wir sind vom Feind umzingelt‹. Und wissen Sie, was Friedrich darauf antwortete? ›Wir sind umzingelt, Seydlitz? Na, umso besser, dann können wir nach allen Seiten schießen.‹«

Bibi gab noch ein paar weitere Anekdoten zum Besten. Dann mahnte sie die Mitarbeiter, die Reihen zu schließen und sich nicht verunsichern zu lassen. Das Team müsse eine verschworene Gemeinschaft gegen das Mittelmaß bilden. Sie erinnerte daran, dass das Ku'damm-Karree mit Sicherheit Aufträge in Hamburg und Frankfurt nach sich ziehen würde. Aber sie sagte auch, dass sie selbst sich vorübergehend zurückziehen werde, um den Feinden weniger Angriffsfläche zu bieten. Danach übergab sie die Leitung der aktuellen Projekte an ihren Prokuristen.

Als sie die Versammlung verließ, war die gute Laune wieder einigermaßen hergestellt. Trotzdem mussten möglichst schnell neue Aufträge akquiriert werden, andernfalls wären Kündigungen unausweichlich. Denke immer dran, dass die Deutschen den Erfolg lieben, aber den Erfolgreichen hassen, hatte ihr Vater ihr in einem seiner letzten Briefe geschrieben. Und eine erfolgreiche Frau war das beliebteste Hassobjekt überhaupt. Sie fuhr mit dem Aufzug ins Erdgeschoss und eilte in die Garage, stieg in ihren Porsche und machte sich auf den Weg, umzusetzen, was Sun Zi ihr auch geraten hatte: Säe Zwietracht unter deinen Feinden, denn die höchste Kunst der Kriegsführung ist die Zerstörung des feindlichen Willens.

46

Es sollte keine große Aktion werden. Nichts, was die Presse breittreten konnte. Heller und Vera Jung warteten auf der Westseite des Spandauer Schifffahrtskanals am Grenzübergang Invalidenstraße. Ein Schild wies darauf hin, dass man den britischen Sektor verließ, wenn man die Brücke betrat. Drei Uhr, hatte es in dem Telegramm geheißen, jetzt war es halb vier. Auf der Ostseite keine Spur von Simon Bernard. Einzelne Autos fuhren von Westen über die Sandkrugbrücke auf die Grenzanlage zu, passierten den schmalen Durchlass zwischen den massiven Betonsperren, sobald der rot-weiß gestreifte Schlagbaum sich öffnete.

Wie jedes Mal, wenn Heller an die Mauer kam, spürte er einen heiligen Zorn auf die Machthaber im Osten, die keine Hemmungen hatten, auf ihre Bürger zu schießen, wenn die das Land verlassen wollten.

»Warst du schon mal drüben?«, fragte Vera.

»Das dürfen West-Berliner nicht«, antwortete Heller. »Du?«

»Nein«, flüsterte Vera, als würde jede Äußerung von dem Wachturm auf der Ostseite aus abgehört.

»Schon mal dabei gewesen, wenn jemand versucht hat zu fliehen?«

»Nein.«

»Ist ein interessantes Spektakel.«

»Kann ich mir vorstellen.«

»Nein, kannst du nicht.«

Heller deutete auf den linken der beiden übermannsgroßen Klötze aus Betonschwellen, die den Durchlass begrenzten.

»Siehst du die Spuren da vorne? Ich war am 12. Mai 1963 wegen einer Messerstecherei in der Nähe. Es war ein Sonntag. Acht Ost-Berliner, alles junge Männer in ihren Zwanzigern, hatten drüben einen Reisebus gestohlen und versucht, in den Westen durchzubrechen. Die Grenzer haben so viel Munition auf den Bus gefeuert, wie sie nur konnten. Der Bus ist dann gegen die Betonsperre geknallt. Keine zehn Meter von uns entfernt. Die Jungs haben um ihr Leben geschrien. Vier von ihnen waren schwer verletzt. Sie sind zu zehn Jahren Zuchthaus verurteilt worden. Nur, weil sie die Schnauze voll hatten von Ulbricht und seiner Verbrecherbande.«

Heller spürte, wie sich sein Körper anspannte. Es war, als müsste er seine Wut auf die Machthaber im Osten jedes Mal neu anfachen, um sich nicht an die Verbrechen zu gewöhnen. Er kannte diese seltsame menschliche Eigenschaft, selbst die schlimmsten Dinge ins Leben einzupassen. Sich selbst an die übelsten Zustände zu gewöhnen. An den Krieg, an die Teilung der Stadt, die Mauer, an Paulas Tod. Ja, sogar an Paulas Tod. Anfangs war er schier verrückt geworden, wenn er an Orte kam, an denen sie zusammen gewesen waren. Bei Bolle, vor ihrem Lieblingskino in der Turmstraße, an der Schwangeren Auster, der Kongresshalle südlich der Spree im Tiergarten.

»Wieso lassen wir so was zu?«, fragte Vera nachdenklich.

Der Satz holte ihn in die Gegenwart zurück. Er wunderte sich über die Frage. Sie war berechtigt und zugleich naiv.

»Wir lassen so was zu, weil all die, die hier sterben, unwichtige Schachfiguren sind«, sagte er.

Sein Tonfall war herablassend. Er war vor Vera Jung sentimental geworden, und das ärgerte ihn. Sie ermittelte gegen ihn, und er vermochte sie nicht einzuschätzen. Sie war klug, engagiert, schien aufrichtig daran interessiert zu sein, Barbara Albrecht zu überführen. Aber sie war ihm gegenüber nicht ehrlich. Oder wurde er langsam paranoid, wie Louise ihm vorgeworfen hatte? Sah er überall nur noch Feinde?

»Dahinten kommt jemand«, sagte Vera.

Von der Ostseite her näherte sich ein Barkas der Volkspolizei. Vier Grenzsoldaten liefen neben dem Wagen her. Am Steuer saß einer der jungen Männer, denen Heller Borowskis Leiche im Wald neben der Transitstrecke gezeigt hatte. Es war der mit dem akkuraten Schnurrbart. Auf dem Beifahrersitz hockte Simon Bernard. Es gab kein Protokoll, wie die Übergabe einer Leiche vonstattengehen sollte. Manteufel hatte die Situation mit Innensenator Kurt Neubauer besprochen, und sie hatten beschlossen, Heller freie Hand zu lassen. Man wollte sich nicht die Finger verbrennen und politische Verwerfungen provozieren.

Der Barkas hatte den vorderen Schlagbaum erreicht und versperrte damit die schmale Durchfahrt von Ost nach West. Die Autos aus West-Berlin mussten warten. Heller winkte Bernard zu, erhielt aber keine Reaktion.

»Ist er das?«, fragte Vera.

Heller nickte.

Bernard und der Schnurrbart stiegen aus, öffneten die hintere Tür des Lieferwagens. Sie hoben einen Blechsarg aus dem Barkas und trugen ihn zum Schlagbaum. Heller, Vera und ein uniformierter Kollege, der aus einem in der Nähe parkenden VW-Transporter geklettert war, gingen ihnen entgegen.

»Tag, Bernard«, sagte Heller.

»Tag«, antwortete Bernard. »Hier ist er.«

Der Sarg wurde abgestellt.

»Ich habe einen Bericht unserer Rechtsmedizin. Er ist an seiner Kotze erstickt. Steht alles in dem Bericht. Inklusive zwei Durchschlägen.« Bernard reichte Heller eine Akte.

»Danke.«

Einen Moment schauten sie einander an wie alte Kumpel, die nicht wussten, was mit ihnen geschehen war. Sie hätten Freunde werden können. Bernard war Polizist wie Heller. Und Kommunist, ohne daran zu glauben. Heller ahnte, dass Bernard seinen Vorgesetzten misstraute, genauso wie er den seinen.

»Was ist? Wollen Sie ihn haben oder nicht?«, blaffte der Schnurrbart.

Das war die andere Sorte Volkspolizist. Treu der Partei ergeben, die immer recht hat, aber ohne die menschliche Größe, die aus einem Polizisten erst den guten Ermittler machte.

Heller und der uniformierte Kollege hoben den Sarg an und trugen ihn zu dem VW-Transporter. Der Leichnam sollte ins Grüne Haus zu Dr. Kemper gefahren werden. Der Tote musste ihnen eine Spur liefern. Zu Leo Schlicht oder Barbara Albrecht. Oder besser noch zu beiden.

47

Niemand, der klug ist und sich zu beherrschen weiß, attackiert beim Schach den König. Du nimmst ihm seine Truppen, du holst dir seine Beschützer, du raubst ihm seine Dame. Dann gehört er dir, und dann schlägst du zu. Bibi hatte als Jugendliche die Ratschläge ihres Vaters nicht ernst genommen. Sie wollte ihr eigenes System entwickeln. Und dann verlor sie neunundneunzig Partien gegen ihren Vater. Sie war jedes Mal ungestüm vorgeprescht, hatte nicht warten können, nicht alle Figuren entwickelt. Bis ihr Vater eines Tages, vor dem hundertsten Spiel, zu ihr sagte, wenn sie diesmal nicht gewinnen würde, wäre es die letzte Partie, die er mit ihr spielen wollte. Sie hatte haushoch gewonnen, weil sie die Taktik ihres Vaters gegen ihn gewendet hatte. Und nun fragte sie sich, wer hier der König war, wer der Turm, wer der Läufer.

Leo Schlicht war skrupellos und brutal. Er hatte sie in der Bleibtreustraße in einen Hinterhalt locken wollen und Anoush getötet. Er oder einer der Schläger, die für ihn arbeiteten. Da war sich Bibi sicher. Er war gefährlich, aber nicht der König. Eher ein Springer. Wurm war gierig und gerissen. Er hatte nicht viel zu verlieren, aber viel zu gewinnen, das machte ihn unberechenbar. Seine Hinterhältigkeit war auf eine andere Weise gefährlich. Er war spät ins Spiel gekommen, also der Turm. Blieb noch Bach. Ein schwacher König, aber ein König. Einer, der das Spiel steuerte. Und auf eine besondere Art war es wieder einmal die hundertste Partie.

Bibi parkte den Porsche und ging die hundert Meter zu Bachs Büro zu Fuß. Er sollte sie nicht sehen, falls er zufällig aus dem Fenster schaute. Sie wusste, dass er in seinem Büro war, weil sie sich als Kurier aus dem Rathaus angekündigt hatte. Der Fahrstuhl brachte sie rumpelnd in den vierten Stock. Vor der Tür atmete sie ein paarmal durch, sammelte sich. Es musste ein Überraschungsangriff werden. Sie durfte nicht stoppen, bis sie vor seinem Schreibtisch stand.

Auf ihr Klopfen hin öffnete Bachs Sekretärin die Tür. Nicht das Betonköpfchen vom letzten Besuch, die hier war zehn Jahre jünger. Sie war schlank, hatte rote Haare, volle Lippen und keine Ahnung, wen sie hereinließ.

»Ich habe eine Kuriersendung für Herrn Bach, direkt aus dem Rathaus«, sagte Bibi.

Die vollen Lippen flüsterten ein erstauntes »Oh!«. Dann trat sie beiseite, und Bibi marschierte direkt in Bachs Büro.

Sie fand ihn am Fenster, den Telefonhörer am Ohr. Er hatte ihr den Rücken zugewandt, reagierte nicht. Wahrscheinlich dachte er, sie sei seine Sekretärin. Mit der linken Hand wollte er sie aus dem Büro hinauswedeln. Bibi schloss die Tür hinter sich ab und nahm den Schlüssel an sich. Bach telefonierte weiter.

»Ja, Wurm ist der Mann, mit dem wir sprechen müssen. Er ist der Chef der Kommerziellen Koordinierung. Mit dem Laden wollen die Kommunisten Devisen ranschaffen ... Nein, ich habe noch nicht mit dem Regierenden gesprochen, das wollte ich Ihnen überlassen, Herr Minister.«

Bach nickte willfährig, als würde der Minister, welcher auch immer es war, ihm gegenüberstehen. Bibi hatte keine Lust, das Palaver noch länger zu ertragen. Sie hatte gehört, was sie hören wollte. Leise ging sie um den Schreibtisch herum und drückte auf die Telefongabel.

»Ich werde das alles so vorbereiten, dass Sie ... Hallo?«

Verwirrt drehte Bach sich um, sah Bibi und erschrak.

»Was machen Sie denn hier? Wie sind Sie hier reingekommen? Haben Sie ...?«

Bibis Hand lag immer noch auf der Gabel des Telefons.

»Setzen Sie sich.«

Bach war verwirrt. Sollte er gehorchen oder um Hilfe rufen? Er entschied sich für Ersteres und wusste wahrscheinlich selbst nicht, warum. Vielleicht war es der Ton, der keine Widerrede zuließ. Er legte den Telefonhörer auf die Gabel. Er kannte vermutlich die Gerüchte, wie Barbara Albrecht es nach ganz oben geschafft hatte. Und jetzt bekam er selbst eine Vorstellung davon, wie das gelaufen sein musste.

»Ich habe gesagt, Sie sollen sich setzen«, befahl Bibi.

Bach beeilte sich auf seinen Schreibtischstuhl zu kommen.

»Sie haben Leo Schlicht gesagt, er soll sich um mich kümmern, richtig?«, sagte sie.

»Was? Wieso? Nein. Wovon sprechen Sie?«

»Ich spreche von der Bleibtreustraße und dem Restaurant *Bukarest.*«

Bachs Nyltesthemd färbte sich unter den Achseln in null Komma nix dunkel, so sehr schwitzte er. Auf seiner Stirn sprossen Schweißperlen und liefen an den Schläfen herab. Zweifellos fragte er sich, was mit ihm geschehen würde. Zu einem späteren Zeitpunkt könnte er sagen, dass sie ihn verhext hätte. Eine andere Erklärung, warum er so hilflos war, konnte es nicht geben. Eine andere Erklärung hätte bedeutet, dass er nicht der Mann war, der zu sein er behauptete.

»Leo Schlicht hat mich in ein Restaurant in der Bleibtreustraße eingeladen. Angeblich sollten Sie später dazukommen. War das Abendessen Ihre Idee? Sollte Leo mir meine Grenzen aufzeigen?«

»Ich weiß nicht, wovon Sie reden.«

Unvermittelt schlug sie ihm ins Gesicht. Bach zuckte zurück.

»Nun wissen Sie, wovon ich rede, oder? War das Essen Ihre Idee?«

Wie ein kleiner Junge hielt er sich die Arme vors Gesicht, um weitere Schläge abzuwehren. Sah Bibi bleich und mit weit aufgerissenen Augen ängstlich an. Sie hatte ihn geschlagen. Ins Gesicht. Seine Selbstsicherheit fiel in sich zusammen wie ein Kirmesballon, dem die Luft entweicht.

»Sind Sie verrückt geworden?«, jammerte er. »Was wollen Sie von mir?«

»Erstens will ich wissen, ob es Ihre Idee war.«

»Ich hab doch nicht ahnen können, dass Schlicht durchdreht.«

Es war, wie Bibi vermutet hatte. Sie ging um den Tisch herum.

»Und ich will, dass Sie sich mit Wurm treffen und ihm sagen, dass das Geschäft nur läuft, wenn ich die Führung übernehme.«

Bach drückte sich in Erwartung eines weiteren Schlages tiefer in seinen Schreibtischstuhl. Bibi griff sich den Telefonhörer, hielt ihn Bach entgegen.

»Vorher rufen Sie Ihren Minister an und sagen ihm dasselbe.«

»Wie stellen Sie sich das vor?«

Weil sie nicht erneut zuschlug, bekam er ein wenig Oberwasser. Er stand auf, drückte sich hinkend an ihr vorbei.

»Ich kann nicht so einfach darüber bestimmen, wie das Geschäft gemacht wird. Und Sie verschwinden jetzt besser, bevor ich die Polizei rufe«, sagte Bach und wandte sich zur Tür.

Bibi musterte ihn kopfschüttelnd. Was für eine armselige Kreatur, dachte sie. Ein Popanz, der nur durch die Macht lebt, die ihm jemand in den Schoß gelegt hat. Bach hatte die Tür erreicht, drückte den Griff herunter und merkte, dass sie abgeschlossen war.

»Schlüssel her!«, brüllte er. »Sofort!«

Bibi legte einen Stapel Fotos aus ihrer Handtasche auf den Tisch. Dann schloss sie die Tür auf.

»An Ihrer Stelle würde ich einen Blick auf die Bilder werfen, Herr Bach.«

Sie lächelte ihn kühl an und verließ das Büro. Auf dem Weg nach draußen vorbei an der Sekretärin hörte sie, wie Bach aufschrie und sie mehrmals verfluchte.

»Ich werde Sie vernichten«, schrie er Bibi hinterher.

48

Heller und Vera hatten die Leiche in die Rechtsmedizin zu Dr. Kemper gebracht, und Kemper wollte gegen Abend einen umfassenden Bericht abliefern. Sie hatten sich getrennt, Vera fühlte sich nicht gut. Frauensache, hatte sie gesagt und war nach Hause gefahren. Der Obduktionsbericht, den Bernard Heller mitgegeben hatte, enthielt eine detaillierte Beschreibung von Borowskis Mageninhalt. Er hatte am Tag seines Todes offensichtlich nicht gefrühstückt, aber im Laufe des Tages ein Steak gegessen, das nicht verdaut worden war. Mit dem Tod enden auch die Verdauungsprozesse, hieß es in dem Bericht. Ferner fanden sich noch Spuren von Schokolade und Blut. Er hatte sich erbrochen und war erstickt. Als man ihn neben der Transitautobahn aufgehängt hatte, war er schon etwa acht Stunden tot gewesen. Nichts davon brachte neue Erkenntnisse zu der Frage, unter welchen Umständen Borowski gestorben war. Heller vermutete, dass die Rechtsmediziner im Osten sich mit der Leiche nicht viel Mühe gegeben hatten. Die Tat war im *Neuen Deutschland* politisch ausgeschlachtet worden, wo man die »brutalen Verhältnisse im kapitalistischen Westen« angeprangert hatte. Damit war es gut.

Heller brach nach Ruhleben auf. Er wollte endlich wissen, wie es Astrid und Jochen bei seinem Vater erging. Als er in den Biedermannweg einbog, erkannte er schon von Weitem, dass der alte Opel seines Vaters nicht wie sonst in der Garageneinfahrt parkte. Die Rosen ließen gelbe und braune Blätter fallen. Der Alte hatte wohl vergessen, sie zu wässern. Er wurde vergesslich. Vor ein paar Wochen war er in die Stadt gefahren, wie er es nannte, wenn er dem Ku'damm einen Besuch abstattete.

Er hatte seinen Wagen irgendwo abgestellt und ihn dann nicht mehr gefunden. Heller musste zusammen mit ihm sämtliche Nebenstraßen abklappern und fand den Opel in der Nähe eines Bordells. Sie hatten nicht darüber gesprochen, warum der Alte ausgerechnet dort geparkt hatte.

Als auf sein Klingeln und Rufen niemand antwortete, stieg Heller wieder in den Citroën ein. Bestimmt machten sie zu dritt einen Ausflug. Das war zwar ungewöhnlich, aber wieso sollte der Alte sich nicht ändern? Heller fuhr zurück in die Rechtsmedizin.

Im Grünen Haus hatte Dr. Kemper seine Studenten zum Ortstermin in den Obduktionssaal beordert. Ein Dutzend bleiche Gesichter umringten eine Frauenleiche. Einige schauten fasziniert zu, wie unzählige Maden auf dem Körper herumkrochen, andere hielten sich eher abseits und kämpften tapfer mit Würgereflexen. Ihr wissenschaftliches Interesse bestand im Moment darin, sich nicht zu übergeben. Um den Gestank zu ertragen, legte Heller ein Erfrischungstuch in sein Taschentuch und hielt beides vor den Mund. Er grüßte Dr. Kemper, und der bat Heller um ein paar Minuten Geduld.

»Was passiert, wenn Sie sterben?«, fragte der Rechtsmediziner einen jungen Mann mit schulterlangen Haaren.

Der war so überrascht, dass er keine Antwort wusste.

»Ihre Freundin sucht sich einen anderen, und das ist auch gut so. Was sollte sie mit einem Kerl anfangen, dessen Immunsystem den Geist aufgibt? Ihre Haut verfärbt sich grün, Sie fangen an zu stinken. Etwa so wie Ihre Socken, was im Grunde die Folge eines ähnlichen Prozesses ist. Milliarden von Fäulnisbakterien machen sich über Sie her und kurz darauf eine Brigade von Schmeißfliegen, Käfern samt Larven und Maden. Die sorgen dafür, dass Sie in die Hölle kommen.« Kemper blickte in die Runde und ergänzte: »Was wir hier riechen, ist übrigens NH_3. Auch wie genannt?«

»Ammoniak«, meldete sich eine Stimme aus der zweiten Reihe.

»Sehr gut. Von den Fäulnisprozessen in Gang gesetzte Gasbildung lässt Gesicht und Bauch aufquellen.«

Er drückte auf den Bauch der Leiche. Ein Schwall Gas trat aus, und ein Student verabschiedete sich würgend in Richtung Toilette. Dr. Kemper schüttelte den Kopf.

»Sie machen weiter«, sagte er zu seinem Assistenten.

Dr. Kemper winkte Heller in den hinteren Bereich des Saales, wo Borowski auf einem Metalltisch lag. Auch den ehemaligen Senatsbaudirektor hatte die Natur in eine Speisekammer für winzig kleine Tierchen verwandelt.

»Was ist nur mit den Studenten los? Dauernd reden sie vom Sturz der Bourgeoisie. Aber dazu wird es nicht kommen, wenn die Revolutionäre zu Mama rennen, sobald der erste Tropfen Blut fließt.«

Die Leiche war bereits einmal aufgeschnitten und wieder zugenäht worden, und Dr. Kemper hatte sie seinerseits erneut geöffnet.

»Die in der Charité verstehen ihr Handwerk.«

Dass auch hier ein Heer von Maden sich durch den Leichnam fraß, störte ihn nicht. Er schob die kleinen Tierchen mit einem Löffel beiseite und zeigte auf eine Stelle an der Innenseite von Borowskis Magen.

»Der arme Mann hat ein schönes Magengeschwür gehabt und in der Galle eine auffällige Sammlung von Cholelithen.«

Heller schaute Kemper fragend an.

»Gallensteine. Das Wichtigste ist aber das hier.«

In einem Einweckglas lag ein undefinierbarer Brei.

»Das ist der Mageninhalt. Die Kollegen in der Charité haben etwas übersehen. Vielleicht aus politischen Gründen, aber ich glaube eher, dass es das uralte Problem aller Forscher ist. Und das betrifft auch Sie, Heller. Sie wirken müde.«

»Zu wenig Schlaf. Was für ein Problem?«, fragte Heller.

»Man findet nur, wonach man sucht. Wissen Sie, wie viel wissenschaftliche Entdeckungen dem Zufall geschuldet sind? Ihr Kollege Schubert hat in seinem Bericht erwähnt, dass er in dem Kofferraum Spuren von Fischeiern in Erbrochenem gefunden hat. Nach Kaviar haben sie in der Charité natürlich nicht gesucht und ihn folglich auch nicht gefunden.«

Mit einer Pinzette nahm Dr. Kemper ein winziges schwarzes Etwas, legte es auf einen Objektträger und schob diesen unter ein Mikroskop.

»Darf ich vorstellen?«

Er deutete auf das Mikroskop und forderte Heller auf, einen Blick zu wagen.

»Rogen des *Acipenser gueldenstaedtii*, auch Kaviar genannt.«

Heller nickte anerkennend. Kaviar in Borowskis Magen und dem Cadillac war zwar kein Beweis, aber ein recht starkes Indiz dafür, dass Toni den Senatsbaudirektor in den Osten gebracht hatte. Ob er ihn auch getötet hatte, würde sich noch herausstellen. Er dankte Dr. Kemper und verließ das Grüne Haus.

Vor der Tür sah Heller die Studenten wie die Schlote rauchen. Sie hielten sich gegenseitig ihre Kleidung vor die Nase und beschwerten sich, dass sie diesen Gestank nie wieder loswerden würden.

Wenn er Toni Engel festnehmen wollte, brauchte er Unterstützung. Mindestens ein halbes Dutzend Polizisten. Aus einer Telefonzelle rief er in der Keithstraße an und forderte Unterstützung an. Dann fuhr er in Richtung Charlottenburg.

49

Es war noch keine Verstärkung eingetroffen. Heller beschloss zu warten. Die Gefahr war zu groß, dass Toni bei der Festnahme durchdrehen würde. Er zündete sich eine Zigarette an, guckte den Passanten zu, die vor den Schaufenstern die Auslagen anstarrten. Ein Hund schiss direkt vor einem Brillenladen auf den Gehweg. Heller war gespannt, wer als Erstes in die Tretmine laufen würde, wie die Berliner solche Haufen nannten. Nach der dritten Zigarette war immer noch kein Streifenwagen da. Absicht? Er ermahnte sich, nicht paranoid zu werden. Bis die Kollegen kamen, konnte er sich ja schon mal umschauen.

Die *Freya* hatte einen Parkplatz im Hof, der mit einem Gittertor verschlossen war. Es öffnete sich nur, wenn man auf den Rufknopf einer Sprechanlage drückte oder einen Schlüssel besaß. Heller zögerte einen Moment und hatte Glück. Das Tor bewegte sich quietschend, und ein Mercedes 230 verließ den Parkplatz. Bevor das Tor sich wieder schloss, schlüpfte Heller schnell hindurch. Zwei der Wagen, die etwas weiter hinten auf dem Parkplatz abgestellt waren, hatten das ovale CC-Schild neben dem hinteren Kennzeichen, *Corps Consulaire*. Einer der beiden hatte ein Bonner Kennzeichen, auf dem Beifahrersitz lag der Fahrzeugstander des Vatikans. Heller grinste. Warum auch nicht, dachte er. Auch in der katholischen Kirche hatten Männer irdische Bedürfnisse, selbst wenn sie das verneinten. Direkt neben den beiden Wagen fiel Heller ein Fiat Spider mit dem Nummernschild B-TE 333 auf.

Er schaute ins Innere. Am Rückspiegel baumelte ein kleines gerahmtes Foto von Rita Grube.

Als Heller den Fiat gerade unter die Lupe nehmen wollte, hörte er Stimmen. Jemand kam durch den Hintereingang zum Parkplatz. Schnell duckte sich Heller hinter einen BMW. Die Tür des Hinterausgangs wurde aufgerissen. Toni stürmte heraus, hinter ihm seine Flamme Rita.

»Du bist einfach zu blöd, um zu begreifen, was Leo vorhat. Wenn die Bullen ihn unter Druck setzen, wird er behaupten, dass du den Kerl umgebracht hast«, schimpfte Rita.

»Quatsch nicht. So was macht Leo nicht. Ich hab ihm im *Bukarest* das Leben gerettet, als der dreckige Perverser ihn abknallen wollte.«

Heller beobachtete, wie Toni in seinen Taschen wühlte.

»Ach so. Und wenn die Bullen ihn an den Eiern haben, dann geht er freiwillig in den Bau?«

»Wo hab ich den Autoschlüssel? Ich weiß genau, dass ich ihn eingesteckt hab«, grummelte Toni.

»Toni, schau mich an.«

Toni drehte sämtliche Taschen auf links.

»Er hat zu Doro gesagt, dass du in der Bleibtreustraße auf die Schlampe geschossen hast.«

»Das hab ich nicht, das war Leo selbst.«

»Ja, aber er hat es Doro anders erzählt. Der wird dich ans Messer liefern, wenn er sich dadurch retten kann.«

Heller fluchte still in sich hinein. Wenn ein Kollege anwesend wäre, hätte er jetzt eine gerichtsverwertbare Aussage.

»Bei der Ballerei waren Klausi, Ralle und Brille und noch ein paar mehr von uns dabei, die haben alle gesehen, dass Leo geschossen hat.«

»Ja, und Klausi, der Blödmann, ist tot. O Mann, Toni! Bist du so doof, oder tust du nur so?«

»Du sollst nicht so was sagen.«

»Was? Dass du doof bist?«

Ansatzlos schlug er ihr ins Gesicht. Heller hörte das Klatschen, als Tonis Hand Ritas Wange traf.

»Spinnst du?«, jaulte Rita. Und keifte dann: »Okay. Von mir aus kannst du weiterhin Leo hinten reinkriechen, bis du oben wieder rauskommst.«

Sie wandte sich zur Tür, Toni hielt sie am Arm fest.

»He, tut mir leid. Echt. Wirklich. Die Hand ist mir ausgerutscht. Ich liebe dich doch.«

Er führte ihre Hand an seinen Schritt.

Rita schüttelte entnervt den Kopf. Als ob das ein Beweis wäre. Trotzdem schien es, als könne sie ihm nicht lange böse sein. So brutal und rücksichtslos er manchmal war, er war ihr Lude, und er tat alles, um sie zu beschützen. Sogar gegen die Perverser, wie er die Leute nannte.

»Du bist ein Spinner«, schniefte Rita. »Keiner von Leos Leuten wird bei den Bullen gegen ihn aussagen. Wenn sie das machen, können sie sich auch gleich selbst in den Kopf schießen.«

Toni trat verlegen von einem Fuß auf den anderen. Er wusste natürlich, dass Rita recht hatte. Die Lage war offenkundig aussichtlos. Und falls es einen Ausweg geben sollte, fiel ihm der nicht ein.

»Okay, vielleicht hast du recht«, nuschelte er.

»Ich hab ganz bestimmt recht.«

»Und was jetzt?«

»Wir müssen abhauen, Toni. Kapierst du das nicht?«

»Wohin abhauen?«

»Was weiß ich. Erst mal nach Westdeutschland und dann weiter. Vielleicht Amerika.«

»Amerika? Das ist ja eine super Idee. Ich spreche kein Wort Englisch. Und du auch nicht viel mehr.«

Endlich fand Toni den Schlüssel. Er sah Rita an, sie ihn.

»Ich hab ein Deutsch-Englisch-Wörterbuch gekauft«, sagte Rita.

»Cleveres Mädchen. Dann hauen wir jetzt ab?«

»Heute Abend. Leo muss mich erst auszahlen. Hol mich um acht hier auf dem Parkplatz ab.«

Rita küsste Toni, dann ging sie zurück in den Nachtklub. Toni sprang in den Spider.

Bevor er den Motor starten konnte, trat Heller mit gezogener Waffe hinter dem BMW hervor.

»Hallo, Toni. Ich habe gehört, du willst verreisen? Ich glaube, da wird nichts draus.«

Toni zuckte zusammen. Er entdeckte die Pistole in Hellers Hand.

»Steig aus, Hände aufs Dach. Und das Ganze schön langsam«, befahl Heller.

Toni kletterte aus dem Fiat und deutete auf die Waffe.

»Haben Sie Angst, Herr Kommissar?«

»Deswegen sollst du ja langsam machen. Ich weiß, dass du stärker bist als ich.«

Toni drehte Heller den Rücken zu. Der nahm die Handschellen aus seiner Jacke.

»Sie haben uns belauscht, oder?«

»Ja, habe ich.«

»Dann haben Sie auch gehört, dass ich die Kleine von der Albrecht nicht erschossen habe. Und Borowski war ein Unfall.«

»Und genau das wirst du dem Staatsanwalt erzählen. Dann ist Leo dran. Und wenn du Glück hast, kriegst du nur ein paar Monate.«

»Ich, wieso?«

»Weil du versucht hast, ein Verbrechen zu vertuschen, du Heini.«

Es war nur ein Schatten, den Heller aus den Augenwinkeln näher kommen sah. So schnell, dass er nicht mehr reagieren konnte. Der Schatten traf ihn am Kopf, und er sank zu Boden. Als er die Augen öffnete, stand Rita gebeugt über ihm, einen Besenstiel in der Hand. Wieso war sie zurückgekommen?

»Los, lass den Motor an«, schrie sie ihren Freund an.

Toni startete den Motor, Rita schlug noch einmal mit dem Besenstiel zu und traf Heller an der Nase. Er schrie vor Schmerz. Dann hörte er, wie der Fiat mit aufheulendem Motor anfuhr. Heller rappelte sich auf. Blut tropfte aus seiner Nase auf sein weißes Hemd. Er rannte dem Fiat hinterher. Toni gab Gas, und das Auto schleuderte auf die Straße hinaus, bog nach rechts in Richtung Ku'damm ab. Vorbei an drei VW-Streifenwagen der Polizei, die am Straßenrand parkten.

»Hinterher!«, rief Heller den Kollegen zu.

Dann lief er zu seiner DS. Als die Streifenwagen endlich auf den Ku'damm einbogen, waren Toni, Rita und der Fiat verschwunden.

50

In West-Berlin führten alle Straßen irgendwann an die Mauer. Toni war West-Berliner, Rita auch. Nach Ost-Berlin durften sie nicht, das durften ausschließlich Westdeutsche. Richtung Westdeutschland konnten sie die Stadt mit dem Auto nur über die Transitübergänge Dreilinden oder Heerstraße verlassen.

Von einer Telefonzelle aus schickte Heller zwei Streifenwagen über die AVUS nach Dreilinden und fuhr selbst Richtung Heerstraße. Von dort aus konnte man im Transit sowohl Richtung Hamburg fahren wie von Warnemünde aus mit der Fähre nach Dänemark. Wenn Toni oder eher noch Rita clever war, würden sie diesen Weg wählen.

Mit durchgetretenem Gaspedal jagte Heller die Kaiser-Friedrich-Straße nach Norden, bog links in die Bismarckstraße ab nach Westen. Er musste Toni stoppen, bevor Rita und er die Grenze passierten. Falls das nicht gelang, könnte er zwar die Kollegen in Niedersachsen und Schleswig-Holstein alarmieren und um Amtshilfe bitten. Allerdings hätte er dann einige bürokratische Hürden zu überwinden. Es gab keinen Haftbefehl gegen Toni, und er stand nicht einmal auf der Fahndungsliste.

Wenn er Toni jedoch festsetzte, würden Manteufel und Hartmann ihm die Füße küssen, weil er Borowskis Tod aufgeklärt hatte. Danach konnte er sich Schlicht vornehmen und schließlich die Albrecht. Vera musste all die anderen festnageln, die hier so unermüdlich Nebelkerzen warfen. Und Kalb blieb dort, wo er war.

Heller überholte links, rechts, ignorierte sämtliche Verkehrszeichen. Am Theodor-Heuss-Platz kam ein Bus der Linie 4 von rechts. Heller sah ihn erst in dem Moment, als es schon zu spät war, um noch zu bremsen. Er wich aus, geriet kurz in den Gegenverkehr, riss das Lenkrad herum und hätte an der Fußgängerampel beinahe eine Frau mit Kinderwagen erwischt. Er jagte weiter die Heerstraße in Richtung Westen hinunter.

Als er den Grenzübergang erreichte, konnte er von Weitem eine Schlange aus mehreren Dutzend Autos erkennen. Wenn Toni hierhergefahren war, hatte sich der Fluchtversuch mit Sicherheit erledigt. Heller fuhr langsam an den wartenden Autos vorbei. Opel, Ford, Borgward, VW, Mercedes, alles, nur kein Spider. Heller kehrte um, hielt an der nächsten Telefonzelle und rief die Einsatzzentrale an. Auch in Dreilinden war der Spider nicht aufgetaucht. War Toni etwa doch nach Ost-Berlin geflohen? Hatten Rita und er die dafür notwendigen westdeutschen Ausweise? Oder versteckte er sich erst einmal? Das wäre sicher das Klügste. Und gerade deshalb erschien es ihm unwahrscheinlich.

Frustriert fuhr Heller zurück in Richtung Stadtmitte. Die Wirkung des Adrenalins ließ nach. Die Schmerzen in seinem Arm wurden wieder stärker. Und dazu auch die im Gesicht. Im Rückspiegel betrachtete er seine Nase. Sie war geschwollen und leicht schief. Entweder er fuhr in ein Krankenhaus, wo sie ihm die Nase richten würden, oder er hielt am Straßenrand und machte es selbst. Wie damals, als sein Vater ihn geschlagen hatte, weil er ohne Führerschein mit dem Motorrad gefahren war.

Heller stoppte am Straßenrand. Stellte den Rückspiegel so ein, dass er sich gut sehen konnte. Er legte die Hände rechts und links an die Nasenwurzel. Du zählst bis drei, und dann tust du es, sagte er leise. Eins, zwei, dann ein Ruck nach links. Der Knochen knackte erneut. Heller schrie auf, Tränen schossen ihm in die Augen. Es tat höllisch weh. Wie damals. Wieso hatte er sich daran nicht mehr erinnert? Fluchend riss er die Tür auf, stieg aus, lief auf und ab – und entdeckte auf einmal den roten Spider auf der anderen Straßenseite. Toni und Rita waren doch in Richtung Grenzübergang Heerstraße unterwegs. Heller konnte nicht fassen, dass er so viel Glück hatte. Sofort sprang er in den Citroën, wendete und raste Toni hinterher. Diesmal werde ich dich kriegen, brüllte er. Es klang nasal. Aber die Schmerzen waren erst mal vergessen.

Nach wenigen Hundert Metern hatte Heller den Fiat eingeholt. Er fuhr dicht auf, hupte, hielt die Kelle aus dem Seitenfenster der Fahrertür. Toni scherte sich einen Dreck darum. Aber selbst ihm musste jetzt klar sein, dass Rita und er es nicht mehr über die Grenze schaffen konnten. Heller sah, wie sie auf Toni einredete, nach ihm schlug. Toni schlug zurück. Die beiden prügelten sich regelrecht. Der Fiat geriet ins Schleudern.

Als Heller zum Überholen ansetzte, bremste Toni plötzlich scharf. Hellers Wagen rutschte mit quietschenden Reifen auf das Heck des Fiat zu. Wieso bremst der Idiot mitten auf der Straße, dachte er. Die Antwort bekam er geliefert, als Toni wutentbrannt aus dem nun stehenden Fiat sprang. Einen Revolver in der Hand, stürmte er auf Heller zu, baute sich vor der Fahrertür auf. Heller drückte sich in das Polster. Eine falsche Geste, und Toni würde ihn abknallen.

»Was willst du?«, schrie Toni völlig außer sich.

Langsam nahm Heller die Hände vom Lenkrad. Er blickte Toni in die Augen.

»Beruhig dich. Denk noch mal nach, was hier passiert, wenn du abdrückst.«

»Ich beruhig mich einen Scheiß. Und ich denk auch nicht drüber nach, was hier passiert, wenn ich abdrücke.«

»Ist ja gut, Toni, ist ja gut. Was willst du?

»Du hörst auf, uns zu verfolgen, kapiert?«

»Ja, kapiert. Aber runter mit dem Revolver!«

Toni atmete schwer, presste die Augen zusammen. Er gab sich sichtlich Mühe, einen klaren Gedanken zu fassen. Aber es wollte ihm augenscheinlich nicht gelingen. Er stand vor Hellers Citroën, als wäre er ein Boxer im Ring und würde auf ein Kommando aus seiner Ecke warten.

»He, Toni. Darf ich dir einen Vorschlag machen?«

»Nein, du hältst dein Maul. Ich muss nachdenken.«

»Genau darum geht es. Ich habe zugehört, als du mit Rita geredet hast. Leo hat auf die Fahrerin von Barbara Albrecht geschossen. Und dass Borowski krepiert ist, war ein Unfall. Oder? So war es doch.«

»Die Tabletten haben den Penner total umgehauen. Der ist an seiner eigenen Kotze erstickt.«

»Siehst du«, sagte Heller. »Also bist du nur wegen Vertuschung dran. Das sind zwei Jahre, wenn's hochkommt. Die sitzt du auf einer Backe ab.«

»Zwei Jahre?«

»Höchstens.«

»Ich geh nicht schon wieder in 'n Bau. Das kannst du vergessen.«

Toni trat einen Schritt zurück und schoss zwei Mal auf den linken Vorderreifen der DS. Mit einem Pfeifen entwich die Luft.

Dann hörte er, wie der Motor des Fiat ansprang und die Reifen durchdrehten. Toni brauchte einen Moment, bis er begriff, dass Rita ohne ihn wegfuhr. Er rannte dem Wagen hinterher, brüllte, fluchte, schoss sogar. Dann drehte er sich um, marschierte zurück zum Citroën. Heller zog mit der linken Hand seine Waffe aus dem Holster und hielt sie verdeckt neben sein linkes Bein. Toni stieg zu Hellers Überraschung auf der Beifahrerseite ein.

»Los, der blöden Kuh hinterher. Mach schon, oder ich verteil dein dämliches Hirn in der Franzosenkarre«, schrie er.

Er drückte seinen Revolver gegen Hellers Schläfe.

»Moment, Toni«, sagte Heller ruhig. »Denk mal nach. Du hast zwei Mal auf den Reifen geschossen. Wie soll ich jetzt deiner Rita hinterherfahren? Und wie oft hast du auf deinen Fiat geschossen? Ich habe vier Mal gezählt. Die Trommel fasst sechs Patronen. Und falls du in der Schule beim Rechnen aufgepasst hast, weißt du, dass es das war.«

Toni starrte irritiert den Revolver an. Diesen kurzen Moment nutzte Heller, riss seine Pistole hoch und richtete sie auf Toni.

»Die dagegen ist geladen.«

Für einen Moment sah es so aus, als würde Toni anfangen loszuheulen.

»Steig aus«, sagte Heller. »Im Kofferraum ist das Ersatzrad und der Wagenheber.« Die DS war das einzige Auto weltweit, das auch mit drei Reifen noch fahren konnte. Doch das Risiko wollte Heller nicht eingehen.

Toni fluchte.

Später in der Keithstraße telefonierte Heller mit dem Staatsanwalt. Er berichtete, was Toni ihm über Barbara Albrecht, Leo Schlicht und Lothar Borowski gesagt hatte. Doch weil der Ex-Boxer das nicht offiziell zu Protokoll geben wollte, hielt der Staatsanwalt die Chance für gering, einen Haftbefehl zu erwirken. Tonis Behauptung gegenüber Heller, Leo habe Anoush erschossen, sei rechtlich betrachtet nur Hörensagen. Eine Aussage, für die weder Zeugen noch Indizien noch Beweise existierten. Toni solle seinen Personalausweis aushändigen und werde dann auf freien Fuß gesetzt, lautete das letzte Wort des Staatsanwalts. Die Fahndung nach Rita und dem Spider war bisher erfolglos geblieben.

Fünf

51

Durch ihren Anwalt Gunnar Frey hatte Bibi erfahren, dass der Einbrecher für den Osten arbeitete. Wahrscheinlich einer von der Stasi. Damit stand außer Frage, dass der Mann in Wurms Auftrag bei ihr gewesen war. Und der KoKo-Chef wusste inzwischen, dass sie immer noch im Besitz der Aufnahmen war. Bestimmt hatte Bach ihn zudem angerufen und gejammert.

Als sie nun mit ihrem westdeutschen Pass zum Grenzübergang Invalidenstraße fuhr, überkam sie ein Frösteln. Vor ihr hielt ein lindgrüner Chevrolet mit angeberisch großen Heckflossen. Zwei junge Männer saßen regungslos darin, als fürchteten sie, die kleinste Bewegung könnte sie verdächtig machen. Der Grenzer hatte vor einer Viertelstunde die Ausweise und Fahrzeugpapiere durch einen schmalen Schlitz in die Kontrollbaracke gereicht. Seitdem war nichts geschehen. Bibi schaute auf ihre Armbanduhr. Wenn sie pünktlich zum Termin mit Wurm kommen wollte, hatte sie nur noch eine halbe Stunde Zeit. Die Sonne strahlte vom blauen Himmel herab, spiegelte sich glitzernd in den Fenstern der Häuser. Sie setzte ihre Sonnenbrille auf. Im Autoradio sangen die Beatles von der Rückkehr in die Sowjetunion, wo die ukrainischen Mädchen einen umhauten und weit besser als die im Westen waren. Bibi dachte daran, wie sehr Manuela John Lennon vergötterte. Sie hielt ihn für einen Rebellen. Jemanden, der dem Establishment den

Mittelfinger zeigte. Dass er damit Millionen verdiente, störte sie nicht.

Jetzt kam vor ihr Bewegung auf und riss sie aus ihren Gedanken. Vier Grenzsoldaten mit schussbereiten Maschinenpistolen umringten den grünen Chevrolet, zwei weitere zerrten die beiden Insassen aus dem Wagen und schleiften sie durch eine Metalltür in die Baracke. Bibi hielt den Atem an. Was war mit den beiden Männern? Wieso wurden die verhaftet? Mit einem Mal wurde ihr wieder bewusst, dass sie sich auf dem Territorium eines Staates befand, der sie, ohne mit der Wimper zu zucken, verhaften und in eines seiner berüchtigten Gefängnisse werfen konnte. Irgendein Vergehen würde man ihr schon anhängen können. Das schafften die immer. Für Wurm wäre das erst recht ein Leichtes.

Vielleicht war es doch keine so gute Idee, den dunkelgrünen Porsche für den Besuch in Ost-Berlin zu benutzen. Besser wäre ein gewöhnlicher Opel aus dem Fuhrpark der Firma gewesen. Sie blickte in den Rückspiegel. Hinter ihr stauten sich die Autos. Umkehren war unmöglich. Die Grenzsoldaten schoben den Chevrolet vor ihr an die Seite. Dann wurde sie aufgefordert, bis zur nächsten Schranke vorzufahren. Mit der ausgestreckten Hand und ohne ein Wort forderte der Grenzer die Papiere, Bibi reichte sie durch das Fenster. Missmutig blätterte der Mann ihren Pass durch.

»Haben Sie Kinder, Waffen oder Sprengstoff dabei?« Seine Augen wanderten zwischen dem Porsche, Bibis Dekolleté und dem Pass hin und her. Auf der Seite, die den Stempel der US-Einreisekontrolle trug, hielt er inne.

»Sie waren in Amerika?«

»Im November vor sieben Jahren.«

Er schob den Pass und die Wagenpapiere durch den Schlitz. Dann wandte er sich wieder Bibi zu.

»Was haben Sie in Amerika gemacht?«

Das geht dich einen Dreck an, dachte sie.

»Urlaub.«

»Und Sie haben es überlebt.«

Nicht nur das, ich habe sogar spaßeshalber in Las Vegas Roulette gespielt und fünftausend Dollar gewonnen und das ganze Geld in einer Woche wieder ausgegeben, du kleiner, kommunistischer Spießer, dachte sie.

»Wie man sieht.«

»Anders als Kennedy.«

»Ich war ja auch nicht die Präsidentin.«

»Kennedy war kein Präsident. In Wirklichkeit war er die Marionette eines imperialistischen Verbrecherstaats.«

Was zum Teufel war das für ein absurdes Gespräch?

»Oh!«, sagte sie gespielt naiv. »Das wusste ich nicht.«

»Was wollen Sie in der Hauptstadt der Deutschen Demokratischen Republik?«, fragte der Mann.

»Ich habe einen Termin im Ministerium für Außenhandel, Unter den Linden 50, falls Ihnen das etwas sagt.«

Sie hatte die Adresse noch nicht ausgesprochen, da ging ein Ruck durch den Grenzsoldaten. Er nahm Haltung an und drehte sich zur Kontrollbaracke um. Sagte etwas, das Bibi nicht verstand. Nicht einmal eine Minute später erhielt sie ihre Papiere zurück. So läuft das also, begriff sie. Sie durfte weiterfahren.

In der vergangenen Nacht hatte sie überlegt, wie sie Wurm an den Haken bekommen konnte. Der Mann würde sich nicht von ein paar Fotos einschüchtern lassen, selbst wenn sie deren Veröffentlichung ins Spiel bringen würde. Aber da war ja noch das, was er so sehr begehrte. Da war er wie alle. Und was begehrt jemand, der in einem Land lebt, dem es an fast allem mangelte? Geld, genauer Devisen. Deutsche Mark. Oder besser noch Dollar. Und als Zugabe ein Foto, das den Beauftragten der Bundesregierung Günter Bach in einer kompromittierenden Situation zeigte.

Nach der Kontrolle bog sie in die Luisenstraße nach Süden ab, fuhr über die Spree und weiter auf den Boulevard Unter den Linden. Die Prachtstraße war seltsam leer. Wenige Trabbis und Wartburg verpesteten die Luft. Bibi parkte vor dem Ministerium, das Bach »Wurms Selbstbedienungsladen« genannt hatte. Damit lag er ausnahmsweise mal richtig.

Ein junger Mann blieb neben dem Porsche stehen. Wie schnell fährt der? Wie viel PS hat der? Wie viele Zylinder? Was kostet der? Bibi beantwortete geduldig jede Frage und entschuldigte sich dann, weil sie dringend im Ministerium zu tun habe. Der Pförtner ließ sie warten, bis ein Bürojunge kam, der sie in den dritten Stock geleitete. Eine missgelaunte Sekretärin begrüßte sie beim Empfang. Ihr schmales Gesicht war leicht verzogen, der Blick verächtlich. Die Schuhe stammten eindeutig aus dem Westen. Bibi sah es, und die Sekretärin sah, dass Bibi es sah. Sie errötete und ließ sich Zeit, bevor sie die mit Lederol gepolsterte Tür zu Wurms Büro öffnete.

Er residierte hinter einem großen Schreibtisch, vor sich vier Telefone. Hinter ihm an der Wand hingen die Porträts von Ulbricht, Breschnew sowie ein Doppelporträt von Marx und Engels.

»Frau Albrecht«, rief Wurm, als er Bibi erblickte.

Trotz seines massigen Körpers erhob er sich behände und reichte ihr die Hand. Dabei wölbte er sie so, dass die Innenflächen sich nicht berührten.

»Nehmen Sie bitte Platz.«

Er zeigte auf einen Tisch mit drei Stühlen, deren blauer Bezug neu war und nach chemischer Reinigung roch. Auf dem Tisch eine weiße Kaffeekanne und zwei

Tassen. Es war das gleiche Geschirr wie auf den Raststätten an der Transitautobahn.

»Freut mich, dass Sie mir die Ehre erweisen. Herr Bach hat vorhin angerufen, mich aber leider nicht erreicht. Ich war noch in einer Sitzung.«

»Vermutlich wollte er Sie vor mir warnen«, sagte Bibi.

Wurm lachte laut.

»Wieso das denn? Muss ich Angst vor Ihnen haben? Werden Sie mich mit den Waffen einer Frau schlagen?«

»Das war mein Plan. Aber nun, da Sie gewarnt sind, hat sich das wohl erledigt.«

»Nein, auf keinen Fall. Ich bin immer gespannt auf die weiblichen Folterwerkzeuge.«

Sein Lachen brachte den massigen Körper in Bewegung, ließ ihn schaukeln und wippen. Wurm war schwer zu deuten. Machte er sich einen Spaß mit ihr, oder gab er ihr zu verstehen, dass er gewappnet war und sie eiskalt auflaufen lassen wollte?

»Bevor wir aber *in medias res* gehen, entschuldigen Sie mich noch kurz. Herr Bach bat darum, dass ich ihn sofort zurückrufe, und wie Sie wissen, ist das nicht ganz unkompliziert. Verraten Sie mir, wovor genau er mich warnen will?«

Bibi schüttelte den Kopf.

»Am besten, Sie fragen ihn«, sagte sie.

»Das werde ich. Ich bin gleich wieder zurück. Bedienen Sie sich bitte. Da stehen Bohnenkaffee, Milch und Zucker. Und in der Dose sind ein paar Kekse. Aber von denen würde ich Ihnen abraten. Kennen Sie den Witz? Was ist der Unterschied zwischen Keksen und Klopapier?«

Bibi kannte ihn nicht.

»Die Kekse sind trocken und das Klopapier feucht. Besser wäre es umgekehrt.«

Er lachte erneut auf und verließ das Zimmer. Die Tür blieb offen, damit die Sekretärin die Besucherin beobachten konnte. Bibi bediente sich beim Kaffee. Die schwarze Brühe schmeckte bitter. Das Milchkännchen war leer, die Zuckerdose auch.

Als Bibi eine halbe Stunde später nach Wurm fragte, meinte die Sekretärin, er sei in einer dringenden Angelegenheit ins Zentralkomitee gerufen worden, Frau Albrecht möge bitte weiter warten.

Wie lange das Ganze dauern würde, wusste die Sekretärin nicht.

52

Den roten Fiat Spider mit dem Kennzeichen B-TE 333 hatte eine Streife unweit des Grenzübergangs Bornholmer Straße gefunden. Und schon bald danach tauchte auch Rita Grube auf. Aus Angst, dass jemand ihr etwas antun könnte, hatte sie sich in der Keithstraße gestellt. Wen sie fürchtete, wollte Rita einzig und allein »dem Kommissar Heller« mitteilen. Frau Grimm sah die junge Frau mit dem Minirock aus schwarzem Leder und der Jeansjacke zuerst ratlos an. Dann begann Rita zu weinen, und die Sekretärin der MI setzte sie in Hellers Büro. Sie holte die versteckte Flasche Whiskey hervor und goss Rita zur Beruhigung ein Glas ein. Dann versuchte sie, den Kommissar zu kontaktieren.

Heller hatte die Nacht im Hinterzimmer des *Kings-Club* verbracht. Auch die dritte Tasse Kaffee half nicht gegen den Kater. Als das Telefon klingelte, nahm Ryan ab, lauschte einen Moment und reichte den Hörer an Heller weiter. Frau Grimm sagte, dass Rita Grube in seinem Büro sitze und dringend mit dem Kommissar sprechen wolle. Heller winkte ab. Dann sagte Frau Grimm, dass Rita in Tränen aufgelöst sei und Angst habe, dass Toni etwas zustoßen könne. Aber auch das stimmte Heller nicht um. Erst als Grimm erwähnte, dass Vera Jung bereits mit Rita sprach, reagierte er.

Eine halbe Stunde später betrat Heller sein Büro. Rita saß auf dem Stuhl vor seinem Schreibtisch. Ihre Haare machten den Eindruck, als sei sie in einen Regenschauer geraten. Die Mascara hatte schwarze Schlieren auf ihren Wangen hinterlassen. Die Flucht war gescheitert, aber Rita immer noch unerschrocken. Sie richtete sich kerzengerade auf, als sie Heller sah. Vera lehnte mit dem Rücken am Fenster, hielt die Arme vor der Brust verschränkt und begrüßte Heller mit einem knappen Kopfnicken.

»Was tust du hier?«, fragte er scharf.

»Ich versuche, Rita davon zu überzeugen, dass es besser für sie und ihren Freund Toni ist, wenn sie sich uns anvertrauen«, antwortete Vera.

»Die hört von mir kein Wort«, sagte Rita bissig. »Wer ist die überhaupt?«

Heller schaute Vera eindringlich an. Eine stumme Aufforderung, den Raum zu verlassen, die sie geflissentlich ignorierte. Also wurde er deutlich.

»Kannst du uns bitte allein lassen?«

»Nein«, entgegnete Vera.

»Das ist mein Büro, also raus hier.«

»Es ist nicht dein Büro, Heller. Der Polizeipräsident hat es dir lediglich für deine Arbeit zur Verfügung gestellt.«

Das war zweifellos richtig, aber es änderte nichts an Hellers Groll. Dann eben anders. Er wandte sich zur Tür, drückte die Klinke herunter und wartete, bis Vera die Aufforderung nicht mehr ignorieren konnte, an ihm vorbei den Raum verließ. Er ging ihr hinterher. Sie erwartete ihn am Geländer des Treppenhauses. Einen Augenblick lang erinnerte ihn die Pose an die Situation mit Kalb.

»Ich habe dir schon einmal gesagt, wir haben zwei Möglichkeiten, wie wir hier vorgehen«, sagte Vera. »Wir können diesen Sumpf trockenlegen, oder wir können die Dinge lassen, wie sie sind. Wenn wir den Sumpf trockenlegen wollen, sollten wir denjenigen, die davon profitieren, nicht erlauben, sich aus dem Staub zu machen. Das funktioniert nur, wenn wir zusammenarbeiten.«

»Da hast du ausnahmsweise mal recht. Aber das wird nur klappen, wenn ich endlich weiß, was dein Auftrag ist.«

»Das habe ich dir gesagt.«

»Nein. Hartmann hat gesagt, du bist hier wegen der Albrecht und ihren Verbindungen in die Senatsverwaltung. Du bist aber beim Mord gelandet, nicht beim Betrugsdezernat.«

Heller suchte in seiner Jackentasche nach einer Zigarette, fand jedoch nur ein leeres Päckchen. Er zerknüllte es und schnippte es gekonnt in den Papierkorb.

»Weißt du, was ich glaube?«, sagte er. »Manteufel hat dich auf mich angesetzt.«

»Mit welchem Ziel?«

»Oder noch drei Stufen höher, Neubauer.«

»Du glaubst, der Innensenator kümmert sich um einen kleinen Ermittler aus der Keithstraße? Nimmst du Drogen? Falls ja, solltest du damit aufhören, Heller. Vielleicht kannst du dann die Realität besser beurteilen.«

Heller wandte sich ab, ging zurück in Richtung Büro. Er brauchte dringend eine Zigarette.

»Du weißt doch längst, wer ihn ermordet hat«, hörte er Vera in seinem Rücken.

Natürlich wusste er es, Toni hatte es ihm gesagt.

»Und wahrscheinlich weißt du auch, wer der Auftraggeber für den Mord ist. Und weil du an die Leute nicht rankommst, versuchst du, Toni Engel hinzuhängen.«

Sein Gehirn arbeitete auf Hochtouren. Er wusste, dass Vera recht hatte. Und dass er feststeckte. In dem Sumpf, von dem sie sprach.

»Wieso ist die *Hades*-Akte leer?«, hakte Vera nach. »Wieso wird bei Barbara Albrecht eingebrochen? Wenn du mir sagst, dass dich das nicht interessiert, gehen wir von jetzt an getrennte Wege.«

Selbstverständlich interessierte es ihn. Aber das Ganze war nicht so simpel, wie Vera es darstellte.

»Was ist dein Auftrag?«, fragte er noch einmal.

»Das kann ich dir nicht sagen.«

»Na dann.«

Er griff nach der Türklinke zu seinem Büro.

»Barbara Albrecht hat eine Bürgschaft über sechzig Millionen D-Mark erhalten. Die sind weder ausreichend abgesichert, noch ist klar, unter welchen Umständen sie gewährt wurde. Wir vermuten, dass Bestechungsgeld gezahlt wurde. Und die Bürgschaft ist nur die Spitze des Eisberges. Das Siebtel, das du siehst. Der Rest sind die Leute, die ihre Finger unter anderem in *Hades* haben.«

Sie schaute ihn erwartungsvoll an.

»Jetzt zufrieden?«

So, wie sie ihn ansah, schien sie die Wahrheit zu sagen. Und falls nicht, war sie die beste Lügnerin, der er je begegnet war.

»Allerdings passt der Tod von Kalb und dem jungen Mann in der Baugrube nicht in meine Theorie. Es könnte also durchaus außer Barbara Albrecht noch ein anderes Unternehmen die Finger im Spiel haben.«

Vera wurde ungeduldig.

»So. Ich habe dir meine Geschichte erzählt. Jetzt bist du dran«, forderte sie.

»Was meinst du?«

Sollte er ihr etwa erzählen, was mit Kalb passiert war? Wie würde sie reagieren? Wäre sie nachsichtig, um ihren eigentlichen Auftrag nicht zu gefährden? Niemals. Heller hob die Hände. Das international anerkannte Zeichen von Unschuld und Kapitulation.

»Ja, so hat Hartmann dich beschrieben«, sagte Vera kopfschüttelnd. »Treu, loyal, verschwiegen.«

»So ist es. Was ist daran falsch?«, fragte Heller.

»Nichts. Wenn du ein Schäferhund bist.«

Bevor er auf diese Frechheit noch etwas erwidern konnte, flog die Tür seines Büros auf.

»Soll ich hier Wurzeln schlagen?«, blaffte Rita Heller an.

53

Bibi wartete immer noch auf Wurm. Er sei auf dem Rückweg, es täte ihm sehr leid, sagte die Sekretärin. Bibi ging zum Fenster. Auf dem kaum befahrenen Boulevard hatte sich ein Unfall ereignet. Ein Trabant war mit einer großen Limousine zusammengestoßen, die wie ein älterer Chevrolet oder Cadillac aussah. Nur die kyrillischen Buchstaben auf dem Kühlergrill entlarvten den Wagen als sowjetischen Nachbau. Der Fahrer des Trabant saß am Straßenrand und weinte. Sein Wagen war ein Totalschaden. Der Chauffeur der Limousine redete wütend auf ihn ein. Wahrscheinlich fuhr er einen Staatsfunktionär oder einen angesehenen Wissenschaftler oder ein hohes Tier der Partei. Bibi hatte einige kennengelernt, die es in der Zone zu ansehnlichen Posten gebracht hatten. Sie fühlten sich als die besseren Menschen, weil sie so »selbstlos« für den Sieg des Sozialismus kämpften. Vielleicht war es tatsächlich zu Anfang so gewesen. Sie traute dem einen oder anderen durchaus einen ehrenwerten Idealismus zu. Aber wie es sich eben verhält mit den Plänen zur Besserung der Menschen, dachte sie. Die stehen seit Jahrtausenden auf der Tagesordnung der Religionen und wollen dennoch nicht gelingen. Irgendwann sind selbst die größten Idealisten frustriert und von ihrer eigenen Selbstlosigkeit erschöpft. Sie denken, dass sie eine Belohnung verdient haben für ihren aufopferungsvollen Kampf um eine bessere Welt. Also genehmigen sie sich etwas mehr aus dem großen Topf und erzählen dem Volk, dass das so schon seine Richtigkeit habe.

»Frau Albrecht, entschuldigen Sie bitte vielmals, dass ich Sie so lange habe warten lassen«, rief Wurm, als er in das Büro stürmte. »Aber Sie wissen ja, wenn der König ruft, macht man sich am besten schnell auf den Weg.«

»Ja. Und das ändert sich erst, wenn man selbst der König ist«, versetzte Bibi.

Wurm blinzelte. Er war noch nicht lange Chef der KoKo. Aber der Ausstattung seines Büros nach zu urteilen, war er auf dem Posten umtriebig. Die Schuhe der Sekretärin, die Schweizer Uhr an seinem Handgelenk, die Braun-Stereoanlage neben der Sitzecke – Wurm machte sich nicht mal die Mühe, den Erfolg seiner Geschäfte und Kontakte zu verstecken. Dennoch war *Hades* vermutlich die Krönung seiner bisherigen Laufbahn. Hatte er deswegen bei seinem Vorgesetzten antreten müssen, um Weisungen entgegenzunehmen?

Die Sekretärin streckte den Kopf zur Tür rein.

»Der Minister hat anrufen lassen.«

»Welcher?«

»Mielke. Er erwartet einen Rückruf.«

»Das passt jetzt schlecht. Sagen Sie Bescheid, ich melde mich. Die Devisengeschäfte sind wichtiger.«

Wurm trat an die Tür und schloss sie vor der Nase seiner Sekretärin. Bibi wunderte sich, dass er mit einem Mal nervös wirkte.

»Wo waren wir stehen geblieben?«, fragte Wurm.

»Bei Herrn Bach. Hat er Ihnen den Grund meines Besuchs mitgeteilt?«

»Nein. Ich konnte ihn nicht erreichen.«

»Kein Problem. Ich kann Ihnen ohnehin besser darstellen, wie ich unser Projekt *Hades* in eine erfreuliche Zukunft führen möchte.«

»Ich bin ganz Ohr.«

Er setzte sich ihr gegenüber.

»Es gab in letzter Zeit einige Irritationen, die unser Vorhaben gefährden könnten«, sagte Bibi.

»Sie meinen den Einbruch in Ihre Villa. Ich habe gehört, Ihre beiden Hunde wurden erschossen.«

»Ich meine vor allem den Tod meiner Assistentin. Offensichtlich will jemand das Geschäft zu seinen Gunsten verändern und schreckt dabei auch vor Methoden nicht zurück, die wir sonst nur aus amerikanischen Gangsterfilmen kennen.«

»Schrecklich. Was trinken Sie?«

»Was haben Sie?«

Bibi wollte Wurm eine Chance bieten, seine Schätze zu präsentieren. Er erhob sich und nahm aus einem Schrank eine Flasche Cognac. Stolz zeigte er sie Bibi.

»Rémy Martin, 1952. Ein Geschenk des französischen Botschafters.«

Ohne ihre Antwort abzuwarten, schenkte er in zwei Cognacschwenker ein und stellte sie auf den Tisch.

»Ich habe Sie unterbrochen. Sie wollten mir sagen, wie Sie unser Geschäft in eine erfreuliche Zukunft führen wollen«, sagte er.

»Wie ich bereits dargestellt habe, wird eine Gesellschaft gegründet, die *Hades GmbH & Co. KG*. Offiziell beteiligt sind die BSR und die *Novum GmbH*.«

Auf einem Blatt malte Bibi die Struktur der GmbH auf. Es war eine Konstruktion, die sie seit Jahren in ihren eigenen Unternehmen nutzte, um die wahren Gesellschafter zu verschleiern, Gewinne abführen und Verluste gegenrechnen zu können. In der neuen *Hades GmbH & Co. KG* würde sie einen erheblichen Anteil halten, noch größer als ursprünglich geplant.

»Herr Bach muss aufseiten der Bundesrepublik für den politischen Rückhalt sorgen. Die *Novum GmbH* wird ordentliche Gewinne einfahren, Sie selbst werden über die KG beteiligt sein. Der letztlich entscheidende Unterschied zu den Plänen, die Günter Bach ursprünglich verfolgt hat, ist, dass Leo Schlicht nicht Teilhaber sein wird.«

»Wieso nicht?«

»Weil wir über die *Hades* eine Reihe weitere Geschäfte abwickeln werden.«

Wurm straffte sich. Die Aussicht auf »weitere« Geschäfte schien ihn zu elektrisieren.

»Geschäfte welcher Art?«

»Alles zu seiner Zeit.«

»Weiß Bach davon?«

»Noch nicht. Aber ich bin sicher, dass er keine Einwände haben wird.«

Wurm hob sein Cognacglas und prostete Bibi zu, doch sie tat es ihm nicht gleich. Seine Hand verhungerte über dem Tisch.

»Außerdem sollte Herr Bach diese Nachricht nicht selbst Herrn Schlicht überbringen, weil dabei sicherlich eine langwierige Diskussion entstehen würde«, fuhr Bibi fort. »Ich selbst scheue ebenfalls davor zurück, mit Herrn Schlicht über die Änderung der Vertragskonstellation zu sprechen, da ich weiß, dass er auf schlechte Nachrichten sehr ungehalten reagiert. Daher wäre es das Beste, Sie sprechen mit Herrn Schlicht. Ich bin sicher, dass Sie von uns allen über die größte Überzeugungskraft verfügen.«

Nun lächelte sie Wurm an, nahm ihr Glas und forderte ihn zum Anstoßen auf. Das Erstaunen in Wurms Gesicht war ehrlich. Vermutlich hatte er nicht erwartet, dass jemand aus dem Westen ihm Ansagen machte, noch dazu eine Frau. Trotz der in der DDR propagierten Gleichberechtigung. Er stieß mit Bibi an und trank den Cognac. Bibi nippte nur. Der Weinbrand schmeckte weich, nach Rosinen und Pflaumen.

»Das Gespräch mit Herrn Schlicht muss ich allerdings der *Hades GmbH* in Rechnung stellen«, sagte Wurm.

»Das versteht sich von selbst.«

Sie plauderten noch eine Weile über französischen Cognac und amerikanischen Whiskey. Wurm erzählte von einem Besuch in Paris, wo er über die Lieferung von Staatslimousinen verhandelt hatte. Die Betten im Hotel *George V.* hatten es ihm besonders angetan. So bequem und so groß und mit Platz für drei. Bibi verstand, was er damit meinte. Beim Abschied reichte sie ihm einen Umschlag mit einer Aufnahme von Bach bei einem Besuch in der *Freya*.

»Da verfügt jemand über einen guten Fotoapparat«, sagte Wurm.

»Offensichtlich.«

»Sie haben nicht noch weitere Bilder?«

»Leider nicht dabei. Aber ich kann Ihnen gerne weitere zukommen lassen, wenn Sie Bedarf haben.«

Existierten Aufnahmen von ihm selbst? Als versierter Geheimdienstler war er normalerweise viel zu vorsichtig, um in so eine Falle zu tappen. Trotzdem ließ Bibi ihn in dem Glauben, dass sie seine Zukunft in der Hand hielt. Wie alle, die mit ihr Geschäfte machten, hatte auch er nun eine Lektion in Sachen Skrupellosigkeit bekommen. Die Missachtung jeglicher Regeln im Umgang mit einem Geschäftspartner deuteten auf eine Frau hin, für die nur eines zählte, ihr eigener Vorteil. Dafür setzte sie sich mit aller Härte ein. Zu keinem Zeitpunkt hatte sie Gefühle gezeigt. Eher würde eine Rechenmaschine ausflippen.

Wurm geleitete sie zum Ausgang. Zwei Wartburg der Volkspolizei hielten neben dem Porsche. Die Vopos verlangten von Bibi die sofortige Bezahlung eines Bußgelds wegen Falschparkens. Wurm beobachtete die Szene. In sein konturloses Gesicht stand immer noch Erstaunen geschrieben. Als Bibi den Vopos gegenüber bemerkte, dass weit und breit kein Schild hing, das die Stelle als Parkverbotszone auswies, erwiderten sie, dies sei unnötig, da vor allen Ministerien ein solches Verbot gelte. Sie zahlte 50 D-Mark.

54

Falls Veras Theorie stimmen sollte, mussten sie Barbara Albrecht als die Drahtzieherin der Geschäfte annehmen. Die Frage war, wie sie ihr beikommen konnten. Und die Antwort schien überraschend einfach. Die Albrecht war unantastbar, auch wenn bei ihr eingebrochen worden war. Aber da gab es noch Anoush Mossadegh, die laut Toni Leo Schlicht erschossen hatte. Vielleicht ein Versehen. Aber vielleicht war die Mitarbeiterin so etwas wie die Achillesferse der Albrecht gewesen? Was auch immer das Motiv war: Über Leo Schlicht konnten sie an die Albrecht herankommen. Und über Rita Grube und Toni Engel an Leo Schlicht. Rita war prinzipiell gewillt, auszupacken und Tonis Aussage zu bestätigen. Ohne Garantien wollte sie allerdings kein Sterbenswörtchen zu Protokoll geben. Im *Kino Marmorhaus* am Ku'damm hatte sie einen Film gesehen, in dem das FBI einen Gangster in ein Zeugenschutzprogramm aufgenommen hatte. Der Mann sollte gegen die Mafia aussagen. Ohne neue Identität würde die ihn sonst schnappen, seine Füße in eine Wanne einbetonieren und ihn im Hudson zum Baden schicken. So einen Zeugenschutz wollte sie auch für Toni und sich haben. Inklusive hunderttausend Mark, einer Eskorte zum Flughafen Tempelhof und einer neuen Identität.

Das Problem war lediglich, dass Deutschland ein solches Zeugenschutzprogramm nicht hatte. Nicht einmal, wenn ein Senatsbaudirektor ermordet wurde, jemand eine junge Frau auf offener Straße erschoss und ein Oberkommissar nur knapp dem Tod entging. Hier war nicht wie in Chicago die Mafia am Werk. Auch wenn es Kriminelle waren, die genauso skrupellos Gewalt einsetzten.

»Wir können Ihnen eine kleine Summe versprechen, Frau Grube, und wir können Sie unterstützen, wenn Sie und Ihr Freund die Stadt verlassen wollen. Aber das ist auch alles«, sagte Vera.

Heller warf ihr einen erstaunten Blick zu. Vera Jung überraschte ihn wieder und wieder.

Es dauerte noch eine Weile, bis Rita verstand, dass sie nur zwei Möglichkeiten hatte: Entweder sie ließ sich auf Veras Angebot ein, oder sie blieb in West-Berlin und wartete, bis sie zufällig morgens nicht mehr aufwachte, weil ihr jemand die Gurgel durchgeschnitten hatte. Sie beschimpfte Heller und gab anschließend klein bei.

Toni und sie sollten fünftausend Mark erhalten und zum Flughafen Tempelhof eskortiert werden. Das Flugziel würde geheim gehalten werden. Jetzt galt es, Toni in seinem Versteck aufzuspüren und ihm denselben Vorschlag zu unterbreiten.

Sie fuhren in Hellers Citroën nach Spandau zur Kleingartenkolonie Frischauf e. V., Eingang Pionierstraße.

»Das grüne Häuschen auf der linken Seite«, sagte Rita. »Der Garten gehört seinem Onkel Josef.«

Es wäre am einfachsten, Rita würde zu Toni gehen. Aber sie war nicht sicher, ob er ihr noch vertraute, seit sie mit dem Spider weggefahren war und ihn mit Heller allein gelassen hatte. Besser, Heller erklärte ihm den Grund des Besuchs. Heller, nicht Vera. Toni hatte eine etwas antiquierte Vorstellung davon, wer ihm Vorschläge unterbreiten durfte. Frauen gehörten nicht dazu.

»Und seien Sie vorsichtig. In dem Wochenendhaus gibt es Knarren.«

Die Waffe griffbereit machte Heller sich auf den Weg. Das Gittertor am Eingang der Kolonie quietschte so laut, dass ein paar Kleingärtner die Köpfe aus ihren Gemüsebeeten reckten, um zu schauen, wer sich näherte. Da sie Heller nicht kannten, wurde er auch nicht gegrüßt und eher mit frostigen Blicken bedacht. Man warnte sich über die Zäune hinweg, dass jemand in der Kolonie unterwegs sei, der nicht hierhergehörte.

Nach wenigen Metern hatte Heller die Parzelle 14 erreicht. Ein niedriges Tor mit der Hausnummer und einer Fahrradklingel, um sich als Besucher ordentlich anzukündigen. Ein dichter Rosenstrauch rahmte den Eingang, als würde hier Dornröschen auf Erweckung warten. Rechts der Tür ein kleiner Teich mit zwei Fröschen aus Keramik. Ein Apfel- und ein Kirschbaum, ein Gemüsebeet mit Tomaten, Radieschen und Bohnen, ein Holzstall und das Häuschen. Gardinen an den Fenstern schützten vor Blicken ins Innere. Heller wartete vor dem Tor.

»Toni!«, rief er. »Hier ist Heller. Können wir reden?«

Keine Antwort. Heller rief noch einmal, war sich sogar nicht zu schade, die Fahrradklingel neben der Tür zu betätigen.

»Was wollen Sie denn von dem«, erkundigte sich der Nachbar auf der rechten Seite. Er trug ein Feinripp-Unterhemd, die grauen Haare waren raspelkurz geschnitten, und im Mundwinkel klebte eine Zigarette. Wie eine Drohung streckte er Heller den Wohlstandsbauch entgegen.

»Das geht nur Toni Engel etwas an.«

»Das glaube ich nicht, mein Freund. Wir kümmern uns hier umeinander. Und weil ich der stellvertretende Vorsitzende bin, würde ich vorschlagen, Sie sagen mir, was Sie wollen, oder Sie machen einen Abgang.«

Die Kleingärtner waren ein rabiates Volk, das hatte Heller schon vor zwei Jahren erlebt, als sie die Tote aus dem Wannsee gezogen hatten. Er hätte dem Nachbarn erklären können, um was es ging – einfach, um kein Aufsehen zu erregen. Aber sein Reservoir an Freundlichkeit war aufgebraucht. Er hatte sich nacheinander über den Staatsanwalt geärgert, dann über Toni, Vera, Rita und am meisten über sich selbst. Weil er sich in eine Situation manövriert hatte, aus der er nicht mehr heil herauskommen würde. Der Nachbar bot ihm die beste Gelegenheit, sich abzureagieren.

»Erstens bin ich nicht dein Freund, und zweitens geht es dich einen feuchten Kehricht an, was ich mit Toni Engel zu besprechen habe. Deswegen schlage ich vor, du verziehst dich in das Klohäuschen, sonst setzt es was.«

Er zeigte seine Marke und die Pistole.

»Ich werde mich über Sie beschweren«, jammerte der Nachbar.

»Von mir aus, aber da musst du dich hinten anstellen. Es sind schon ein paar vor dir.«

Im selben Moment knallte es, und eine Rose direkt neben Hellers Kopf explodierte. Feine rote Blütenblätter fielen zu Boden. Heller suchte Deckung, warf sich neben eine Mülltonne auf den Boden. Auch der Nachbar brachte sich mitsamt seinem Wohlstandsbauch in Sicherheit.

»Ist das dein Ernst, Toni?«, rief Heller. »Muss ich erst die Bereitschaftspolizei holen, damit die dir mit ihrem Wasserwerfer das Häuschen überm Kopf wegspritzen?«

Keine Antwort. Entweder lud Toni nach oder überlegte, wie ernst er Hellers Warnung nehmen sollte.

»Rita sitzt in meinem Wagen. Sie hat eine Idee, wie ihr beide aus dem Schlamassel rauskommt. Es ist eine gute Idee, sie wird dir gefallen. Aber dafür müssen wir miteinander reden.«

Stille. Toni schien immer noch zu überlegen. Heller blieb in Deckung. Der linke Arm und die Nase schmerzten.

»Die Schnalle hat mich schon einmal hängen lassen«, rief Toni. »Der glaub ich kein Wort mehr.«

»Kann sein. Aber du hast sowieso keine andere Chance, du blöder Hund.«

»Sag nicht blöder Hund zu mir. Verstanden?«

»Verstanden.«

»Was machen wir jetzt?«, fragte Toni schon etwas kleinlauter.

»Du wirfst die Knarre raus. So, dass ich sie sehen kann. Falls du davon ein oder zwei mehr haben solltest, wirfst du die auch raus.«

Heller lugte aus der Deckung zum Haus hin. Nichts tat sich.

»Weißt du nicht mehr, wie man eine Knarre rauswirft?«

Endlich flog ein Gewehr in den Vorgarten. Es landete

im Teich, und einer der Keramik-Frösche verlor den Kopf.

»Das ist noch nicht alles, Toni.«

»Doch. Sie haben mir ja meine Kleine schon abgenommen.«

»Na gut«, sagte Heller. »Ich geh jetzt zu meinem Wagen. Wenn du in fünf Minuten auftauchst, erfährst du, was für eine Idee deine Rita hat. Wenn nicht, kannst du schon mal anfangen, dich hier einzugraben.«

Als Heller den Weg entlanglief, wurde er wieder von Blicken verfolgt. Aber diesmal waren sie freundlich, fast bewundernd. Die Kleingärtner waren zwar ein rabiates Volk, aber auch brave Bürger. Sie liebten die Ordnung – und die Menschen, die sie durchsetzten.

55

Der Staatsanwalt war einer aus der jungen Garde, die in den vergangenen Jahren mit Versprechungen nach West-Berlin gelockt worden waren. Eine große Wohnung in Charlottenburg, Wilmersdorf oder Schöneberg, das Gehalt eine Stufe über dem westdeutschen Niveau. Der Preis dafür waren die eingemauerte Teilstadt und der Berliner Filz.

Heller und Vera hatten mit Toni und Rita besprochen, was sie dem Staatsanwalt erzählen sollten. Dann hatte Heller sich von Vera zwanzig Pfennig geliehen und von einer Telefonzelle aus den Staatsanwalt angerufen. Heller hatte die Zusage erhalten, dass die beiden nicht belangt würden für das, was sie gestanden. Also fuhren sie zu viert zur Staatsanwaltschaft in die Turmstraße.

Eine gewaltige, mehr als 200 Meter breite Trutzburg mit zwei 60 Meter hohen Türmen, 1906 erbaut. Das

Haupttor zierte die Göttin Justitia und schüchterte Delinquenten schon beim Betreten ein. Toni hatte Angst, was Heller gut nachvollziehen konnte. Eine riesige Eingangshalle, die sich über drei Stockwerke erstreckte, über der wiederum ein gewaltiges Gewölbe thronte. Zwei Dutzend Pfeiler, eine breite Treppenanlage mit Sandsteingeländern. Sechs Figurengruppen, die Religion, Gerechtigkeit, Streitsucht, Friedfertigkeit, Lüge und Wahrheit verkörperten. Man kommt lächerlich schnell hinein, aber nur mit Geld, Intelligenz oder einem sehr guten Anwalt wieder heraus, hatte Manteufel zu ihm gesagt, als Heller seinen ersten Verdächtigen in einem Mordfall hier vorstellte.

Sie betraten nach höflichem Anklopfen das Büro des Staatsanwalts und nahmen zu viert vor einem Schreibtisch Platz, auf dem stapelweise Akten an einen Befestigungswall erinnerten. Der Jurist war nicht besonders groß, höchstens einen Meter sechzig, weshalb er hinter den Papierbergen beinahe verschwand. Und so blass, als hätte er in den letzten Monaten nicht einen einzigen Sonnenstrahl abbekommen. Hinter der randlosen Brille huschten allerdings fleißige Augen hin und her. Rita und Toni nannten ihre vollständigen Namen und Adressen, dann entstand eine Pause, weil der Staatsanwalt die Akte Borowski aus dem Stapel fischen musste.

Toni wollte nicht so recht mit seiner Aussage herausrücken. Er schien dem Staatsanwalt nicht zu trauen. Vor allem, weil der nicht wusste, dass Toni in seinen besseren Tagen ein herausragender Mittelgewichtler gewesen war. Rita schubste Toni an, und als der immer noch mauerte, übernahm sie.

»Also, die Sache läuft so ab.«

Der Staatsanwalt machte sich Notizen, und Rita brach sofort wieder ab.

»Das mit den Notizen war aber nicht abgesprochen«, sagte sie.

»Das muss sein, weil Sie nachher noch Ihre komplette Aussage unterschreiben müssen.«

»Und Sie pinkeln uns nicht ans Bein, ist das klar?«, meldete sich Toni eine Spur zu laut.

Zögernd deutete der Staatsanwalt ein Nicken an, was aber keine richtige Zustimmung war. Heller blickte zu Vera hinüber und erwartete nichts Gutes.

»Bitte, Frau Grube, erzählen Sie.«

»Also bei uns in der *Freya* läuft das so ab. Wir haben Gäste, die zur besseren Gesellschaft gehören. Und da müssen wir immer äußerst diskret sein. Kennen Sie die *Freya*?«

Der Staatsanwalt hob den Blick.

»Nein.«

»Schauen Sie ruhig mal vorbei. Wenn Sie mit einer Gruppe kommen, gibt es Rabatt.«

»Verstehe. Und wer ist ›wir‹?«

»Was meinen Sie?«

»Sie sagten, ›wir‹ haben Gäste, die zur besseren Gesellschaft gehören.«

»Was glauben Sie wohl?«

»Prostituierte?«

»Was denn sonst. Wir wissen, wer sich da vor uns nackig macht, aber wir halten die Klappe. Und manchmal geben wir uns richtig Mühe, weil geknipst wird.«

»Geknipst?«

Erstaunt hob der Staatsanwalt die Stimme. Heller ahnte, dass es nichts mit einer milden Strafe für Toni werden würde, wenn der Ankläger in Sachen Lebenserfahrung irgendwo in der westdeutschen Provinz hängen geblieben war. Er wollte die Vernehmung unterbrechen, aber Vera hielt ihn ab.

»Was für Fotos? Was wurde da aufgenommen?«

»Sie waren noch nie in einem Puff, oder?«

»Nein«, nuschelte der Staatsanwalt pikiert. »Offenbar im Gegensatz zu Senatsbaudirektor Borowski …«

»Den hat er fotografiert, als ich ihn geritten hab.«

Die Blässe im Gesicht des Staatsanwalts wich nun einer erhitzten Röte.

»Wer war der Fotograf?«

»Leo. Die Aufnahmen hat er immer selbst gemacht, weil sie gut sein mussten. Nicht verwackelt oder so. Ist ja schon ziemlich anregend, wenn einer mir zuguckt. Der Leo ist aber ganz schön abgebrüht. Der hat so viele Nummern gesehen, da passiert bei dem südlich nichts mehr. Es müsste schon die Monroe am Start sein. Aber die ist ja schon acht Jahre tot.«

Die erhitzte Röte breitete sich nun bis zu den staatsanwaltlichen Ohren aus.

»Die Bilder hat die Albrecht in Auftrag gegeben«, meldete sich Toni. »Weil sie Ärger mit Borowski hatte.«

»Woher wissen Sie das?«

»Das weiß man eben.«

»Haben Sie gehört, wie Frau Albrecht den Auftrag für die Fotos gegeben hat?«

»Nein.«

»Woher wissen Sie es dann?«

»Hat Leo gesagt.«

Heller stöhnte auf. Das Gespräch lief auf ein Desaster hinaus. Noch vor einer Stunde hatte Toni behauptet, er wäre dabei gewesen, als die Albrecht bei Leo die Aufnahmen bestellt hatte. Jetzt hatte er es nur von Schlicht gehört.

»Also wissen Sie nicht, ob Frau Albrecht tatsächlich den Auftrag gegeben hat?«

»Doch.«

»Ich höre.«

»Leo hat es ja gesagt.«

»Mit Leo meinen Sie Herrn Schlicht.«

»Ja.«

»Herr Schlicht könnte auch gelogen haben.«

»Nee, Leo lügt nicht.«

Toni kam nun in Schwung. Er erzählte, dass Borowski nach der Nummer den Champagner mit darin aufgelösten Pillen getrunken und an seinem Erbrochenen erstickt war. Um die *Freya* nicht in Schwierigkeiten zu bringen, hatte er in Leos Auftrag den Toten verschwinden lassen. Allerdings war es ein schwerer Fehler gewesen, ihn im Wald nahe der Transitautobahn aufzuhängen.

Als Toni geendet hatte, legte der Staatsanwalt seinen Kugelschreiber beiseite, setzte die Brille ab und putzte sie umständlich. Seine Gesichtsfarbe hatte sich wieder normalisiert.

»Entschuldigen Sie beide uns bitte?«

Er deutete auf Rita und Toni, anschließend auf die Tür.

»Wieso? War's das schon? Habe ich was Falsches gesagt?«, beschwerte sich Toni.

»Das klären wir gleich, zisch ab«, sagte Heller.

Als Toni und Rita die Tür hinter sich geschlossen hatten, kam der Staatsanwalt hinter seinem Aktenwall hervor. Er war noch kleiner, als Heller vermutet hatte.

»Sie sagten am Telefon, es könnte hier eine direkte Spur von Leo Schlicht zu Frau Albrecht führen. So wie ich es beurteile, ist da nichts dabei, was mich auch nur im Geringsten voranbringt.«

»Toni hat vor einer Stunde gesagt, er sei dabei gewesen, als die Albrecht die Fotos in Auftrag gegeben hat«, sagte Heller.

»Was ist mit Schlicht?«, fragte Vera. »Wir holen ihn zur Vernehmung. Immerhin handelt es sich um Verletzung der Persönlichkeitsrechte. Ich weiß nicht, welcher Paragraf das ist, aber da war schon mal was mit Bismarck.«

»Sie wollen mir bitte jetzt nicht mit Bismarck kommen.« Der Staatsanwalt lächelte süffisant. »Selbst wenn der Senatsbaudirektor nicht damit einverstanden war, dass er in flagranti fotografiert wurde, und selbst wenn anzunehmen ist, dass damit eine erpresserische Handlung vorbereitet werden sollte, wird dieser Leo Schlicht niemals das einräumen, was ihm von Herrn Engel und Frau Grube vorgeworfen wird.«

»Und das heißt?«, fragte Heller.

»Das heißt, dass Herr Engel wegen Strafvereitelung festzunehmen ist. Immerhin hat er gestanden, die Leiche beiseitegeschafft zu haben.«

»Wenn wir damit noch ein paar Tage warten, kann Toni uns helfen, Leo Schlicht zu überführen. Rita Grube hat gesagt, dass in dem Etablissement häufiger Fotos gemacht werden. Diese Aufnahmen werden doch irgendwo aufbewahrt«, versuchte Vera, ihre Zeugen zu retten.

»Das sind Vermutungen und keine gerichtsverwertbaren Beweise, Frau Kommissarin. Das wissen Sie. Mein Chef wird sich totlachen, wenn ich ihm damit komme.«

Damit war offensichtlich, dass Toni der Sündenbock werden sollte.

»Das ist nicht Ihr Ernst.«

Heller sprang aus seinem Stuhl hoch und baute sich vor dem Staatsanwalt auf.

»Hören Sie zu. Die Sache ist ein bisschen komplizierter, als wir uns das gerade vorstellen. Ich war in der Albrecht-Villa, als da einer von der Stasi den Tresor aufgebrochen hat. Ich vermute, der Kerl hatte es auf eine Akte mit der Aufschrift *Hades* abgesehen. Dabei geht es um ein Müllgeschäft mit der DDR. Wahrscheinlich hängt die Albrecht da drin. Und deshalb ist auch die Assistentin von Barbara Albrecht getötet worden. Mal abgesehen davon, dass der Dreckskerl auf mich geschossen hat, werden Sie mir nicht erzählen, dass Sie den Fall mit Tonis Verhaftung abschließen wollen.«

Eilig brachte sich der Staatsanwalt vor Hellers Angriff hinter seinem Aktenwall in Sicherheit.

»Sie waren in der Albrecht-Villa?«, fragte er. »Warum? Was haben Sie da gesucht? Und wo war Frau Albrecht? Ich vermute, Sie hatten einen Durchsuchungsbeschluss. Oder?«

Bevor Heller auf den Staatsanwalt losgehen konnte, zog Vera ihn aus dem Büro hinaus. Auf dem Flur begegneten sie Toni, der Heller mit großen, ratlosen Augen anstarrte. Vermutlich hatte er gehört, wie Heller laut geworden war, aber er verstand natürlich nicht, was hier lief.

»Du verschwindest, Toni«, befahl Heller. »Sofort!«

»Warum?«

»Weil ich es sage.«

Vera wollte noch einschreiten, aber Toni hatte bereits begriffen, dass Heller es ernst meinte. Er machte sich flugs aus dem Staub.

Rita allerdings kapierte, dass Hellers Plan gescheitert war.

»Das ist ja eine richtig miese Nummer, Herr Kommissar. Das werden Sie büßen«, drohte sie.

»Von mir aus, aber du begleitest mich erst mal.«

»Sie können mich mal.«

»Entweder du kommst mit, oder ich buchte dich ein.«

Heller packte Rita am Arm und marschierte den Flur entlang in Richtung Ausgang.

56

Vera konnte Heller gerade noch aufhalten, bevor er zusammen mit Rita wegfuhr.

»Wo willst du mit ihr hin?«

»Ich bring die Kleine zu Manteufel und frag ihn, was das alles soll.«

Vera konnte es nicht fassen.

»Heller, das ist sogar für deine Verhältnisse eine selten dumme Idee.«

Rita auf dem Beifahrersitz stimmte ihr stumm zu. Heller starrte geradeaus, dachte nach. Langsam beruhigte er sich wieder.

»Du bleibst hier«, wies er Rita an.

Dann stieg er aus. Rita gehorchte, ohne zu murren. Die Reaktion des Staatsanwalts hatte ihr offensichtlich einen gehörigen Schrecken eingejagt.

Heller und Vera entfernten sich ein paar Schritte vom Citroën. Hinter ihnen ragte das Männergefängnis Moabit empor.

»Wir müssen einen Plan haben, wie wir weiter vorgehen. So etwas wie eben darf uns nicht noch einmal passieren«, sagte Vera.

Der Wall, den Barbara Albrecht um ihre Machenschaften errichtet hatte, war offensichtlich unüberwindlich. Wenn sie Leo Schlicht nicht dazu brachten, gegen die Albrecht auszusagen, konnten sie einpacken. Vielleicht wäre es noch möglich, an Bach heranzukommen, aber wer auch immer im Osten handelte, war unerreichbar.

»Dir ist klar, worauf das dadrinnen rausläuft«, sagte er und deutete auf das Kriminalgericht. »Die werden Toni anklagen und einbuchten, und der Rest wird unter den Teppich gekehrt. Aber das schwöre ich dir, ohne mich«, sagte Heller.

»Zu Manteufel zu gehen führt nur dazu, dass er dich von dem Fall abzieht. Und ohne dich bin ich aufgeschmissen. Heller, mach keine Dummheiten. Bitte.«

Die Hupe seines Citroën ließ Heller aufschrecken. Rita hatte den Wagen verlassen und winkte ungeduldig. Mit einer strengen Geste bedeutete er ihr, zu warten. Er brauchte Zeit zum Nachdenken.

»Es gibt Fotos von anderen Gästen in der *Freya*«, dachte er laut. »Das ist Leos Geschäftsmodell. Ein paar Wichtigtuer werden geknipst, und immer, wenn ein Geschäft schwierig wird, helfen die Aufnahmen, die Probleme aus der Welt zu schaffen. Vielleicht sollten wir einfach für ein wenig Aufregung sorgen?«

»Und wie willst du das erreichen?«

Heller lächelte, und Vera verstand sofort.

»Du willst die Bilder? Dafür brauchst du einen Durchsuchungsbeschluss«, warnte sie ihn. »Und ich wüsste nicht, wer dir den ausstellen sollte.«

»Wer spricht von einem Durchsuchungsbeschluss?«

Er zeigte auf den Citroën.

»Rita soll die besorgen? Wie? Schlicht hat die ja nicht offen herumliegen. Und selbst wenn sie die Abzüge findet, können wir nichts davon vor Gericht verwenden, weil sie durch einen Diebstahl in unsere Hände gelangt sind.«

Das war richtig. Eine Schwachstelle in Hellers Plan. Aber er war nicht gewillt, von der Idee abzurücken.

»Wir probieren es. Am besten wäre es, dass Leo denkt, die Albrecht hätte den Diebstahl in Auftrag gegeben.«

»Kannst du vielleicht noch lauter brüllen?«, ermahnte ihn Vera.

Heller sah zu Rita hin. Die stand neben dem Citroën,

schaute in einen Schminkspiegel und zog sich die Lippen nach.

»Er wird sich darüber aufregen und zu ihr fahren«, sagte Heller jetzt etwas leiser.

»Und dann?«

»Wir postieren uns vor ihrer Villa und warten.«

»Worauf? Dass er sie verprügelt, weil er denkt, dass sie ihn aus dem Geschäft rausdrängen will?«

»Vorher gehen wir rein.«

»Das funktioniert nicht, Heller. Und das weißt du. Du riskierst, dass jemand verletzt wird oder sogar stirbt.«

»Hast du eine bessere Idee? Borowski ist tot, Anoush Mossadegh ist tot, der Einbrecher von der Stasi ist tot.«

Vera hatte keine bessere Idee, weil es keine bessere Idee gab. Weil sie eigentlich nur kapitulieren konnten. Den Fall oder die Fälle, es waren inzwischen drei oder mehr, von denen sie vielleicht nur noch nichts wussten, zu den Akten legen. Auf den Stapel mit all den kleinen und großen Betrügereien, den Bestechungen, den Erpressungen, den Absprachen.

Vera drehte sich weg, ging auf und ab. Sie hatte all ihre Zeit, Energie, Intelligenz in die Ermittlungen gesteckt. Hatte Bonn verlassen, wohnte in Berlin in einer winzigen Einzimmerwohnung, kannte niemanden. Tränen der Erschöpfung liefen ihr über die Wangen. Heller spürte, dass sie weinte. Er nahm sie in die Arme. Drückte sie an sich.

»Wir kriegen sie«, sagte er.

»Nein. Wir kriegen sie nicht. Weil man sie nie kriegt. Alles, was sie uns vor die Füße werfen werden, sind Bauernopfer. Und während die am Pranger stehen und verurteilt werden und wir stolz auf unsere Arbeit sind, laufen die Schweinereien weiter«, wimmerte Vera.

Es stimmte. Diese Leute benahmen sich wie früher

die Fürsten bei Hofe. Keiner von ihnen erhob den Anspruch, ein König zu sein. Der König war Geschichte. Und weil kein König mehr existierte, konnten sie dem Volk erzählen, dass die Zeit der Könige endgültig vorbei sei und jetzt die Demokratie alle mit den gleichen Rechten bedenken würde. Dabei wusste doch jeder, dass es eine Lüge war, um die Welt so zu lassen, wie sie seit Jahrhunderten war, aufgeteilt in Herren und Diener, Herrscher und Beherrschte.

Heller wunderte sich selbst manchmal, dass er solche Gedanken hatte. Sie passten eher zu seiner Schwester Petra und ihren radikalen Freunden. Wann hatte er begonnen, genauso zu denken? Er wusste es nicht. Aber er wusste, dass er sich nicht fügen würde. Klein beigeben, sich ducken und das Handtuch werfen – das entsprach nicht seinem Charakter.

»Du hast recht«, sagte er. »Wir lassen die Albrecht raus. Und was die Fotos angeht, müssen wir nicht verraten, woher wir die haben. Und Leo wird niemals drauf bestehen, dass die aus seinem Tresor sind.«

Er schaute ihr ins Gesicht, lächelte ermutigend.

»Wir sind zu zweit. Wer soll uns aufhalten.«

Vera nickte. Dann kehrten sie zurück zum Wagen. Es schien, als würden sie zum ersten Mal am selben Strang ziehen.

57

Manuela war aus Paris zurückgekommen und zuerst zum Friedhof gefahren, um sich am Grab von Anoush zu verabschieden. Danach wollte sie einen Freund treffen und ihre Mutter besuchen. Bibi ahnte, dass es für ihre Tochter herausfordernd war, das Meer an Blumen zu sehen und das provisorische Holzkreuz mit der Beschriftung auf Persisch. Es hatte Manuela schon immer eifersüchtig gemacht, dass die junge Perserin ihre Mutter vereinnahmte. Vielleicht war das einer der Gründe gewesen, warum die beiden sich nie besonders nahe waren. Immer hatte es diese heimliche Konkurrenz gegeben. Und Anoush war eindeutig klüger, raffinierter und gleichzeitig verschwiegener als Manuela. Was sie fühlte, was sie dachte, ging immer durch einen Filter. Nützte es ihr, oder schadete es ihr, wenn sie etwas sagte?

Anoush hatte schnell verstanden, dass sie durch Bibi die Chance zum sozialen Aufstieg bekam. Deswegen war es für sie auch nie ein Problem gewesen, als Assistentin und Mädchen für alles hinter Bibi herzulaufen. Sie wusste, dass sie dadurch eines Tages in der Firma die Funktion erhalten würde, die eigentlich Manuela zustand. Und sie hätte auch besser auf diesen Posten gepasst, weil sie nicht romantisch war. Oder sentimental, wie Bibi es ausdrückte. Anoush war einzig auf ihre persönliche Zukunft fixiert. Und jetzt lebte sie nicht mehr. Das machte es für Manuela allerdings nicht leichter, Anoushs Platz einzunehmen.

Bibi hatte für sie und Manuelas Freund gekocht. Sie wollte mit Manuela über Paris sprechen, über eine Wohnung in Montmartre. Über einen neuen Abschnitt in ihrem Leben. Den könnte sie bestimmt allein betreten, aber mit Manuela an meiner Seite würde es sich besser anfühlen, dachte sie. Bibi hatte bereits einen befreundeten Makler gebeten, seine Fühler auszustrecken und nach einer passenden Wohnung zu suchen. Sie würde am Wochenende in die französische Hauptstadt fliegen und sich umschauen. Berlin hinter sich zu lassen war die beste Idee seit Langem.

Manuela verspätete sich schon eine Stunde. Aus irgendeinem Grund war es Sitte geworden, sie warten zu lassen. Aber dann dachte sie, dass Manuela es nicht persönlich meinte. Sie war noch nie pünktlich gewesen. Auch das hatte sie von ihrem Vater. Besser, die anderen warten auf dich als du auf die anderen, hatte er häufig gesagt. Als sich ein Schlüssel im Schloss der Haustür drehte, lief sie ihrer Tochter entgegen.

An der Art, wie Manuela ihre Arme um ihre Mutter schlang, die Jacke ablegte, schweigend ins Esszimmer wechselte, ahnte Bibi, dass etwas nicht in Ordnung war.

»Was ist mit deinem Freund? Wie heißt der noch?«

»Andi.«

»Kommt er nicht?«

»Er verspätet sich, weil er noch was zu tun hat.«

Wie jede Mutter spürte sie, wenn ihre Tochter etwas auf dem Herzen hatte. Sie fragte nicht nach, weil Manuela früher oder später damit herausrücken würde. Wie immer.

»Möchtest du was trinken, mein Schatz? Aber sag erst, wie ist es dir auf dem Friedhof ergangen? Hast du das Grab gleich gefunden?«

Manuela setzte sich mit Blick in die Küche an den Esszimmertisch. Sie trug ein schwarzes Kleid, das knapp über den Knien endete, dazu dunkle Handschuhe, die bis zu den Ellbogen reichten.

»Es ist nicht zu übersehen«, sagte Manuela.

Es sollte lobend klingen, und doch schwang Eifersucht mit.

»Ist es nicht seltsam, dass sie unter dem Haufen Erde in einem Holzsarg liegt?«, fügte sie hinzu.

»Ja, das ist seltsam. Es kommt mir so unwirklich vor. Als wüssten wir nicht, wie wir mit dem Tod umgehen sollen.«

»Was soll ich denn mit dir machen, wenn du mal stirbst?«, fragte Manuela.

Sie erschraken beide über die Frage, die Manuela leichtfertig dahingeworfen hatte. Sofort versuchte sie, ihre Worte wieder einzufangen.

»Ich meine … du weißt schon, wie ich das meine.«

»Mach dir keine Gedanken, ich habe beschlossen, nicht zu sterben.«

Die Wiener Schnitzel waren so groß, dass sie über den Tellerrand hinausragten. Dazu hatte Bibi Kartoffelsalat zubereitet.

»Wir fangen schon mal ohne deinen Freund an, was meinst du?«

Manuela brachte immer wieder Freunde mit nach Hause. Bibi ließ ihre Tochter gewähren, weil es allesamt interessante Typen waren. Musiker, Schriftsteller, Maler. Außenseiter der Gesellschaft, die sich weigerten, das Korsett der Moral zu tragen, wie Manuela schwärmte.

Nach dem Essen berichtete Bibi, wie Anoush gestorben war. Manuela war schockiert. Sie dachte, solche Geschichten gäbe es nur in dem Film, bei dem sie in Paris als Komparsin mitgewirkt hatte. Dass es in Berlin einen Krieg unter Zuhältern gab, hatte sie sich nicht vorstellen können.

»Und was wirst du jetzt machen?«, fragte Manuela.

Bibi erzählte, dass die Kugel, die Anoush getötet hatte, eigentlich ihr gegolten hatte.

»Es ist, davon abgesehen, zu viel passiert. Lothars Tod, Anoush, der Einbruch in die Villa, Castor und Pollux. Irgendwann muss man erkennen, dass ein Rückzug die bessere Strategie ist.«

»Heißt das, du kommst nach Paris?«

»Ja. Ich habe alles erreicht, was ich in Berlin erreichen konnte. An einem bestimmten Punkt muss man das Schlachtfeld verlassen. Und ich habe genug Pläne in der Schublade, um in ganz Europa zu bauen. Was Mies van der Rohe, Walter Gropius und Le Corbusier schaffen, kann ich ebenso schaffen.«

»Wann?«

»Ich dachte, wir fliegen am Wochenende und schauen uns um.«

»Oh ja!«

Manuela schwärmte von den schönen Stadtvierteln, vom Montmartre und von Saint-Germain-des-Prés. Sie würden im Hotel *La Louisiane* wohnen und jeden Morgen zusammen mit Berühmtheiten im großen Saal frühstücken.

Bibi staunte immer wieder über die arglose Begeisterung ihrer Tochter. Manuela hatte das Privileg, sich eines glücklichen Lebens erfreuen zu dürfen. Ihr selbst war das nicht vergönnt gewesen. Der frühe Tod ihrer Mutter hatte ihr zum ersten Mal das Herz gebrochen. Da war sie acht Jahre alt gewesen. Ihren Vater hatte der Tod seiner Frau vollkommen aus der Bahn geworfen. Er war in Kneipen und üblen Kaschemmen versackt. Hatte mit dem Trinken begonnen, um seinen Schmerz zu betäuben. Für die kleine Bibi war es erschreckend gewesen, hautnah zu erleben, wie der große Mann mit den blonden Locken, den stahlblauen Augen und dem Gesicht eines antiken Gottes aus dem Olymp abstürzte. Manchmal lieferten seine Freunde ihn sturzbetrunken zu Hause ab, und Bibi musste sich um ihn kümmern. Tatsächlich brachte sie ihn wieder auf die Beine, sie und der Krieg. Doch im Mai 1945 lag sein Büro wieder am Boden. Trotzdem gelang es ihrem Vater, nach der Blockade an Aufträge zu kommen. Der Wiederaufbau wurde zum guten Geschäft. Als ihr Vater an einem Herzinfarkt starb, geriet das Büro in Schwierigkeiten, und Bibi musste die Moral vergessen.

»Es ist auch noch aus einem anderen Grund gut, wenn du hier weggehst«, sagte Manuela.

Sie klang plötzlich düster und verschwörerisch.

»Wieso?«

»Das kann ich dir jetzt noch nicht sagen.«

Bibi war erstaunt. Was steckte hinter dieser kryptischen Warnung?

»Und wann kannst du es mir sagen?«

Es war deutlich zu erkennen, wie Manuela mit sich rang.

»Wir machen die Revolution«, flüsterte sie in einem Ton, als hätte sie den Beweis für die Existenz Gottes in der Tasche.

»Wer ist wir?«

»Andi und ein paar andere und ich.«

»Tatsächlich?«

Der Spott war nicht zu überhören. Manuela reagierte gekränkt und hob die Stimme.

»Ja, tatsächlich.«

»Seit wann interessierst du dich für Politik?«

»Seit Andi mir erklärt hat, dass der Kapitalismus schuld an allem ist.«

»Verstehe. Und welche Rolle spielst du bei der Revolution?«

»Ich finanziere Aktionen, die dazu beitragen, dass das Proletariat seine Ausbeutung und Unterdrückung erkennt. Dann werden die Arbeiter der Bourgeoisie die Produktionsmittel entreißen und die Herrschenden ins Gefängnis werfen, wo sie umerzogen werden.«

»Ich auch?«

»Nein, du nicht. Aber es wäre gut, wenn du Berlin so bald wie möglich in Richtung Paris verlassen würdest.«

»Die Revolution wird nichts ändern, mein Schatz. Wie heißt es? Alles ändern, damit alles bleibt, wie es ist.«

»Nein, Mama, es wird eine neue Zeit anbrechen, in der wir Frauen endlich radikal emanzipiert sein können. Du hast keine Ahnung. Das, was Andi und unsere Freunde wollen, ist die wahre Radikalität. Da wird kein Stein auf dem anderen bleiben.«

58

Heller hatte Vera in der Keithstraße aussteigen lassen und gesagt, er werde Rita nach Hause fahren. Auf dem Tauentzien in Richtung Westen wunderte sich Rita.

»Das ist aber nicht der Weg zu mir nach Hause, Herr Kommissar«, sagte Rita verschreckt.

»Du musst noch was für mich erledigen.«

Auf dem Ku'damm ging es weiter, vorbei an der Baustelle des Ku'damm-Karrees. Der Fall des toten jungen Mannes, der die Wasserpumpe sabotiert hatte, war immer noch ungeklärt. Wahrscheinlich hatte Kalb mit Borowski verabredet, seiner Chefin ein paar Knüppel zwischen die Beine zu werfen. Warum er das tat und was er selbst davon hatte, konnte nicht mehr aufgeklärt werden, weil die drei Beteiligten tot waren. Und solange Heller an dem Fall dran war, würden auch keine neuen Erkenntnisse, die in Richtung Kalb deuteten, auftauchen. Als er die Ecke Ku'damm und Clausewitzstraße erreichte, hielt Heller an und wandte sich Rita zu.

»Du hast mitgekriegt, dass der Staatsanwalt Toni an die Wand nageln will.«

»So ein Dreckschwein«, schimpfte Rita.

»Richtig. Aber es gibt eine Möglichkeit, wie wir das verhindern können.«

»Toni und ich hauen einfach ab.«

»Das kannst du vergessen. Ihr kommt über keine Grenze. Noch nicht mal in die Zone. Mal abgesehen davon, dass ihr da sowieso nicht hinwollt. Aber ich kann euch helfen, nach Amerika zu kommen.«

»Und wie wollen Sie das hinkriegen?«

»Lass das mal meine Sorge sein.«

Rita merkte nicht, wie unverschämt er log.

»Sie sehen so aus, als hätten Sie eine Idee«, sagte sie mit einem hoffnungsvollen Glänzen in den Augen.

Schritt für Schritt erklärte Heller, was Rita tun sollte. Sie hörte ihm aufmerksam zu, nickte, stellte hin und wieder eine Frage und war zum Schluss einverstanden.

»Das mache ich, Herr Kommissar. Ist ein Kinderspiel. Leo hat einen Tresor in seinem Arbeitszimmer, in dem er Bargeld bunkert. Wahrscheinlich sind die Fotos auch dadrin. Und ich weiß, wo er den Schlüssel versteckt hat. Aber Sie müssen mir versprechen, dass Toni nicht in den Bau geht und dass wir abhauen können.«

»Versprochen.«

Rita stieg aus, rückte ihre Bluse zurecht, zog den Minirock nach unten und stöckelte auf ihren Absätzen in Richtung *Freya*. Heller wartete.

Zwei Feuerwehrwagen rasten den Ku'damm entlang. Eine alte Frau führte ihren Pudel Gassi. Ein junger Mann, der anscheinend gerade von einer Demonstration kam, torkelte betrunken auf die Frau zu und rief »USA-SA-SS«.

Heller schaute auf die Uhr. Rita wollte eine halbe Stunde mit den anderen Mädchen reden, um keinen Verdacht zu erregen. Dann abwarten, bis Leo sein Büro verließ und hinunter zu den Gästen ging. Hier begann der riskanteste Teil des Plans. Der Schlüssel musste immer noch an der Stelle liegen, die Rita kannte. Anschließend musste sie sich mit den Fotos wieder nach unten schleichen. Das Ganze sollte nicht länger als eine Stunde dauern.

Die Zeit kroch so langsam dahin, als wolle sie Heller ärgern. Hoffentlich war kein Freier aufgetaucht, der ausgerechnet an diesem Tag Ritas Dienste in Anspruch nehmen wollte. Seine Gedanken schweiften ab. Was war wohl aus Louise geworden? Dann fielen ihm Astrid und Jochen ein. Es war gut, dass sie bei seinem Vater waren. Großeltern hatten alle Zeit der Welt, sie konnten sich um die Enkel kümmern. Auch um die, zu denen es keine Blutsbande gab.

Heller wurde immer unruhiger. Hatte Leo Rita erwischt und drosch sie gerade grün und blau? Der Gedanke schreckte ihn auf.

Er stieg aus und lief die Clausewitzstraße entlang in Richtung *Freya*. Als er den Nachtklub erreicht hatte, kam Rita ihm entgegen.

»Was machen Sie denn hier?«, schalt sie ihn.

»Wieso hat das so lange gedauert?«

»Leo hat mich erwischt.«

Heller packte sie am Arm und zog sie in Richtung seines Wagens.

»Und die Fotos?«

Sie hielt Heller einen hellbraunen Umschlag hin. Heller öffnete ihn umständlich, nahm die Aufnahmen heraus. Es war genau das, was er haben wollte.

»Leo hat nicht gemerkt, dass du sie aus dem Tresor geholt hast?«

»Nein, aber er hat mich gefragt, wo ich hinwill, weil ich eigentlich Schicht habe.«

»Was hast du gesagt?«

»Muss zur Albrecht. Die möchte mit mir reden.«

»Was? Wieso?«

»Was hätte ich denn sonst sagen sollen?«

»Auf alle Fälle nicht, dass du zur Albrecht fährst.«

»Aber das haben Sie und Ihre Kollegin in Moabit doch gesagt.«

»Hast du uns etwa belauscht?«

»Ich hab Sie nicht belauscht. Aber Sie waren so laut. Das konnte ich gar nicht überhören.«

Heller fluchte.

»Was hätte ich denn sonst sagen sollen?«

»Und er hat dich einfach so gehen lassen?«

Rita nickte ängstlich. Sie ahnte, dass sie einen Fehler gemacht hatte. Aber sie wusste nicht, worin der bestand.

»Nimm dir ein Taxi«, herrschte Heller Rita an, als sie in seinen Wagen einsteigen wollte.

Genau das, was nicht hätte passieren sollen, wovor Vera ihn gewarnt hatte, war nun passiert. Er ging in die *Freya*. Er musste Schlicht die Fotos zeigen und hoffen, dass der bereit war, vor dem Staatsanwalt gegen Barbara Albrecht auszusagen.

Als er an der Tür seine Marke zeigte und nach Schlicht fragte, hieß es, der sei gerade weggefahren. Der Türsteher wusste nicht, wohin. Heller rannte zurück zu seinem Wagen. Wenn Schlicht zur Villa Albrecht fuhr, musste er vorher dort sein und ihn aufhalten.

59

Bibi hatte vergeblich versucht, ihrer Tochter zu erklären, dass Menschen, die andere Menschen für eine bessere Welt erschießen, niemals eine bessere Welt errichten können. Als es klingelte, unterbrachen sie ihre Diskussion.

»Das ist er«, sagte Manuela.

Sie lief zur Tür.

Bibi hörte, wie sie diesen Andi begrüßte. Er klang unfreundlich, herrisch und wollte wissen, ob die Alte da sei. Bibi erhob sich vom Tisch und ging in den Flur.

Ein junger Kerl in Lederjacke, Typ Vorstadtgigolo,

stand vor ihr, den Arm um Manuelas Schultern gelegt. Vielleicht doch nicht nur ein Freund. Die Lippen waren voll, die Stirn lag in Falten, die Augenbrauen wuchsen über der Nase fast zusammen. Seine Sonnenbrille hatte er ins Haar geschoben. Dreist funkelte er Bibi an.

»Ist das die Fotze?«

Bibi zuckte zusammen. Es war ein unverfrorener Angriff. Etwas, das sie schon oft erlebt hatte, aber noch nicht so unverhohlen aggressiv.

Manuela lächelte unsicher, als wollte sie den jungen Mann vor ihrer Mutter entschuldigen.

»Mama, das ist Andi. Ich wollte dir gerade von ihm erzählen.«

»Das ist nicht mehr nötig, mein Schatz.«

Wenn Bibi einen kurzen Moment lang irritiert gewesen war, so hatte sie sich nun wieder gefangen und das Gesicht erkannt. Ihre Stimme wurde schneidend.

»Ich glaube, es ist besser, wenn Sie wieder gehen, Andi«, sagte sie.

Andi grinste sie an, zog Manuela zu sich, küsste sie auf den Mund, als wäre sie sein Besitz. Dann löste er sich von ihr und baute sich vor Bibi auf.

»Manu hat gesagt, du bist eine Kapitalisten-Sau. Eine von diesen Drecks-Ausbeutern, die auf dem Rücken der Arbeiterklasse Profit machen. Damit ist es jetzt vorbei.«

Er nahm eine Pistole aus dem Hosenbund und hielt sie Bibi an die Stirn.

»Und jetzt?«, fragte Bibi. »Wollen Sie mich erschießen?«

Sie blieb ruhig. Es war ja auch zu lächerlich. Offensichtlich hatte er zu viele Gangsterfilme konsumiert. Sobald der Prahlhans wieder weg war, würde Bibi ihrer Tochter die Leviten lesen.

»Spiel dich nicht so auf, Fotze. Alles, was ich will, sind

ein paar Tausender. Dann sind Manu und ich weg. Du hast doch bestimmt was im Tresor.«

»Und mit ein paar Tausendern wollen Sie Revolution machen? Wissen Sie, was die Russische Revolution gekostet hat?«

Der Kerl lachte.

»Ja, die Köpfe der Bourgeoisie.«

»Bitte, Mama«, jammerte Manuela. »Wir brauchen das Geld, damit Andi untertauchen kann.«

»Wir? Was bitte soll das heißen?«, fragte Bibi entsetzt. »Du willst doch nicht mit ihm abhauen. Was glaubst du, wie weit ihr kommt.«

»He, Fotze, halt 's Maul.«

Bibi lachte.

»Andi meint es nicht so, Mama. Aber wir müssen wirklich abhauen, sonst werden die Bullen mich auch noch hochnehmen.«

»Wieso? Was hast du denn damit zu tun?«

Die Tränen kullerten. Manuela war der Situation nicht gewachsen. Sie senkte schuldbewusst den Blick, flüsterte, sodass sie kaum zu verstehen war.

»Ich hab bei einem Brandanschlag mitgemacht.«

»Das ist nicht wahr, Manu. Sag mir, dass du nicht so blöd warst, dich mit diesen Leuten einzulassen.«

»Die Bullen wissen nicht, dass ich dabei war. Ich habe nur das Auto gefahren. Du kriegst das Geld zurück, Mama, ganz bestimmt«, heulte Manuela.

Bibi konnte es nicht fassen. Sie hatte ihre Tochter vor der harten Realität bewahren, ihr eine andere, bessere Jugend ermöglichen wollen, und musste nun feststellen, dass es falsch gewesen war. Erst durch die Härte ihrer eigenen Jugend war sie lebenstüchtig geworden. Enttäuschungen hatten ihr den gutgläubigen Blick auf die Welt genommen. Manuela hingegen glaubte an das Gute im

Menschen, an eine bessere Welt. Vielleicht war es das Privileg der Jugend, aber auf alle Fälle war es naiv. Und diese Naivität hatte sie in die Arme eines Machos geführt, der mit seiner sexuellen Ausstrahlung, seiner verbalen Aggressivität, seiner gespielten proletarischen Furchtlosigkeit Mädchen angelte. Bibi musste ihre Tochter aus den Fängen dieses Mannes befreien, bevor sie zu tief in den kriminellen Schlamassel geraten würde.

»Wenn ich euch Geld gebe, mache ich mich wegen Beihilfe schuldig.«

»Du kannst doch sagen, dass wir dich gezwungen haben. Dass es ein Überfall war«, weinte Manuela.

Bibi schob die Pistole von ihrem Kopf weg und ging zur Bar. Nahm eine Flasche Smirnoff, schenkte sich einen Doppelten ein. Der Wodka brannte ihr in der Kehle, das Brennen machte sie zornig. Sie hatte genug Probleme, sie konnte nicht noch ein weiteres brauchen. Also musste schnell eine Lösung her.

»Wie viel?«, fragte sie.

Andi schaute sie überrascht an.

»Zehntausend reichen erst mal.«

»Okay. Zehntausend. Aber unter einer Bedingung.«

Sie deutete auf ihre Tochter.

»Du bleibst hier.«

»Nein, Mama. Ich gehe mit ihm. Ich gehöre dazu. Außerdem liebe ich ihn.«

Die Situation wurde immer abstruser.

»Er kann zehntausend haben, Manu, aber du bleibst hier.«

»Du bist so ein gemeines Miststück«, schrie Manuela. »Mein ganzes Leben lang zwingst du mich, Sachen zu machen, die ich nicht will. Und wenn ich einmal was gefunden habe, was richtig Sinn hat, dann zerstörst du es. Willst du, dass ich genauso ende wie Anoush?«

Sie stampfte mit dem Fuß auf, warf eine Vase zu Boden und lief heulend in ihr Zimmer.

»Okay. Manuela bleibt erst mal hier, bis die Sache sich beruhigt hat«, lenkte Andi ein. »Wir brauchen sowieso einen legalen Kontakt.«

In der Bibliothek nahm Bibi ein Bündel Scheine aus einer Schreibtischschublade, drückte Andi das Geld in die Hand.

»Und jetzt will ich Sie hier nie wieder sehen.«

»Ganz meinerseits.«

Eilig verließ er das Haus. Bibi schüttelte den Kopf. Was für ein Wahnsinn war über sie hereingebrochen. Sie stieg die Treppe hoch in den ersten Stock. Klopfte an die Tür von Manuelas Zimmer. Als sie keine Antwort erhielt, öffnete sie. Das Zimmer war leer. Das Fenster stand offen. Bibi schaute hinaus. Ihre Tochter rannte lachend auf Andi zu und fiel ihm um den Hals.

60

Als Heller die Villa Albrecht erreichte, verfolgte er, wie Bibis Tochter Arm in Arm mit einem jungen Mann freudestrahlend in einen hellgrünen Porsche 911 Targa einstieg und wegfuhr. Weit und breit war kein anderer Wagen zu sehen. Schlicht war offensichtlich noch nicht eingetroffen. Heller parkte hundert Meter von der Villa entfernt neben einer Telefonzelle, rief in der Keithstraße an und schickte Mercier und Koch zur *Freya*. Sie sollten herausfinden, wo Schlicht war, und ihn festnehmen. Mit welcher Begründung konnte er ihnen nicht sagen. Sie sollten sich was ausdenken. Dann gab er noch die Nummer der Telefonzelle durch, falls sie ihn erreichen mussten. Er ärgerte sich, dass er nicht gleich jemanden zu

Schlicht geschickt hatte. Dann überlegte er, ob er bei Barbara Albrecht klingeln und sie unter einem Vorwand in die Keithstraße bringen könnte. Aber er entschied sich dagegen. Vielleicht war es gar nicht so schlecht, wenn Schlicht tatsächlich hier auftauchen würde. Die Albrecht würde begreifen, dass sie in Gefahr ist. Er wählte ihre Nummer, um zu überprüfen, ob sie überhaupt zu Hause war. Es dauerte eine Weile, bis sie abhob.

»Schröder, Wasserwerke, bei Ihnen in der Gegend gibt es Probleme mit der Wasserversorgung, kann mal jemand bei Ihnen vorbeikommen?«, sagte er.

Sie war einverstanden und klang entspannt.

Heller stieg wieder in seinen Wagen ein.

Auf den Fotos, die Rita aus Leos Tresor geholt hatte, waren ein paar notgeile Trottel abgebildet, während sie in den Separees der *Freya* mit Mädchen zugange waren. Einer hatte Striemen auf dem Rücken, ein anderer hatte sich als Krankenschwester verkleidet, ein Dritter ließ sich aus einem Buch vorlesen. Er war aus irgendeinem Grund dabei nackt. Drei Aufnahmen von Borowski und Rita. Ein paar Leute aus der zweiten Reihe der Politik, die Heller schon mal in der Zeitung gesehen hatte. Damit konnten sie Schlicht unter Druck setzen. Sollten Leos Kunden nämlich erfahren, dass er Bilder von ihnen besaß, würden sie ihn fallen lassen. Und dann blieb ihm nur, über die Albrecht und alles, was er über *Hades* wusste, zu reden.

Eine halbe Stunde verging, und immer noch war nichts von Schlicht zu sehen. Keine Spur. Heller verstand nicht, wieso. Bei dem Mann mussten doch sämtliche Alarmglocken läuten, wenn Rita zur Albrecht wollte. Immerhin wusste sie von den Umständen, unter denen Borowski ums Leben gekommen war. Und da es Fotos von Borowski gab, musste er doch in seinem Tresor nachschauen, ob die noch vorhanden waren.

Hellers Rücken schmerzte, sein verschwitztes Hemd klebte am Sitz. Er fluchte. Einzig der Gedanke, dass die beiden Hauptpersonen dieses Schmierentheaters gleich aufeinandertreffen mussten, ließ ihn die Stellung halten. Drei Männer von der BSR machten sich von Norden über die Straße her. Sie hatten schwarze Haare und einen dunklen Teint. Vermutlich waren es Gastarbeiter aus der Türkei. Einer zog einen Handkarren, die beiden anderen fegten den Bürgersteig. Heller schaute ihnen zu. Sie hatten es nicht eilig. Ihre Behäbigkeit übertrug sich auf ihn. Er schob den Sitz nach hinten, rutschte ein Stück nach vorne und legte den Kopf auf die Rückenlehne. Nur noch für ein paar Minuten die Augen schließen. Sollte Schlicht mit einem seiner röhrenden Amischlitten vorfahren, werde ich schon wach werden, dachte er.

Ein Trugschluss, denn als es in der Telefonzelle klingelte, waren die Straßenkehrer verschwunden. Heller richtete sich auf. Galt der Anruf ihm? Vielleicht waren es Mercier und Koch, die Schlicht inzwischen festgenommen hatten. Er ging zur Telefonzelle und nahm den Hörer ab. Frau Grimm war am Apparat. Nein, Mercier und Koch waren noch nicht mit Schlicht zurückgekommen. Aber es war etwas anderes passiert. Frau Grimm klang aufgeregt.

»Ihr Vater hat angerufen«, sagte sie.

»Was hat er gewollt?«

»Die Kinder sind seit gestern Abend verschwunden.«

Es war, als hätte jemand ihm einen Stich ins Herz versetzt.

»Was? Wieso ruft er erst jetzt an?«

»Er hat wohl gehofft, dass sie zu Ihnen nach Hause gelaufen sind. Aber da sind sie nicht.«

»So ein Idiot«, schrie Heller.

»Soll eine Streife zu Ihrem Vater fahren?«

»Ja. Unbedingt.«

»Gut, mache ich gleich«, sagte Frau Grimm.

Er zwang sich zur Ruhe.

»Nein, warten Sie. Ich fahr selbst zu ihm.«

»In Ordnung. Kann ich sonst noch was tun?«

Heller sah zur Villa hin.

»Ist die Jung da?«

»Ja, bei Manteufel.«

Schon wieder. Wieso war die schon wieder bei seinem Chef? Egal, jetzt war keine Zeit, darüber nachzudenken.

»Sie soll zur Villa Albrecht fahren.«

»Gut, sage ich ihr. Und wenn sie wissen will, warum?«

»Sie weiß es.«

Er hängte den Hörer ein. Dann raste er los.

61

Es dauerte eine halbe Stunde, die sich wie ein Jahr anfühlte, bis Heller das Haus seines Vaters erreichte. Er stürmte hinein. Der alte Mann saß zusammengesunken in seinem Sessel. Seine Augen lagen tief in den Höhlen. Sie hatten einen milchigen Glanz.

Heller trat so nahe an ihn heran, dass er den schlechten Atem des Alten riechen konnte.

»Wo sind Astrid und Jochen?«, schrie er seinen Vater an.

»Ich weiß es nicht«, krächzte der Alte.

»Was ist passiert? Was hast du mit ihnen gemacht?«

»Ich hab nicht gesagt, dass du sie herbringen sollst.«

Es war wie immer in den letzten Tagen gewesen. Die Kinder und er waren ganz gut klargekommen. Er war streng, und die Kleinen hatten gehorcht. Um sieben ging es ins Bett, um acht Uhr war das Licht aus. Nicht so wie bei Heller, wenn die Kinder selbst für sich sorgen mussten. Ordnung ist wichtig. Sie hatten Milch kochen sollen für den Kakao. Die Milch war übergekocht. Siegfried Heller hatte sich aufgeregt, weil das Zeug einbrennt und man es nicht mehr wegkriegt. Er hatte sie ausgeschimpft. Auch angeschrien? Das wusste er nicht mehr. Geschlagen? Nur den Jungen. Dann waren sie weggelaufen. Warum hatte er nicht nach ihnen gesucht? Hatte er doch, die halbe Nacht. Aber dann war er wieder heimgegangen. Eigentlich war er froh, dass sie weg waren. Es war zu anstrengend mit ihnen. Immer dieses Gejammer wegen ihrer Mutter und dass sie wieder zu Heller in die Sebastianstraße wollten.

Heller rief in der Leitstelle an. Inzwischen suchten ein paar Kollegen das Gebiet um die Siedlung Ruhleben herum ab. Dazu die Kleingärten am Spandauer Damm, südlich den kleinen Wald, die Industriebrache neben der Straße. Auf die Gleisanlagen durften die West-Berliner Beamten nicht, das war Reichsbahngelände.

Heller legte den Hörer beiseite, packte seinen Vater an der Jacke und zog ihn aus dem Sessel hoch. Der Alte war leichter als erwartet.

»Wenn den beiden was passiert ist, wenn sie verletzt sind, wenn irgend so ein Schwein sie mitgenommen hat, wenn sie …«

Den letzten Gedanken sprach er nicht aus, als wolle er das Schicksal nicht beschwören.

»… schlag ich dich tot«, stieß er aus.

Dann ließ er seinen Vater zurück in den Sessel sinken. Die Knochen knackten, der Alte stöhnte.

Wenn Kinder in den ersten 24 Stunden nach ihrem Verschwinden nicht gefunden werden, sinkt die Wahrscheinlichkeit, dass sie unverletzt wieder auftauchen, rapide. Wie lange lag ihr Verschwinden genau zurück?

Heller klapperte die Orte ab, an denen Astrid und Jochen sein konnten. Er fuhr zur Schule, zu Jochens Bolzplatz, zur Kirche. Nirgends eine Spur von den beiden. Mit jedem weiteren Ort schwand die Hoffnung. Immer wieder rief Heller die Leitstelle an und fragte nach neuen Nachrichten. Jedes Nein erstickte seine Hoffnung mehr. Und ließ die Wut wachsen. Auf seinen Vater, auch auf die Kinder. Er wollte ihnen den Hintern versohlen, wenn er sie in die Finger bekäme. Zuletzt wuchs der Ärger auf sich selbst. Er hatte gesehen, wie Astrid und Jochen die Treppe hinaufgegangen waren. Wie sie ihn unglücklich angeschaut hatten. Da hatte er gedacht, sie sollten sich nicht so anstellen. Warum sollten sie mit dem Alten weniger klarkommen als er? Es ging nun mal nicht anders. Und nun war es doch anders.

Er fuhr zum Bahnhof Zoo. Da hingen die Leute rum, die Louise aus ihrer Zeit in der Kommune Wielandstraße kannte. Vielleicht sogar sie selbst? Hatte sie etwas von den Kindern gehört? Ein Schimmer Hoffnung keimte in ihm auf. Aber Louise war nicht am Bahnhof Zoo. Und die Penner dort kannten sie nicht. Heller raste weiter in die Sebastianstraße. Eine Stimme sagte ihm, dass die Kinder inzwischen doch in die Wohnung gegangen sein konnten. Je näher er kam, desto lauter wurde die Stimme. Heller ließ den Wagen in der Luckauer Straße stehen, rannte nach Hause, die Treppe hoch in den dritten Stock, schloss die Tür auf. Hörte, wie Louise telefonierte. Sie legte erschrocken auf, als er eintrat.

»Sie sind in der Küche«, stammelte sie, bevor er noch etwas fragen konnte.

Die Kinder saßen bei Mirácoli am Küchentisch. Sie schauten ihn an, die Köpfe zwischen die Schultern gezogen. Das schlechte Gewissen war ihnen anzumerken.

Aber sie lebten. Und waren, soweit Heller es beurteilen konnte, unverletzt. Alles, was er sich an Reaktionen vorgestellt hatte, war hinfällig. Er schüttelte den Kopf. Mehr war nicht drin.

»Wir gehen nicht zurück zum Opa«, sagte Jochen.

»Wir bleiben hier. Und Louise auch«, fügte Astrid hinzu.

Louise hatte er beinahe vergessen. Sie stand hinter ihm. Ihre Stirn lag in Falten, als erwarte sie einen Anschiss. Sie erzählte, dass sie Astrid und Jochen hinter dem Zoologischen Garten aufgegabelt hatte. Ein Kerl, den sie »Leiche« nannten, hatte ihr von zwei Kindern erzählt, die sich in der Nähe der Schleuse versteckten.

»Bist du böse auf uns?«, fragte Jochen.

»Ja«, sagte Heller.

Aber das war nicht die Wahrheit. Er wollte ihnen sagen, wie froh er war, dass er sie gefunden hatte. Dass er noch nie so viel Kraft hatte aufbringen müssen, um nicht durchzudrehen. Er zog sie zu sich heran und umarmte sie. Zum zweiten Mal hatte er sie allein gelassen. So konnte es nicht weitergehen.

Das Telefon klingelte. Louise nahm den Hörer ab.

»Bei Heller«, sagte sie.

Sie lauschte eine Weile.

»Ja, der ist hier. Wollen Sie ihn sprechen? … Ja, sag ich ihm.«

Sie legte auf.

»Du sollst sofort zu einer Villa Albrecht kommen.«

»Ich muss zur Arbeit«, sagte er zu den Kindern. »Louise bleibt bei euch. Alles Weitere besprechen wir, wenn ich zurück bin.«

Als er zur Villa Albrecht fuhr, betete er, dass Vera Jung rechtzeitig eingetroffen war.

Sechs

62

Vor der Villa parkten drei Einsatzwagen und ein Krankentransporter. Zwei Polizisten bewachten den Eingang. Sie grüßten Heller knapp, als er die Villa betrat. Im Salon lag ein Mann auf dem weißen Berberteppich, eingerahmt von getrocknetem Blut. Barbara Albrecht saß auf dem Sofa. Ihr rechtes Auge war geschwollen, der Mundwinkel links blutig. Sie hielt sich mühsam aufrecht. Die Mordermittler Mercier und Koch standen vor ihr. Koch zeigte Barbara Albrecht eine Pistole, deutete auf den Toten. Sie schwieg, starrte Leo Schlicht unentwegt an. Hellers Plan, die beiden Hauptverdächtigen aufeinanderzuhetzen, war aufgegangen – und völlig aus dem Ruder gelaufen.

Als seine Kollegen ihn bemerkten, drehten sie sich um. Sie wussten nicht, dass er diese Eskalation provoziert hatte. Aber vielleicht ahnten sie es, weil es zu ihm passte. Weil er sich seit Wochen auf einem einsamen Feldzug befand, niemanden einweihte, jede Frage brüsk zurückwies. Bemerkten sie, wie ihm das Blut in den Kopf stieg? Heller war schockiert. Dass Leo Schlicht die Albrecht verprügelt hatte und er selbst jetzt tot am Boden lag, war sein Werk. Zumindest hatte er es nicht verhindert.

»Kommst du mal?«

Die Stimme von Vera Jung holte ihn zurück in die Realität.

Vera voran überquerten sie die Terrasse bis zum Swimmingpool im Garten. Ein Vogel nippte von dem Wasser. Als Vera sich zu Heller umdrehte, flatterte er davon.

»Was ist dadrinnen passiert?«

Die Zigarette zwischen seinen Lippen wartete auf Feuer. Heller kramte in den Taschen, fand aber mal wieder nur eine leere Schachtel Streichhölzer.

»Anscheinend hat Schlicht die Albrecht geschlagen, und sie hat ihn erschossen«, antwortete er so harmlos wie nur möglich.

Vera schwieg.

Heller sah zur Villa hin.

»Albrecht besitzt einen Waffenschein«, fuhr er fort. »Die Situation spricht für Notwehr. Ihr Anwalt wird keine großen Schwierigkeiten haben, es so zu drehen, dass die Ermittlungen bald eingestellt werden.«

Er winkte einen Streifenpolizisten herbei, bat um Feuer. Inhalierte den Rauch tief in die Lunge, hielt ihn dort einen Augenblick fest.

»Aus welchem Grund ist Leo Schlicht hierhergefahren?«, fragte Vera.

Wieso fragte sie ihn? Sie kannte doch die Antwort. Sie wusste, was hier stattgefunden hatte.

»Keine Ahnung«, sagte er leichthin.

»Rita hat ihm gesagt, dass sie zur Albrecht fährt.«

»Wer sagt das?«

»Rita Grube. Ich habe mit ihr telefoniert. Und dann hat Leo Schlicht gemerkt, dass Bilder fehlen, ist hergerast, weil er angenommen hat, dass Rita die Fotos der Albrecht gegeben hat. Die Albrecht hat natürlich nicht gewusst, was er von ihr will. Er hat gedacht, dass sie ihn anlügt, und hat sie verprügelt. Daraufhin hat sie ihn erschossen.«

»Ja, vielleicht«, sagte Heller.

»Vielleicht?« Vera war zornig. »Das war doch dein Plan!«

Er blickte auf den See hinaus. Ein Segelboot schipperte in Richtung Großer Wannsee.

»Wir hatten besprochen, dass genau das nicht passieren darf«, blaffte Vera ihn an.

Ja, das hatten sie. Und sollte er ihr jetzt sagen, dass er es nicht so weit hatte kommen lassen wollen? Dass Rita einen Fehler gemacht hatte? Es lag nicht an Rita. Es lag an dem Schlamassel, in den er sich gebracht hatte, als der dicke Kalb drei Stockwerke tief gefallen war. Von da an hatte er die Kontrolle verloren. Er hätte »Nein« sagen sollen, als Hartmann ihm den Fall Borowski aufzwang. Aber er hatte geglaubt, er könne die Ermittlungen lenken und den Tod von Kalb verschleiern. Er hätte mehr Zeit benötigt. Für sich, für die Kinder, für den Fall. Heller schnippte die Zigarette in den Pool.

»War's das?«, fragte er.

»Nein. Du hast dich auf die Lauer gelegt. Du wolltest sehen, was passiert, wenn die beiden aneinandergeraten. Vielleicht hast du auch gedacht, du kannst sie belauschen. Aber dann hat dein Vater Alarm geschlagen, weil deine Kinder verschwunden sind, und du hast deinen Posten verlassen.«

Sie deutete auf die Villa.

»Entschuldige, ich muss mich um meinen Fall kümmern«, konterte Heller.

Sarkastisch grüßte er kurz und wandte sich um. Er hatte die Terrasse noch nicht erreicht, da hörte er Vera erneut in seinem Rücken.

»Und da ist noch was, Heller. Ich weiß, wie Kalb gestorben ist.«

Der Satz versetzte ihm innerlich einen Schlag.

»Ich habe meinen Bericht geschrieben. Und dabei ist mir aufgefallen, dass die alte Frau Schwalbe sagte, Kalb hätte eine ganze Tafel Schokolade bei ihr verschlungen. Da wäre sie richtig sauer gewesen. Also dachte ich, ich fahr noch mal zu ihr hin und frag nach. Und weißt du, was? Sie hat geweint, weil sie jetzt doch ausziehen muss. Hast du ihr gesagt, dass sie bleiben kann, weil Kalb tot ist?«

Die Schwalbe. Er hatte sich um sie kümmern wollen. Aber auch dafür hatte ihm die Zeit gefehlt. Langsam drehte Heller sich um. Es war vorbei.

»Er hat sich an meinen Jungen rangemacht«, sagte er, obwohl er wusste, dass das unerheblich war. Ebenso wie die Tatsache, dass er ihn gar nicht hatte töten wollen. Er hatte ihn gegen das Geländer gedrückt, es hatte nachgegeben, und Kalb war in die Tiefe gestürzt. Ein Unfall.

»Wo hast du die Leiche hingebracht?«

Heller schwieg. Nicht er hatte Kalb verschwinden lassen, sondern Ryan. Aber er würde ihn um nichts in der Welt verraten. Heller steckte sich eine neue Zigarette zwischen die Lippen. Ein leises Gefühl der Erleichterung keimte in ihm auf. Allerdings wusste er nicht, was auf ihn zukam. Und auf die Kinder. Aber wenigstens kümmerte sich Louise um sie. Und seine Schwester war auch noch da. Die beiden würden die Kleinen schon versorgen.

»Und jetzt?«, fragte er mit sarkastischem Unterton. »Willst du mir Handschellen anlegen, oder geht es ohne?«

»Ich werde dir keine Handschellen anlegen. Und ich werde dich auch nicht festnehmen. Weil es da noch ein Problem gibt.«

Heller verstand nicht, was sie meinte. Er folgte ihr den Weg neben dem Haus entlang zu den Fahrzeugen auf der Straße.

63

Borowski war durch eine Verkettung unglücklicher Umstände ums Leben gekommen, Kalb durch einen Unfall, ein junger Mann, weil er sich überschätzt hatte, Anoush bei einer Schießerei, und Schlicht war das Opfer seiner Erpressereien geworden. Jeder Kripobeamte kennt diese Momente, in denen wochenlange Ermittlungen plötzlich an ein Ende kamen. Entweder weil ein wichtiges Indiz auftauchte oder weil sich ein Zeuge meldete oder weil ein überraschendes Alibi den Tatverdächtigen entlastete oder weil derjenige tot war. Manchmal auch, weil der Ermittler bis zu den Knien in Schwierigkeiten steckte.

Heller lehnte an der Seite eines Einsatzwagens. Er fühlte die Karosserie im Rücken, der Türgriff drückte gegen seine Hüfte, die Unebenheit der Pflastersteine spürte er unter seinen Schuhen. Amseln zwitscherten einander Botschaften zu, das Trommeln eines Spechtes war zu hören. Unverständliche Stimmen drangen aus der Albrecht-Villa und verloren sich wieder. Die Sonne blendete, und Heller senkte den Kopf, was wie ein Schuldeingeständnis aussah. Er hatte den gordischen Knoten durchschlagen wollen und dabei einen neuen geknüpft.

Vera ging vor ihm auf und ab. Den Blick auf die Straße geheftet, als hoffte sie, dort eine Anleitung für die nächsten Schritte zu finden.

»Was ist denn noch?«, fragte Heller.

Vera hob den Kopf, stellte sich neben ihn an den Citroën.

»Wenn bekannt wird, dass du am Tod von Kalb schuld bist, was auch immer da passiert ist, wirst du suspendiert, und *Hades* wird auf Eis gelegt. So lange, bis sich niemand mehr dafür interessiert. Ich werde abgezogen, und das war's.«

Sie konnte ihn nicht festnehmen. Nicht solange diejenigen an den Schalthebeln waren, die hier die Fäden zogen. Sie löste sich von dem Wagen und lief weiter auf und ab.

»Vielleicht kannst du mir verraten, was du vorhast«, sagte Heller.

»Schlicht ist tot und wird für alles verantwortlich gemacht. Die Albrecht kommt mit Notwehr davon. Damit kann die Akte Borowski geschlossen werden. Es werden ein paar Figuren auf dem Schachbrett ausgetauscht, und die Millionen fließen weiter in Taschen, in die sie nicht gehören. Fertig«, sagte Vera.

Wieder marschierte sie auf und ab, als müsse körperliche Bewegung ihre Gedanken in Schwung bringen.

»Die Albrecht hat einen Stein ins Rollen gebracht und dann die Kontrolle über das Projekt *Hades* verloren. Aber der West-Berliner Müll muss dennoch in die DDR transportiert werden. Wer übernimmt die Rolle von Barbara Albrecht? Was ist mit Bach? Und was ist, wenn es weitere Fotos gibt?«

Sie schaute Heller herausfordernd an.

Sie zählt nüchtern eins und eins zusammen, dachte Heller. Sie geht logisch vor, lässt sich nicht von Emotionen leiten, anders als er zuletzt. Aber sie wird mich auch nicht ausliefern. Zumindest so lange nicht, wie sie mich noch braucht, wiederholte er gebetsmühlenartig.

»Schlicht hatte in der Bleibtreustraße eigentlich den Auftrag, Barbara Albrecht zu beseitigen«, antwortete Heller. »Das hätte er nicht tun müssen, wenn von ihr keine Gefahr für gewisse Personen ausginge.«

»So ist es. Deshalb auch der Einbruch in die Villa, bei dem du angeschossen worden bist. Hätte der Mann in

Albrechts Tresor gefunden, wonach er gesucht hat, wäre uns das Theater in der Bleibtreustraße erspart geblieben. Nun wissen wir, dass der Einbrecher einer von der Stasi war. Und damit ist Ost-Berlin im Spiel. Die DDR benötigt dringend Devisen. Wer die beschaffen kann, wird zum sozialistischen Ritter geschlagen. Also muss das Geschäft reibungslos laufen. Die Albrecht ist dabei ein Unsicherheitsfaktor.«

Vera sah Heller scharf in die Augen. Offensichtlich wollte sie, dass er selbst die Antwort fand.

»Das heißt, Barbara Albrecht ist in Gefahr«, folgerte er.

»Richtig. Zumindest so lange, wie es diese Bilder gibt. Von denen nach Leos Tod niemand weiß, wo die sich befinden.«

Damit war klar, was sie zu tun hatten. Barbara Albrecht überzeugen, dass es das Beste für sie wäre, ihnen die Fotos auszuhändigen und zu verschwinden. Mit den Abzügen in irgendeinem Versteck wäre sie nicht mal im Gefängnis sicher. Sie konnte jederzeit über ihre Schnürsenkel stolpern und sich dabei das Genick brechen. Und sollte ihr Anwalt sie vor einer Anklage bewahren, wäre es noch schlimmer. Denn Freiheit bedeutete für sie alles andere als Sicherheit.

»Ich vermute, du wirst mich nicht melden«, sprach Heller es jetzt aus.

»Zumindest gerade nicht.«

»Und du willst, dass ich dir helfe, an die Aufnahmen zu kommen.«

»Ja.«

»Warum sollte ich das machen, wenn du mich sowieso irgendwann hinhängst?«

»Weil ich noch überlege, was das Richtige ist. Aber das liegt auch an dir.«

Gut, dachte Heller. Es war zumindest eine Chance, doch noch heil aus der Not herauszukommen.

»Wo kann sie die Bilder haben?«, fragte Vera.

64

Der Staatsanwalt hatte sich entschuldigt, weil er schnell austreten müsse. Barbara Albrecht möge bitte einen kleinen Moment warten. Bibi lehnte sich auf dem Stuhl zurück. Die beiden Polizisten, die mit im Büro des Staatsanwalts saßen, hatten sich als Kommissar Mercier und Kommissar Koch vorgestellt. Sie waren nicht direkt mit ihrem Fall befasst. Der zuständige Ermittler Wolf Heller und seine Kollegin konnten aus unerfindlichem Grund nicht anwesend sein. Aber das war für Bibi ein Vorteil. Und solange sie ihr kleines Fotoalbum besaß, konnte ihr nicht viel zustoßen. Den Staatsanwalt würde sie ohnehin um den Finger wickeln. So wie sie es bisher mit jedem getan hatte, der ihr in die Quere gekommen war. Bibi hatte Gunnar Frey gebeten, selbst Fotos ihres verletzten Gesichts zu machen. Sie schaute auf ihre Uhr. Ihr Anwalt hätte schon vor einer halben Stunde hier sein sollen.

Sie trug ein schlichtes beiges Kleid mit langen Ärmeln und keinen Schmuck. Natürlich wusste der Staatsanwalt, dass sie Berlins erfolgreichste Bauherrin war. Eine Geschäftsfrau, die nicht immer legal zu Reichtum gelangt war. Das würde sein Bild von ihr beeinflussen. Dem wollte sie durch möglichst erbärmliches Aussehen entgegenwirken. Der erste Eindruck ist entscheidend, hatte die Erfahrung sie gelehrt.

Was sie beunruhigt hatte, war Leos Besuch bei ihr. Sie sollte eine gewisse Rita Grube angestiftet haben, Bilder aus dem Tresor in seinem Büro zu stehlen, hatte er behauptet. Aber da war Leo einer falschen Information aufgesessen. Sie kannte weder diese Frau, noch hatte sie irgendjemanden beauftragt. Die Frage war also, wer Leo auf dieses Gleis gesetzt hatte. Bach? Kaum, denn ihn kontrollierte sie mit den Fotos. Wurm von der KoKo? Sie hatte ihm gezeigt, wie er mit diesem Geschäft reich werden konnte. Oder war er ein 150-Prozentiger? Seine Sekretärin trug italienische Stöckelschuhe. Bibi konnte sich nicht erklären, wie es zu Leos Auftritt gekommen war.

Einer der Polizisten hinter ihr zündete sich eine Zigarette an. Langsam drehte sie sich auf ihrem Stuhl um.

»Können Sie die bitte wieder ausmachen?«

Es war Koch, der auf sie verschlagen wirkte.

»Kann ich schon, will ich aber nicht.«

»Na, dann haben Sie etwas, worauf Sie stolz sein können.«

Die Tür wurde geöffnet, der Staatsanwalt kam herein.

»Können Sie lesen?«, fragte er Koch.

»Was?«

Er deutete auf ein Schild an der Wand. *Rauchen verboten*. Der Polizist gehorchte, und Bibi lächelte in sich hinein.

»Ihr Anwalt verspätet sich?«, fragte der Staatsanwalt.

»Sieht so aus.«

»Wollen Sie die Vernehmung verschieben? Sie haben das Recht dazu.«

»Nein, das ist nicht nötig. Mein Anwalt hat Ihnen meine Aussage übergeben.«

Der Ankläger suchte auf seinem Schreibtisch herum.

»Ja, hier ist sie.«

»Dann fangen wir einfach an«, sagte Bibi.

Es war ungewöhnlich, dass eine möglicherweise Beschuldigte dem Staatsanwalt das Prozedere vorschlug. Lächelnd nahm er es hin.

»Schildern Sie doch bitte, was sich gestern in Ihrem Haus zugetragen hat.«

»Das steht alles in meiner schriftlichen Aussage.«

»Ich würde es gerne noch einmal von Ihnen persönlich hören.«

»Ich war gerade dabei, den Bauantrag für die St.-Dominicus-Kirche in Gropiusstadt vorzubereiten. Kurz darauf ist ein großer Wagen vorgefahren.«

»Woher wussten Sie, dass es ein großer Wagen ist?«, fragte der Staatsanwalt erstaunt.

»Mit ein bisschen Erfahrung hört man, wenn es sich um einen Achtzylinder handelt.«

»Aha. Bitte weiter.«

»Dann hat es an der Haustür geschellt, ich habe die Tür geöffnet, und Leo Schlicht hat, ohne ein Wort zu sagen, mir die Faust ins Gesicht geschlagen.«

»Er hat einfach zugeschlagen?«, fragte der Staatsanwalt.

»Meiner Aussage sind Fotos beigelegt.«

»Wir haben ebenfalls Aufnahmen von ihr gemacht«, meldete sich Mercier.

»Sie meinen von Frau Albrecht«, ermahnte der Staatsanwalt.

»Ja«, stammelte Mercier.

»Und wo sind die?«

»Müssten in der Ermittlungsakte sein.«

»Da sind aber keine.«

»Dann liefern wir sie nach«, beeilte sich Mercier.

Der Staatsanwalt wandte sich wieder Bibi zu.

»Laut Ihrer Aussage können Sie sich nicht erklären, warum er zugeschlagen hat.«

»Nein.«

Dass Schlicht sie wegen verfänglicher Bilder angegriffen hatte, konnte niemand wissen, außer der Person, die Leo angelogen hatte. Sie musste unbedingt in Erfahrung bringen, wer das war.

»Könnte es mit dem Tod des Senatsbaudirektors zu tun haben?«

»Dann müsste eher ich wütend auf Leo Schlicht gewesen sein als umgekehrt.«

»Wieso?«

»In der Zeitung stand, dass Lothar Borowski im Nachtklub *Freya* ums Leben gekommen ist.«

»Wie genau haben Sie Leo Schlicht eigentlich erschossen?«

Er wechselt die Themen und versucht, mich dadurch zu verunsichern, dachte Bibi. Aber da wäre er der Erste, dem das gelingen sollte.

»Ich bin vor ihm in die Bibliothek geflohen, weil ich dort meine Waffe deponiert habe.«

»Für die Sie über einen Waffenschein verfügen?«

»So ist es.«

»Aber Sie haben ihn in Ihrem Wohnzimmer erschossen.«

»Ich bin mit der Waffe zurück ins Wohnzimmer gegangen und habe Leo Schlicht aufgefordert, sofort mein Haus zu verlassen.«

»Weshalb haben Sie nicht die Polizei gerufen?«

»Das wollte ich. Aber Schlicht hat wohl gedacht, ich wäre nicht in der Lage, auf ihn zu schießen. Er hat meine Hand gepackt, und dabei hat sich ein Schuss gelöst.«

»Im Bericht der Spurensicherung heißt es, dass Herr Schlicht von zwei Kugeln getroffen wurde.«

Der Staatsanwalt sah an Bibi vorbei zu den beiden Polizisten.

»Wann habe ich den Bericht der Rechtsmedizin?«

Mercier und Koch hoben unisono die Schultern, was der Jurist mit einem genervten Augenrollen quittierte.

»Sie haben also zweimal auf Herrn Schlicht geschossen, Frau Albrecht?«

»Daran kann ich mich nicht erinnern. Ich stand unter Schock.«

»Herr Schubert von der Spurensicherung«, erklärte der Staatsanwalt, »hat geschrieben, dass der zweite Schuss nicht aus unmittelbarer Nähe abgegeben wurde. Es ist also Zeit zwischen dem ersten und dem zweiten Schuss verstrichen.«

Bibi wurde unruhig. Worauf wollte der Mann hinaus?

»Dazu kann ich nichts sagen«, antwortete sie entnervt.

Der Staatsanwalt lehnte sich auf seinem Stuhl zurück, verschränkte die Arme hinter dem Kopf. Es war das Zeichen eines kleinen Triumphes.

»Wie gesagt, wir können durchaus warten, bis Ihr Anwalt eintrifft.«

»Ja, das wäre mir sehr recht. Oder vielleicht sollten wir einen neuen Termin verabreden.«

Sie erhob sich.

»Gut. Ich kann Sie dann nur leider nicht entlassen. Ich unterrichte Sie hiermit, dass ich Haftbefehl beantragt habe. Sie sind ab sofort eine Beschuldigte. Dass Sie nichts aussagen müssen, was Sie belasten könnte, wissen Sie?«

Bibi fühlte sich wie vor den Kopf gestoßen. Was lief hier ab? Sie hatte den Gedanken noch nicht zu Ende gedacht, da wurde die Tür aufgestoßen. Gunnar Frey stürmte ins Büro.

»Was auch immer Sie bisher vorgetragen haben, ich beantrage Haftverschonung«, rief er dem Staatsanwalt entgegen.

Ein Schriftstück landete auf dem Schreibtisch.

»Meine Mandantin wurde von Leo Schlicht angegriffen, wie die von Dr. Wiese im Westend-Krankenhaus dokumentierten Verletzungen im Gesicht meiner Mandantin beweisen«, fuhr Frey fort. »Nun könnte man sagen, sie hätte auch mit anderen Mitteln als dem Schuss aus einer Pistole die Gefahr für Leib und Leben abwenden können. Allerdings sagt die Rechtsprechung, dass eine angegriffene Person sich nicht dem Risiko einer ungenügenden Verteidigung aussetzen muss. Auch war ihr die Ankündigung ihrer Verteidigung durch eine Waffe aufgrund der Bedrohungslage nicht möglich, im Gegenteil. Meine Mandantin musste allein wegen der körperlichen Überlegenheit des Angreifers von weiterer erheblicher Gewalt und dadurch drohenden Verletzungen ausgehen. Somit liegt hier Notwehr vor. Ich zitiere: ›Wer eine Tat begeht, die durch Notwehr geboten ist, handelt nicht rechtswidrig.‹ Und weiter: ›Notwehr ist die Verteidigung, die erforderlich ist, um einen gegenwärtigen rechtswidrigen Angriff von sich oder einem anderen abzuwenden.‹«

Er drehte sich vom Staatsanwalt weg und Barbara Albrecht zu. Nahm ihre Hand, gab ihr einen formvollendeten Handkuss.

»Entschuldige, dass es etwas später geworden ist.«

Bibi lächelte Gunnar Frey dankbar an.

»Wir können dann gehen?«, fragte er den Staatsanwalt.

65

Sie hatten jede Schublade, jeden Schrank durchwühlt, den Tresor geöffnet. Im Schlafzimmer die Matratzen umgedreht, die Bettdecken und Kissen geöffnet. Immer in der Hoffnung, irgendwo auf die Fotos zu stoßen, von denen sie hofften, dass sie existierten und irgendwo versteckt sein mussten. Inzwischen erfuhr Heller, dass der Staatsanwalt keinen Haftbefehl beantragt hatte. Sie blieben in der Villa, um Barbara Albrecht zu erklären, was sie wahrscheinlich längst wusste.

Und suchten weiter. In der Garage, auf dem Dachboden. Als sie im dunklen Keller ankamen und Heller beobachtete, wie Vera sich durch die Regale voller schwerer Ordner wühlte, dachte er einen Moment daran, sich seiner Not auf die einfachste Art zu entledigen. Vera könnte etwas zustoßen. Ein Regal stürzt um und begräbt sie unter sich. Oder er könnte Vera erschießen und im See entsorgen. Anschließend müsste er aus den Berichten in ihrem Büro alles rausnehmen, was auf ihn und Kalb hinwies. Er wusste, dass sie die Berichte bisher nicht an Hartmann und Manteufel weitergegeben hatte. Aber möglicherweise hatte sie die an ihren Vorgesetzten in Bonn geschickt. Er verwarf den Gedanken wieder. Dennoch schien Vera seinen Blick in ihrem Nacken zu spüren. Sie drehte sich mit einem sarkastischen Lächeln zu ihm herum.

»Falls du denkst, du könntest ein paar von deinen Problemen lösen, während ich hier unten in den Akten wühle, zum Beispiel mich erschießen und wie Kalb verschwinden lassen, überleg dir das vorher gründlich. Ich schreibe jeden Tag einen Bericht. Ja, eigentlich sollte ich Durchschläge an Manteufel und meinen Vorgesetzten in Bonn schicken. Aber ich bin nicht sicher, ob Manteufel die richtige Adresse ist, und was Bonn betrifft, will ich noch abwarten, wie die Sache ausgeht und wer alles seine schmutzigen Finger darin hat. Aber du wirst die Berichte trotzdem nicht in dem Schreibtisch finden. Sie liegen bei Frau Grimm. Ich halte sie nämlich für die letzte moralische Instanz in dem Laden.«

Ohne seine Antwort abzuwarten, suchte sie weiter. Heller grinste in sich hinein. Er hatte sie unterschätzt, wie man nur jemanden unterschätzen konnte. Sie war fleißig, akkurat, clever. Sie wahrte die Distanz, hielt ihre Gefühle unter Verschluss. Und sie ließ sich nicht in die Karten schauen.

»Ich nehme mir den anderen Keller vor«, sagte er.

Sie suchten noch eine weitere Stunde. Erfolglos. Als die Albrecht nicht auftauchte, wurde ihnen klar, dass die Bilder nicht hier waren. Was war mit dem Büro im Europa-Center? Heller und Vera brachen die Durchsuchung des Hauses ab.

Getrennt fuhren sie in die Tauentzienstraße. Nur an wenigen der vielen Zeichentische, die in dem Architekturbüro über die 16. Etage verteilt waren, wurde gearbeitet. Heller und Vera fragten einen Zeichner mit erstaunlich schlechten Zähnen, ob Barbara Albrecht in den letzten Stunden hier gewesen sei. Der Mann hatte sie nicht gesehen. Allerdings musste sie auch nicht durch die 16. Etage, um ihre Zimmerflucht darüber zu erreichen.

»Wie gelangt man von hier in ihr Büro?«, fragte Heller.

»Durch die Tür dahinten«, sagte der Zeichner. »Aber die ist abgeschlossen.«

Er schloss nach jedem Satz den Mund, als würde er den Zustand seines Gebisses verheimlichen wollen.

»Und wer hat den Schlüssel dazu?«

»Frau Albrecht.«

»Wer noch?«

»Herr Ocker, der Prokurist. Aber der ist auf der Baustelle.«

»Sonst niemand?«

»Nein.«

Heller schüttelte den Kopf und wandte sich an Vera.

»Die Fotos sind in der *Freya* geschossen worden. Schlicht hat einige davon an die Albrecht weitergereicht, damit hat er sich einen Anteil an ihren Projekten verdient. Vielleicht auch an *Hades*. Aber möglicherweise war er nicht so dumm, ihr die Negative auszuhändigen.«

Sie fuhren zur Keithstraße und wechselten dort in Hellers Citroën, dann ging es weiter in Richtung Clausewitzstraße. Frau Grimm rief aus dem Fenster, dass Hartmann dringend mit Heller sprechen wolle. Heller vertröstete sie auf später.

Als sie an der Clausewitzstraße eintrafen, parkten dort bereits ein Mannschaftswagen und zwei Polizei-VW. Außerdem der Opel Kapitän, mit dem Manteufel normalerweise unterwegs war.

»Scheint so, als kämen wir zu spät«, sagte Vera.

»Allerdings«, meinte Heller. »Mal schauen, wer sich da auf die Suche nach den Negativen macht.«

Er parkte an der Ecke Kurfürstendamm.

»Woher weiß Manteufel davon?«

»Weil es ihm jemand gesteckt hat?«

»Dann hätte er sie doch schon früher beschlagnahmen können. Razzia wegen irgendwas und die Bilder als zufälliger Beifang.«

»Aber da gab es auch noch die Albrecht. Das Risiko war zu groß, dass die Fotos in die Öffentlichkeit gelangen, wenn zu viel Druck ausgeübt würde.«

»Siehst du den Mercedes da drüben?«, fragte Vera.

Sie deutete zu einer dunkelblauen Limousine. Die Person darin war nicht zu erkennen. Sie warteten. Heller zündete sich eine Zigarette an, Vera kurbelte das Seitenfenster herunter. Nach einer Weile fragte sie nach Kalb, und Heller berichtete, wie er gestorben war. Jochen hatte auf Kalbs Schoß gesessen und geweint. Heller hatte ihn aus der Wohnung geschleift. Im Treppenhaus war Kalb durch das morsche Geländer gebrochen. Auf die Frage, wo er die Leiche versteckt habe, hüllte sich Heller weiterhin in Schweigen.

»Manteufel kommt raus«, sagte Vera.

Der Leiter der Inspektion M blickte sich vor dem Nachtklub um. Dann überquerte er die Straße und ging zu dem dunkelblauen Mercedes. Die Scheibe auf der Fahrerseite wurde heruntergekurbelt, Manteufel reichte einen hellbraunen Umschlag ins Innere.

»Na also«, sagte Heller. »Warum sollen wir nicht auch mal Glück haben.«

Er startete den Citroën und folgte dem Mercedes. Dabei hielt er immer so viel Abstand, dass sie nicht entdeckt wurden. Der Verkehr war zu dieser Tageszeit mäßig, der Mercedes leicht zu observieren. Doch als Heller an einer Ampel stoppen musste, verloren sie die Limousine aus den Augen. Aber sie kannten das Ziel. Allerdings wussten sie nicht, wer der Empfänger des Umschlags sein sollte.

Als sie am Rathaus Schöneberg ankamen, parkte der Mercedes neben dem Seiteneingang. Der Fahrer, er war ungewöhnlich groß, bestimmt knapp zwei Meter, schloss gerade die Wagentür ab. Heller bog in eine Seitenstraße ein und ließ Vera aussteigen. Sie eilte über den John-F.-Kennedy-Platz und zögerte kurz, bevor sie dem Fahrer hinterherlief. Heller wartete. Im Autoradio lief der Hit *All Right Now* der britischen Band Free.

Heller überlegte, ob er nicht einfach losfahren sollte. Ein paar Klamotten in einen Koffer werfen, die Kinder einpacken und dann von Tempelhof aus mit der nächsten Maschine nach Hamburg und weiter Richtung Dänemark oder Schweden. Bis Vera seine Flucht melden konnte und bis die Fahndung die Flughafenkontrolle erreichte, würde genug Zeit verstreichen. Flucht war die einzige Möglichkeit, dem Gefängnis zu entgehen. Selbst wenn Kalb als Unfall deklariert würde, wenn er Bewährung kriegen sollte, was wollte er noch hier? So tun, als sei nichts geschehen? Vergessen, dass der Leiter der Inspektion M in einer Schweinerei steckte, bei der Leute starben, damit ein großes Geschäft zustande kam?

Berlin war nicht mehr die Stadt, in der er mit so viel Leidenschaft Polizist geworden war. Die Zeitungen berichteten über menschliche Abgründe, aber die eigentlichen Verbrechen fanden im Verborgenen statt. Nicht unbedingt Morde, aber gewisse Machenschaften. Unternehmer wie Barbara Albrecht, Spitzenbeamte wie Lothar Borowski, Zuhälter wie Leo Schlicht und ähnliche Prominente trafen sich bei Empfängen, auf Tennisplätzen und sogar in einem Nachtklub. So sorglos war man inzwischen, so unangreifbar fühlten sie sich. Dass einige von Schlicht und der Albrecht erpresst wurden, galt als Kavaliersdelikt. Sie wurden ja doch nur zum Geldverdienen gezwungen. Und auf der anderen Seite, in der grauen Welt, wurden Menschen aus ihren Wohnungen geworfen. So wie er und seine Nachbarn in der Sebastianstraße. Es sind die kleinen Leute, die die Zeche zahlen.

Heller guckte zum Rathaus hinüber. Ob Vera Jung ihn verraten würde? Er startete den Motor.

66

Gunnar Frey hatte Bibi raffiniert aus der Anklage herausargumentiert. Aber es war kein Triumph. Im Gegenteil. Wie hatte schon König Pyrrhus sinngemäß gesagt? Noch so ein Sieg, und wir sind verloren. Frey erzählte ihr von der Razzia, die in der *Freya* stattgefunden hatte. Dabei war vermutlich auch Schlichts zweiter Tresor im Schlafzimmer geöffnet worden. Da dürften ein paar Negative gelegen haben.

»Willst du einen Rat hören?«, fragte er, als er sie in seinem Mercedes-Cabriolet nach Hause fuhr.

Bibi antwortete nicht. In Gedanken versunken starrte sie in den Himmel. Wann waren die Machtverhältnisse gekippt? Wann hatte sie ihre Rolle als Strippenzieherin verloren? Wann war sie zur Gejagten geworden? Wahrscheinlich, als Wurm die Bühne betreten hatte. Hatte er Leo umgedreht und ihn ihr auf den Hals gehetzt? Oder war es doch Bach gewesen? Bestimmt Bach. Er konnte nicht dulden, dass Bibi die Fäden zog.

»Deine Zeit in Berlin ist abgelaufen, um es freundlich auszudrücken, Bibi. Ich an deiner Stelle würde die Koffer packen und so schnell wie möglich von der Bildfläche verschwinden.«

Sie schätzte an Frey die Klarheit seiner Analyse und die Ehrlichkeit, mit der er sie präsentierte.

Vor ihrer Villa bat sie Frey, kurz zu warten. Sie wollte ein paar Kleidungsstücke einpacken und dann von Tempelhof aus mit dem nächsten Flieger nach Paris starten. Als sie das Haus betrat, schreckte sie zurück. Jemand hatte gründlich nach etwas gesucht. Aber das war jetzt ohne Bedeutung. Manuela hatte ihr telegrafiert, dass sie sich von Andi getrennt hatte. Vom Kommunismus auch, weil die Befreiung der Frau für die Kommunisten keine Rolle spielte. Außerdem war Andi im Bett eine Niete. Mutter und Tochter würden ein Haus oder eine Wohnung mieten und eine schöne Zeit miteinander verbringen. Aus der Bibliothek holte sie einen Stapel Zeichnungen, die in den Schubladen auf Umsetzung warteten. Gewagte Entwürfe für Kirchen, Museen, Hochhäuser. Träume, die sie seit dem Studium nicht mehr weiterverfolgt hatte. Die Notlage, in der sie sich nun befand, war das Zeichen für einen Neubeginn. Sie würde die Geschäfte komplett in Ockers Hände legen. Der Mann war begabt und mit seinen fünfunddreißig Jahren schon erstaunlich geschäftstüchtig. Sie wollte sich lediglich als Gesellschafterin weiterhin beteiligen.

Als sie die Bibliothek verließ, schellte das private Telefon. Sie erschrak. Wer konnte das sein? Wer wusste, dass sie daheim war? Sie ignorierte das Klingeln, legte die Entwürfe in einen Koffer. Jetzt blieb noch die Frage, was sie mit den Fotos machen sollte. Gunnar Frey vertraute sie, aber auch er würde, sollte es hart auf hart kommen, seine Zulassung als Anwalt nicht aufs Spiel setzen. Sie könnte die Abzüge mitnehmen. Aber was wäre, wenn ihr Gepäck am Flughafen durchsucht werden würde? Sie könnte das Material im Bankschließfach deponieren. Dort lag es aber nur so lange sicher, bis die Polizei sich einen Gerichtsbeschluss besorgte.

Das Telefon schellte erneut, und wieder zuckte Bibi zusammen. Sie starrte den Apparat an, als könne sie anhand des Klingelns erkennen, wer da am anderen Ende der Leitung war. Vielleicht Manuela? Gut möglich. Sie nahm vorsichtig den Hörer ab, sagte nichts. Jemand atmete und legte gleich wieder auf. Ein eiskalter Schauer lief ihr den Rücken herunter. Wer auch immer das war, diese Person wollte nicht mit ihr sprechen, sondern sich nur vergewissern, dass sie zu Hause war. Bibi legte den Hörer neben das Telefon, schlüpfte in einen leichten Sommermantel, packte die beiden Koffer, klemmte ihr Schminknecessaire unter den linken Arm und verließ ängstlich das Haus.

Frey half ihr, das Gepäck im Kofferraum des Mercedes zu verstauen, und fuhr los. Ungeduldig dirigierte sie ihn zur Zentrale der Berliner Bank in der Hardenbergstraße, erzählte ihm von der Unordnung und dem Anruf und bat immer wieder, er möge aufs Gas treten. Sie wollte zwanzigtausend Mark abheben und ein Heftchen Eurocheques mitnehmen. Auf dem Weg fiel Frey eine Lösung für die Fotos ein. Das Einfachste sei, ein Kurier der Bank würde sie zu einem Geldinstitut in Paris bringen. Solche Kuriere wurden an der Grenze nur sehr selten kontrolliert.

Im Hochhaus der Berliner Bank wurde Bibi sofort zum Kundentresor geführt. Sie packte Schmuck und Goldmünzen in ihr Schließfach und nahm nur den Umschlag mit den Fotos heraus. Der Direktor versprach ihr, einen Kurier am nächsten Morgen loszuschicken. Gegen Abend dürfte er bei der Zentrale der Crédit Lyonnais eintreffen. Bibi dankte, steckte an der Kasse das Bargeldbündel ein und verließ die Bank. Draußen stieg sie zu Frey in den Wagen, der sofort Richtung Flughafen aufbrach.

Sie war immer noch nervös, aber die Idee, die Bilder per Kurier nach Paris zu schicken, stimmte sie gelassener. Als sie die Siegessäule umkreisten, nahm Bibi still Abschied von Berlin. Sie bat Frey, doch noch einen kleinen Umweg über die Potsdamer Straße zu fahren. Dort hatte sie ihr erstes Projekt realisiert. Damals war Lothar Borowski ihr beigesprungen, als die Widerstände im Bezirksamt zu groß wurden. Es versetzte ihr einen Stich, als sie daran dachte, wie er umgekommen war.

Am Flughafen war wenig Betrieb. Die Taxifahrer warteten rauchend an den Säulen des Vordachs auf Kundschaft. Die Sonne schien so, als ob sie in diesem Moment keine andere Wahl hätte, als das monumentale Abfertigungsgebäude in helles Licht zu tauchen. Bibi setzte ihre dunkle Sonnenbrille auf, Frey stoppte vor dem Eingang und half, das Gepäck in die Haupthalle zu tragen. Sie verabschiedeten sich. Er versprach, Bibi auf dem Laufenden zu halten, dann kehrte er zurück zu seinem Wagen. Sie kaufte am Schalter einen Flugschein und ließ sich von einem Servicemitarbeiter beim Gepäck helfen. Seit ihr Anwalt sie abgeliefert hatte, war die quälende Unruhe zurück. Sie spähte durch die Halle, als könnte im nächsten Augenblick die Polizei hinter einem der Schalter herausspringen und sie festnehmen. Aber nichts dergleichen geschah. Sie wartete in der Schlange an der Passkontrolle, schob die Sonnenbrille nach oben, als sie an der Reihe war. Sie flog oft, daher kannte man sie und nickte ihr freundlich zu. Nach einer kurzen Überprüfung wurde sie mit der Aufforderung, sich zu beeilen, durchgelassen.

In der zum Flugfeld offenen Halle erwartete sie ein höllischer Lärm. Die Maschine nach Paris über Düsseldorf stand mit laufenden Turbinen bereit. Bibi eilte die Stufen hinunter. Nur noch wenige Meter, dann war sie in Sicherheit. Sie überquerte das Vorfeld, stieg die Treppe zum Flugzeug hoch. Zeigte der Stewardess ihre Bordkarte und ließ sich auf einen Sitz in der ersten Reihe dirigieren. Die Stewardess informierte die Fluggäste, dass sie auf einen letzten Fluggast warten müssten. Bibi konnte die Halle gut überblicken. Wieso flogen sie nicht einfach ohne den Passagier los? Die Stewardess schien ihre Gedanken zu lesen, denn jetzt entschied sie endlich, die Tür zu schließen. Bibi atmete tief ein und wieder aus. Sie konnte sich nicht erinnern, wann sie zum letzten Mal so ängstlich gewesen war. In drei Stunden würde sie in Paris landen. Sie starrte die Stewardess an, als wolle sie die hübsche Frau mit dem Barett hypnotisieren. Worauf wartet ihr noch, flüsterte Bibi.

Es war ein Geräusch, das ihr zuerst sagte, dass sie nicht würde verschwinden können. Die Motoren wurden gedrosselt. Der Co-Pilot kam aus dem Cockpit, die Stewardess öffnete die Kabinentür. Bibi schaute aus dem Fenster. Zwei Männer stürmten auf das Flugzeug zu. Wegen ihr? Woher wussten die, dass sie Berlin verlassen wollte? Außer ihrem Anwalt kannte niemand ihre Pläne. Nein, das stimmte nicht. Sie hatte dem Direktor der Berliner Bank von Paris erzählt. Aber wieso hatte der die Polizei informiert? Als Bibi den Kopf hob, traf sie der Blick der Stewardess, als sei sie eine Mörderin. Die anderen Reisenden wurden unruhig. Und als Bibi von den beiden Männern aus dem Flugzeug begleitet wurde, hörte sie hinter sich Getuschel.

67

Heller war nicht nach Hause gefahren, um die Kinder einzuladen und einfach zu verschwinden. Er hatte sich entschieden, vernünftig zu sein. Was hätte er auch sonst tun sollen? Als Vera wieder in den Citroën einstieg, lachte er. Auf ihre Frage, was so komisch sei, meinte er nur, Vernunft wäre vielleicht doch kein so schlechtes Prinzip.

»Wo sind die Fotos gelandet?«, fragte er.

»Es gibt keine, nur Negative.«

»Na gut, Negative. Und wo sind die gelandet?«

»Bei Jean Markwart.«

»Schau mal einer an.«

Der Stuhl des Berliner Finanzsenators wackelte schon seit Monaten. Entgegen den Wahlversprechen hatte er es nicht geschafft, die Schulden zu reduzieren, stattdessen waren neue dazugekommen. Berlin muss immer werden, Berlin kann niemals sein, hatte er seine Politik in der *Morgenpost* begründet. Vera griff in ihre Jackentasche und zog einen Packen Negativstreifen hervor. Sie betrachteten die Bilder gegen die tief stehende Sonne. Es war ein Album der besseren Gesellschaft. Einige davon kannte Heller, wenn auch bisher nur bekleidet. Auf den Negativen erschienen sie im Adamskostüm beinahe harmlos.

»Wer ist das?«, fragte Heller.

Er deutete auf ein Negativ, das einen Mann mit einem jungen Mädchen zeigte.

»Ministerialdirektor Günter Bach, Beauftragter der Bundesregierung für West-Berlin. Das ist Erwin Baumann, Leiter der Oberfinanzdirektion.«

»Und der Fettsack?«

»Keine Ahnung. Ich glaube, er ist aus dem Osten. Ich habe ihn mal auf einem Foto zusammen mit Walter Ulbricht gesehen.«

»Der war in der *Freya*?«

Heller reichte Vera die Streifen zurück.

»Das ist, was du haben wolltest, oder?«, fragte er.

»Noch nicht ganz. Fahr zur Staatsanwaltschaft. Ich brauche so schnell wie möglich eine richterliche Anordnung zur Hausdurchsuchung. Bevor die Herrschaften dadrinnen den Reißwolf füttern.«

Heller startete den Motor. Mit quietschenden Reifen fuhr er los.

Vera überlegte, ob Baumann auch aussagen würde, wenn er im Gegenzug mit einer Geldstrafe davonkommen könnte.

Heller ließ Vera vor dem Kriminalgericht aussteigen und fuhr weiter in Richtung Kleiner Wannsee, um Barbara Albrecht festzunehmen. Als er am S-Bahnhof Wannsee vorbeirollte, ergriff ihn ein eigenartiges Gefühl. Wenige Minuten später erreichte er das Ziel. Unweit der Villa stand ein Ford Taunus neben der Telefonzelle. Der Motor lief, weiße Rauchwolken krochen aus dem Auspuff. Hinter dem Steuer ein Mann. Er trug eine Sonnenbrille und starrte zur Villa. Heller parkte den Citroën ein paar Meter weiter. Er beobachtete den Mann eine Weile. Was wollte der? Wartete er auf jemanden? Auf die Albrecht? Nein, nicht in einem Ford Taunus. Heller nahm seine Waffe aus dem Holster. Vielleicht war es gut, wenn er sich erst mal einen Überblick verschaffte. Er kletterte über den Zaun des Nachbargrundstücks und eilte zum Ufer hinunter. Von dort aus betrat er Bibis Garten und schlich auf die Villa zu. Barbara Albrecht war nicht zu sehen. Dafür aber zwei Männer. Einer stand unbeteiligt herum. Ein zweiter beugte sich im Salon über einen Sessel und schlug auf eine Person ein, die darin saß. Wahrscheinlich die Albrecht. Aber wer waren die Männer?

Heller überlegte, was er tun solle. Die beiden könnte er ausschalten, doch wenn es einen dritten gab, hätte er schlechte Karten. Trotzdem musste er es versuchen.

Er hatte die Terrasse fast erreicht, als er den schon vermuteten dritten Mann entdeckte. Heller stoppte, versteckte sich hinter der Hecke, die seitlich die Terrasse begrenzte. Der dritte Mann hielt einen großen Kanister in der Hand, schüttete den Inhalt auf das Sofa, die Sessel, den Tisch. Der Schläger wandte sich zu dem Dritten hin, die beiden wechselten ein paar Worte. Sie waren sich nicht einig, was sie tun sollten. Stritten, bis einer etwas aus der Tasche nahm. Eine Flamme landete auf dem Sessel. Im Nu entzündete sich ein Feuer, der ganze Raum fing an zu brennen, füllte sich mit Rauch. Die Männer verließen eilig den Salon.

Heller erschrak. Er musste sofort handeln. Er rannte zur Terrassentür, schoss im Laufen auf die Scheibe, die in tausend Splitter zerbrach. Er sprang hindurch. Barbara Albrecht hockte bewusstlos im Sessel, ihr Kleid brannte. Heller zog die Jacke aus, versuchte, die Flammen zu ersticken. Aber das Feuer leckte bereits nach Bibis Haaren. Hellers Blick fiel in den Garten. Er hob die brennende Bibi aus dem Sessel, stürmte mit ihr so schnell wie möglich aus dem Haus über die Terrasse auf den Swimmingpool zu. Als das Wasser über ihren Köpfen zusammenschlug, riss Bibi die Augen auf.

68

Zwei Tage überlebte Barbara Albrecht die Verbrennungen dritten Grades, dann hörte ihr Herz auf zu schlagen. Die Zeitungen übertrumpften sich gegenseitig mit Mutmaßungen darüber, was in der Villa geschehen sein könnte. Eifersüchtiger Liebhaber? Konkurrent aus der Baubranche? Ein Unfall? Der Staatsanwalt war überfordert. Vor laufender Kamera sagte er, auch Heller würde zum Kreis der Verdächtigen gehören. Am nächsten Tag wurde der Staatsanwalt suspendiert. Der Senat verhängte eine Nachrichtensperre. Der Regierende Bürgermeister kündigte eine Pressekonferenz an und verschob sie dann zweimal. Als Grund ließ er verlauten, er wolle sich erst dann äußern, wenn alle Fakten auf dem Tisch lägen. Zwei Senatoren traten zurück, angeblich aus gesundheitlichen und familiären Gründen. Erwin Baumann, der Chef der Oberfinanzdirektion, erstattete Selbstanzeige und ließ seine Tätigkeit ruhen, bis die Ermittlungen seine Unschuld bestätigt hätten. Da wusste die Öffentlichkeit noch nicht, welcher Vergehen er überhaupt beschuldigt wurde. Im Abgeordnetenhaus und in den Parteien herrschte helle Panik. Viele Bürger fühlten sich wieder einmal darin bestätigt, dass man Politikern nicht glauben könne und Politik generell ein schmutziges Geschäft sei.

Heller bekam nur wenig von der Aufregung mit. Er hatte Brandverletzungen im Gesicht und an den Händen. Die rechte Wange oberhalb des Mundes bis zum Haaransatz glänzte von der Creme, die er alle zwei Stunden auftragen musste. Wegen der Bandagen an den Händen konnte er nichts greifen. Bei Bedarf zündete Louise ihm eine Zigarette an und steckte sie zwischen seine Lippen. Die Kinder mussten ihn füttern. Sie wollten wissen, ob es wehtat. Heller sagte, dass sie sich keine Sorgen machen sollten, er werde wieder gesund. Wie es zu den Verletzungen gekommen war, wolle er ihnen später erzählen. Louise drückte Jochen einen Einkaufszettel in die Hand, Astrid zehn Mark, dann liefen die Kinder los, um bei Bolle Hühnchen, Nudeln und Sahne zu kaufen. Es sollte ein Festessen werden. Weil er überlebt hatte, oder weil der Fall abgeschlossen war?

Vera Jung hatte sich nicht gemeldet.

69

Sie war nach Bonn zurückbeordert worden, um ihren Vorgesetzten Rapport zu erstatten. Über jedes Detail der Ermittlungen. Wie es ihre Art war, schilderte sie, dass Borowskis Tod, der kein Mord, sondern ein Unfall gewesen war, das Kartenhaus von Barbara Albrecht erst ins Wanken und dann zum Einsturz gebracht hatte. Ihre Vorgesetzten wunderten sich über das große Netz der Abhängigkeiten, das die Unternehmerin geknüpft hatte. Vermutlich wären auch sie da hineingeraten, dachte Vera, wenn sie in Berlin und nicht in Bonn arbeiteten.

Als sie zum Projekt *Hades* kam, Albrechts Meisterstück, baten ihre Chefs zwei weitere Herren hinzu. Sie nannten weder ihre Namen noch ihre Dienststelle. Sie trugen nahezu identische Anzüge und hatten den gleichen Haarschnitt. Die beiden hörten die meiste Zeit schweigend zu, als Vera über die Konstruktion der *Hades GmbH & Co. KG* sprach, die das West-Berliner Müllproblem lösen sollte. Vera hatte bisher nicht alle Einzelheiten der Firmenkonstruktion aufdröseln können, vermutete aber, dass Albrecht den Mülltransport nach Schöneiche organisieren sollte. Vera zeigte den Ort etwa zwanzig Kilometer südlich der Stadtgrenze auf einer Landkarte. Als der Name Günter Bach fiel, machten sich die Gäste Notizen. Vor allem seine persönliche Rolle bei dem Geschäft schien sie zu interessieren. Ein DDR-Funktionär namens Oskar Wurm war ihnen bisher nicht bekannt. Vera fragte sich, wer die beiden waren. Am Ende ließen sie sich das Band aus dem Aufnahmegerät aushändigen und verschwanden.

Vera wurde zur Oberkommissarin befördert, musste sich wiederholt die Ermahnung gefallen lassen, unbedingt das Dienstgeheimnis zu wahren. Als ob dieser Hinweis nötig gewesen wäre. In ihrer künftigen Position solle sie ein Dutzend Ermittler anleiten.

Das Thema Berlin schien damit für sie beendet. Auch wenn der Tod von Otto Kalb, Geschäftspartner der verstorbenen Barbara Albrecht, immer noch nicht aufgeklärt war. Es war eine Sache für die Inspektion in der Keithstraße. Aber da herrschte Chaos, nachdem der Leiter Heinz Manteufel überraschend um Versetzung in den vorzeitigen Ruhestand gebeten hatte. Der zuständige Ermittler Oberkommissar Wolf Heller war bei einem Einsatz schwer verletzt worden und bis auf Weiteres krankgeschrieben. Also sollte Vera nach West-Berlin zurückkehren, um den Fall abzuschließen. Sie verschwieg, dass sie die Lösung längst kannte.

Auf der langen Zugfahrt durch die Zone nach West-Berlin, während der endlosen Kontrollen durch DDR-Grenzer, grübelte sie über Wolf Heller. Sie hatte erlebt, wie er sich um seine Kinder sorgte, als die verschwunden waren. Durfte sie ihn ausliefern? Einer Gerechtigkeit zuführen, die in diesem Fall nichts heilte und stattdessen das Leben von zwei Kindern gefährdete? Einmal hatte ein Ausbilder sie darauf hingewiesen, dass Justitia sehr häufig blind dargestellt wird, damit sie ohne Ansehen des Angeklagten urteilt. Das hatte ihr eingeleuchtet. Der Ausbilder hatte aber auch gesagt, Justitia sei manchmal eine Hure. Diesen Satz hatte sie nicht hören wollen. Jetzt fühlte sie sich daran erinnert. Im Fall Albrecht, das ahnte Vera, wäre Justitia nicht allen gegenüber gleich blind. Bei denen, die politische oder finanzielle Macht hatten, würde sie unter der Augenbinde hindurchschielen. Am Ende der Lektion war der Dozent auf den Boden des Grundgesetzes zurückgekehrt und hatte darauf verwiesen, dass Recht vor Gerechtigkeit geht. Gerechtigkeit ist subjektiv, Recht besteht aus in Gesetzen verbindlich festgelegten Normen und Regeln.

Was sollte Vera mit Wolf Heller machen?

70

Louise und den Kindern hatte er aufgetragen, alles einzupacken, was ihnen lieb und wichtig war. Kleidung, Bücher, Spielzeug, Schulsachen. Es wurden ein großer Koffer, die beiden kleinen Koffer, die er den Kindern gekauft hatte, und drei Einkaufstaschen. Sie sollten mit dem Bus zu Ryan fahren und dort auf ihn warten. Sobald er alles erledigt hätte, würden sie zu Petra aufbrechen. Er hatte seine Schwester angerufen, und die freute sich, die Kinder und auch Louise bald wiederzusehen. Als Heller zuletzt den Geburtstag des gemeinsamen Vaters erwähnte, wurde Petra einsilbig. Er solle ihn zur Hölle wünschen, trug sie Heller auf.

Die Bandagen an den Händen hatte er durch Handschuhe ersetzt, damit er greifen und vor allem Auto fahren konnte. Als er die Wohnung nur mit einer Reisetasche verließ und zu seiner DS ging, stand dort sein Chef Friedrich Hartmann. Die rechte Hand auf das Dach des Citroën gelegt, rauchend. Ihm war kommissarisch die Leitung der Inspektion M in der Keithstraße übertragen worden. In seiner neuen Funktion hatte er Hellers Entlassungsgesuch angenommen.

»Schönes Auto, Heller«, sagte er.

Es war dieser süffisante Unterton, der provozierend klang und Heller sofort anhalten ließ. Was wusste Hartmann? Hatte er Veras Bericht erhalten? Kannte er die Hintergründe von Kalbs Tod? Falls ja, war er nicht gekommen, um Heller zu verhaften. Sonst wäre er mit weiteren Beamten angerückt. Also kannte er den Bericht noch nicht. Oder er hatte einen ganz anderen Plan?

»Mit den Handschuhen siehst du aus, als wolltest du dir die Finger nicht schmutzig machen«, frotzelte Hartmann.

Heller nickte lächelnd.

»Was wirst du jetzt tun?«

»Weiß ich noch nicht.«

»Du bist und bleibst Polizist.«

»Kann sein.«

»Schade. Ich hätte dich gern auf meinen alten Posten befördert. Kalb und der Junge in der Grube vom Ku'damm-Karree sind bislang nicht aufgeklärt.«

Heller zuckte mit den Schultern. Es war ein Taktieren, ein Tanz um etwas, das in der Luft lag, aber nicht ausgesprochen wurde. Was wollte Hartmann von ihm?

»Wir waren ja ein gutes Team. Oder etwa nicht?«

Steckte Hartmann auch in dieser Sache drin?

»Das waren wir, Chef. Aber meine Schwester lebt auf einem Bauernhof, und die brauchen jemanden, der die Mordfälle im Hühnerstall aufklärt.«

»Bauernhof? Bist du sicher?«

Mit einem Mal war die Freundlichkeit aus Hartmanns Stimme gewichen. Er will mich schon wieder in eine Sache reinziehen, dachte Heller, wie vor Wochen bei Borowski. Das bedeutet, er kennt Veras Bericht.

»Außerdem muss ich ein paar Fotos sortieren«, sagte Heller.

Die gab es zwar nicht, aber das wusste Hartmann nicht. Und Heller würde sich kein zweites Mal von seinem Chef erpressen lassen.

»Du weißt, dass du sämtliche Unterlagen, Beweismittel, Zeugenaussagen und so weiter hierlassen musst«, sagte Hartmann.

Es klang eher wie ein Befehl, eine Drohung.

»Ja.«

»Sind das private Aufnahmen?«

Mit einem Lächeln auf den Lippen schloss Heller die Tür des Citroën auf.

»Was denn sonst?«, sagte er.

Hartmann wurde bleich, kniff die Augen zusammen. Er starrte Heller an, unsicher, ob es die Wahrheit war oder bloß eine Taktik.

Heller winkte ihm kurz zu und fuhr los. Er beobachtete im Rückspiegel, wie Hartmann ihm hinterhersah. Dann atmete er durch.

71

Das Haus im Biedermannweg war Hellers letzte Station, bevor er Berlin verlassen würde. Der alte Opel Olympia parkte schräg in der Einfahrt. Der kleine Vorgarten war purer Wildwuchs, in dem Brennnesseln und Hopfen wucherten. Ein Maulwurf hatte in einer geraden Linie Erdhaufen aufgeschüttet. Es sah schlimm aus. Heller stieg die Stufen zur Haustür hinauf. Zum ersten Mal, seit er denken konnte, fühlte er sich nicht bedrückt, als er klingelte. Weil sich nichts rührte, öffnete er die Tür. Ein übler Geruch schlug ihm entgegen. Sein Vater saß im Wohnzimmer in einem Sessel, bekleidet nur mit Unterwäsche. Seit Heller ihn zuletzt gesehen hatte, nach dem Verschwinden der Kinder, hatte sich etwas verändert. Die Rüstung, die sein Vater unsichtbar all die Jahre getragen hatte, war fort. Im Alter offenbarte er, wer er geworden war. Heller öffnete das Fenster zur Straße.

»Ich gehe weg«, begann er. »Ich wollte es dir nur sagen, falls du dich wunderst.«

Der Alte reagierte nicht. Das erleichterte Heller das Reden.

»Seit vielen Jahren träume ich immer wieder dasselbe. Vom 25. Juli 1948. Du weißt, was an dem Tag passiert ist. Wir haben meinen zwölften Geburtstag gefeiert. Du hast mir einen Fußball geschenkt. Um zehn bin ich ins Bett gegangen. Und da habe ich gehört, wie Mutter und du euch wieder gestritten habt. Wegen Petra. Und wegen deiner Liebschaft mit der Frau aus dem Zeitungsladen im U-Bahnhof.«

Sein Vater blickte auf, als würde er jetzt erst bemerken, dass Heller in seinem Wohnzimmer stand. Er lächelte kaum merklich. Er ahnte wohl, dass sein Sohn ihm eine Geschichte erzählen wollte, die sich tatsächlich ereignet hatte, die kein Traum war.

»Und dann ist etwas kaputtgegangen. Geschirr ist auf dem Fußboden zerschellt. Ich habe die Decke über den Kopf gezogen, weil ich es nicht ertragen konnte, wenn ihr euch streitet. Ich weiß noch, ich habe überlegt, ob ich aufstehen und in die Küche gehen soll. Mutter umarmen und dich beruhigen. Habe ich dann nicht gemacht. Der Krach war ja meist am nächsten Morgen vergessen. Nur diesmal nicht.«

72

Es hört sich an, als würden sie miteinander kämpfen. Seine Mutter stöhnt. Der Tisch rutscht auf den Dielen hin und her. Noch ein Stuhl fällt um. Die Mutter ruft seinen Namen. Wolf, komm her! Er traut sich nicht. Plötzlich ist alles ruhig. Wolf lauscht. Sie haben aufgehört zu streiten. Er will aufstehen und nachschauen. Als er den Türgriff in die Hand nimmt, hört er, wie etwas über den Boden geschleift wird. Etwas Schweres. Er spioniert durchs Schlüsselloch. Sein Vater geht gebückt rückwärts. Wolf zieht den Kopf zurück, wartet. Die Haustür wird geöffnet. Schnell läuft Wolf zum Fenster. Da ist sein Vater. Er hat die Mutter geschultert, trägt sie zum Opel Olympia. Wolf fragt sich, wieso er sie trägt. Ist sie ohnmächtig? Oder verletzt? Der Vater öffnet die hintere Tür auf der Beifahrerseite. Legt die Mutter auf den Rücksitz. Dann eilt er zurück ins Haus, kehrt mit einer Decke zurück und breitet sie über die Mutter aus. Schaut sich um und steigt auf der Fahrerseite ein. Wolf läuft aus dem Zimmer. Er weiß, wo der Schlüssel für das Motorrad liegt. Und er weiß, wie man die R23 startet. Er ist schon ein paar Mal damit gefahren, wenn sein Vater auf dem Schwarzmarkt war. An der Haustür wartet er, bis der Opel auf die Straße einbiegt. Dann rennt er zur BMW, steckt den Schlüssel ins Zündschloss. Zweimal den Kickstarter treten, dann springt das Motorrad an. Auf den ersten Metern ist er noch unsicher, aber sobald er den Spandauer Damm erreicht hat, geht es. Er entdeckt den Opel seines Vaters ungefähr zweihundert Meter vor sich. Am besten ist es, das Licht auszulassen, damit sein Vater nicht sieht, dass er ihn verfolgt. Das weiß Wolf aus den alten Krimis, die seine Mutter liest. Wenn sie durch ist, klaut er das Buch und verschlingt es, meist unter der Bettdecke im Schein einer Taschenlampe. Später will er auch Detektiv werden. Die Fahrt dauert lange. Er friert, weil er nur seinen Schlafanzug trägt. Jetzt kommen sie am Ku'damm vorbei. Der Vater fährt weiter nach Süden, und Wolf folgt ihm weiterhin mit Abstand. Wo bringt sein Vater die Mutter hin? *Varziner Straße* steht auf einem Schild. Der Vater biegt nach links ab, anschließend nach rechts in die Handjerystraße. Ein Stück weiter vorne liegen Flugzeugtrümmer auf der Straße. Wolf hat es im *RIAS* gehört. Eine C-47 ist hier in der letzten Nacht abgestürzt. Er kennt alle Modelle dieses Typs aus den Heftchen, die sein Vater sammelt. Die Transportmaschine ist fürchterlich demoliert. Die Kanzel eingedrückt, ein Flügel abgebrochen, das Fahrwerk umgeknickt. Sie steckt in der Erde und hält wie eine Ente beim Tauchen das Heck in die Luft. Ein Haus auf der rechten Seite ist schwer lädiert, mehrere Balkone sind zerstört. Überall liegen Trümmer herum, verkohltes Holz. Das Flugzeug hat beim Landeanflug auf den Flughafen Tempelhof den Dachgiebel gestreift. Wolf stellt die BMW an der Ecke ab, schleicht gebückt näher. Um die C-47 herum ist die Straße abgesperrt. Einen Polizisten sieht er nicht. Und wenn? Würde er ihm sagen, was mit seiner Mutter passiert ist? Sein Vater parkt den Opel direkt neben dem beschädigten Haus. Er steigt aus, zündet sich eine Zigarette an. Dann öffnet er die hintere Wagentür, zieht die Mutter heraus und schleppt sie zu den Trümmern. Legt sie ab, holt einen Balken und schiebt ihn über ihren Kopf. Anschließend klopft er sich Schmutz von der Hose und steigt wieder ein.

73

Den Kopf in den Nacken gelegt, hatte der Alte seinem Sohn zugehört. Als Heller fertig war, schaute er ihn an.

»Ich hab dich gesehen. Du hast dich nicht gerührt. Hast immer nur auf sie gestarrt. Ich hab dich nach Hause gefahren und in die Badewanne gesetzt. Was hätte ich denn tun sollen? Ich wollte doch nicht, dass das passiert. Aber man ist sich selbst ein Rätsel. Zwei Wochen hast du im Bett gelegen. Weißt du noch, dass du Fußballer werden wolltest? Du hattest Talent. Die wollten dich bei der Tasmania spielen lassen. Als Fußballer hättest du mehr Geld verdient. Und vielleicht wärst du so berühmt geworden wie Hanne Sobek.«

Heller verließ das Haus und lehnte sich an die Mauer neben der Tür. 22 Jahre hatte es gedauert, bis er es seinem Vater erzählen konnte. Manchmal wirkt Schweigen wie ein Gift, dachte er. Was wäre aus ihm geworden, wenn er die Ereignisse dieser Nacht schon früher durchschaut hätte? Wäre er dann auch Polizist geworden? Hätte er sich in Paula verliebt? Es war müßig, darüber nachzudenken.

Ein Rumpeln aus dem Haus riss ihn aus den Gedanken. Es hörte sich an, als wäre sein Vater zu Boden gestürzt. Heller wandte sich ab und ging zu seinem Wagen.

74

Ryan hatte den Kindern je eine Flasche Bluna spendiert, Louise hielt sich an einer Kaffeetasse fest. Als Heller den *Kings-Club* betrat, erzählte Ryan ihnen gerade eine Geschichte aus seiner Zeit bei der amerikanischen Militärpolizei.

»Wir müssen los«, sagte Heller.

»Aber wir wollen die Geschichte noch zu Ende hören«, maulte Jochen.

»Dafür ist jetzt keine Zeit mehr. Zieht eure Jacken an.«

Louise half den Kindern. Sie nahmen ihre Koffer, Heller den großen, Louise die Taschen.

»Hier.« Ryan drückte den Kindern noch zwei weitere Flaschen Bluna in die Hände.

Die Kinder bedankten sich artig.

»Aber die trinkt ihr erst, wenn wir aus der Zone wieder raus sind«, ordnete Heller an. »Ich will nicht noch einmal einen außerplanmäßigen Stopp an der Transitautobahn riskieren.«

Sie nickten.

»Viel Glück«, sagte Ryan. »Und lass mal von dir hören.«

»Klar.«

Ein kurzes Händeschütteln, eine Umarmung.

Die Eingangstür wurde geöffnet.

Frische Luft wehte herein.

Heller drehte sich herum und zuckte zusammen.

Vera kam auf ihn zu.

»Hallo, Heller.«

»Vera.«

Sie sahen einander an wie zwei Duellanten, die auf

die erste Bewegung des Gegners warten. Louise, die Kinder, alle bemerkten, dass die Stimmung kippte. Die Luft knisterte.

»Ihr verreist?«

»Wir ziehen um«, sagte Astrid.

»Da seid ihr nicht die Einzigen.«

Sie tastete in die Innenseite ihrer Jacke. Heller befürchtete, dass sie eine Pistole hervorziehen würde. Es war aber nur eine Postkarte.

»Die hat Rita mir aus New York geschickt«, sagte Vera.

Sie drückte Heller die Karte in die Hand. Auf der Vorderseite war die Freiheitsstatue abgebildet. Hintendrauf stand etwas, das Heller nicht zu entziffern vermochte. Vera nahm die Karte wieder an sich, las vor.

»Warum besuchen Sie uns nicht in New York, Frau Kommissarin, hier gibt's auch Verbrecher, aber alles drei Nummern größer. Und noch mal vielen Dank für alles.«

»Kein Gruß an mich?«, fragte Heller.

»Nein.«

Vera Jung guckte Heller prüfend an. Heller schwieg. Eine endlose Minute verstrich. Jochen fand als Erster die Stimme wieder.

»Ich hab in der Schule deinen Trick gezeigt«, sagte er begeistert. »Den mit dem Multiplizieren.«

»Herr Gottwald hat so große Augen gemacht«, bestätigte Astrid.

Vera wandte sich den Kindern zu.

»Wie schön. Und jetzt? Wo geht's hin?«

»Zu Papas Schwester.«

Heller ließ Vera nicht aus den Augen. Es war zum Verrücktwerden. Hartmann war er losgeworden, von dem hatte er nichts mehr zu befürchten. Der Maler hatte sich umgebracht, und die alte Schwalbe war in einem Heim und dem Tod näher als dem Leben. Louise würde schweigen. Und die Kinder hatte er unter Kontrolle. Vera war die eigentliche Gefahr. Was wollte sie? Wieso war sie aus Bonn zurückgekommen? Um ihn zu verhaften? Warteten Polizisten vor der Tür? Sollte er durch den Hintereingang fliehen? Ich hätte sie in Barbara Albrechts Keller erschießen sollen, dachte er.

Aus den Augenwinkeln sah er, wie Ryans Hand unter dem Tresen verschwand. Dorthin, wo er den Armeerevolver aufbewahrte. In die Trommel passten sechs Patronen. Kaum merklich schüttelte Heller den Kopf. Ryans Hand blieb trotzdem unten.

»Na, dann gute Reise«, sagte Vera.

Wie bitte? Sie wünschte den Kindern eine gute Reise? Sie wollte ihn nicht verhaften?

Vera fasste Heller am Arm und zog ihn zur Bühne. Sie öffnete den Klavierdeckel und spielte mit der rechten Hand eine Melodie.

»Hast du nicht gesagt, dass dir zu bestimmten Momenten immer die richtigen Songs begegnen?«

Die Melodie von *Under My Thumb* von den Stones war zu erkennen.

»Under my thumb / The girl who once had me down / Under my thumb / The girl who once pushed me around.«

Man musste lediglich *»girl«* durch *»man«* ersetzen.

Heller grinste. Es war seit Monaten der passende Song.

»Ich lass dich laufen, Heller. Und frag mich bitte nicht, wieso. In meinem Bericht steht nichts über deine Verbindung zu Kalb. Aber du musst deinen Kindern eintrichtern, dass sie niemals über die Sache reden dürfen. Niemals. Ist das klar?«

Heller reichte ihr die Hand. Er wollte sich bei ihr bedanken, wusste aber nicht, was er sagen sollte. Er war ein freier Mann. Zumindest so lange, bis Vera es sich aus irgendeinem Grund anders überlegen sollte. Also war es eine Freiheit, die von ihrer Gnade abhing.

75

In den Kofferraum der DS passten der große Koffer, die beiden kleinen Koffer und Louises Gepäck, das sie in der Wielandstraße deponiert hatte, sowie Hellers Reisetasche. Die Einkaufstaschen mussten auf dem Rücksitz verstaut werden. Louise kaufte noch ein paar Schrippen, Wurst und Käse und eine Tafel Kinderschokolade.

Hellers Anspannung löste sich erst, als die Grenzübergangsstelle Dreilinden hinter ihnen lag. Diesmal hatte er vollgetankt und musste sich keine Sorgen machen, dass sie unterwegs möglicherweise liegen blieben.

Er griff nach einer Schrippe und berührte dabei zufällig Louises Hand. Sie ließ es geschehen. Die Kinder bemerkten es und kicherten.

Als sie die Stelle passierten, an der er Borowski im Wald gefunden hatte, bog er den Rückspiegel so, dass er die Kinder beobachten konnte. Erinnerten sie sich an diesen Tag? Sicher, aber sie ließen sich nichts anmerken. Sie waren in ein Spiel vertieft, das da hieß: »Ich sehe was, was du nicht siehst«.

Es war ein passendes Motto für die Zukunft.

Glossar

AFN/American Forces Network: englischsprachiger Soldatensender der US-Truppen. Wurde auch in →West-Berlin viel gehört.

Autotelefon: 1952 in →West-Berlin als »Fahrzeugfunk« eingeführt. Gespräche mussten handvermittelt werden. Es gab nur wenige Hundert privat genutzte Geräte in West-Berlin; sie mussten im Kofferraum eingebaut werden, was nur in größeren Limousinen möglich war.

Axel Springer Verlag: größtes deutsches Verlagshaus, auch in →West-Berlin mit den Boulevardblättern *B.Z.* und *BILD Berlin*, der Abonnementzeitung *Berliner Morgenpost* und der Berlinauflage der *WELT* Marktführer. Allerdings war der Verlag niemals Monopolist, denn neben den Springer-Blättern gab es – neben den Programmen des →*SFB* und des →*RIAS* – 1970 auch den *Tagesspiegel*, den *Telegraf*, das Boulevardblatt *Der Abend*, mehrere kleinere Zeitungen und alle überregionalen Blätter aus der Bundesrepublik.

Bahnhof Wannsee: von der Reichsbahn betriebene Station der Fern- und der S-Bahn im Südwesten →West-Berlins. Aufgrund der Regeln in der →Vier-Sektoren-Stadt faktisch unter Verwaltung der →DDR, die den historischen, 1920 eingeführten Namen für ihre Eisenbahn nutzte. Am Bahnhof Wannsee konnte man, anders als an den meisten anderen →West-Berliner Kiosken, auch das SED-Blatt *Neues Deutschland* kaufen.

Beauftragter der Bundesregierung für West-Berlin: höherer Beamter des gesamtdeutschen Ministeriums, faktisch Stellvertreter des Bevollmächtigten der Bundesregierung in Berlin, der üblicherweise Staatssekretär oder Staatsminister im Kanzleramt war. Die Einrichtung beider Posten war die Folge des prekären Rechtsstatus →West-Berlins, das formal nicht Teil der Bundesrepublik war, aber dennoch alle im Bundestag beschlossenen Gesetze mit wenigen Ausnahmen (meist zu

Verteidigungs- und außenpolitischen Fragen) per Akklamation im Abgeordnetenhaus übernahm.

Berliner Stadtreinigung (BSR): Eigenbetrieb →West-Berlins, faktisch entstanden mit Beginn der Blockade 1948, formal gegründet 1951. Zuständig für die Müllentsorgung in den drei Westsektoren der Stadt.

Bleibtreustraße: Seitenstraße des Kurfürstendamms in Charlottenburg zwischen Lietzenburger Straße und Pestalozzistraße. Vorwiegend bebaut mit eleganten wilhelminischen Wohn- und Geschäftshäusern. Hier befand sich das →Restaurant *Bukarest*. Nach der Schießerei 1970 im Berliner Volksmund verballhornt zu »Bleistreustraße«.

Cadillac Fleetwood Eldorado: Luxuscoupé des US-Automobilherstellers General Motors. Inbegriff des »Straßenkreuzers«.

Cinema Paris: immer noch bestehendes Kino im französischen Kulturzentrum *Maison de France* am Kurfürstendamm. Das Programm bestand damals vorwiegend aus französischen Produktionen, teilweise im Original, teilweise synchronisiert.

Citroën DS: Modellreihe des französischen Automobilherstellers Citroën. Einziges Großserienmodell mit hydropneumatischer Federung. Wegen des Komforts auch bekannt als »La Déesse« (»Die Göttin«).

DDR/Deutsche Demokratische Republik: sozialistischer Staat auf dem Gebiet der heutigen ostdeutschen Bundesländer, gegründet 1949. Die Herrschaft der SED als Staatspartei der DDR gründete stets allein auf der Gewaltandrohung der sowjetischen Streitkräfte, wie am 17. Juni 1953 in die Tat umgesetzt. Als dieser Schutz des SED-Regimes 1989 wegbrach, verschwand die DDR innerhalb von nicht einmal einem Jahr.

Dreilinden: letzte Autobahnraststätte und Tankstelle auf →West-Berliner Boden vor der Fahrt über die →Transitstrecke nach Hannover oder Nürnberg.

Europa-Center: Einkaufszentrum mit Hotel und Bürohochhaus im West-Berliner Bezirk Charlottenburg zwischen Tauentzienstraße und Budapester Straße. 1965 eröffnet, war es das erste Urban Entertainment Center in Deutschland. Besonderer Anziehungspunkt war die Kunsteisbahn in einem der offenen Innenhöfe, errichtet in Anlehnung an das Rockefeller Center in New York. Das Europa-Center galt als eine der besten Firmenadressen in →West-Berlin.

Fiat Spider: Roadster des italienischen Automobilherstellers Fiat. Seit 1966 in Serienproduktion.

Flughafen Tempelhof: mit etwa 4,5 Millionen Passagieren 1970 der wichtigere der beiden West-Berliner Passagierflughäfen und zugleich US Air Force Base. Hier starteten und landeten Maschinen von Fluggesellschaften aller drei Schutzmächte, in Tegel dagegen vor allem Chartermaschinen, aber auch Langstreckenflugzeuge der Typen Boeing 707 und Douglas DC-8, für die die Startbahn in Tempelhof zu kurz war.

Funkturm: 147 Meter hoher Stahlfachwerkturm auf dem Gelände des Berliner Messegeländes nahe des →Theodor-Heuss-Platzes. Erste Rundfunk-Großsende-Anlage in Berlin. Restaurant auf 52 und Aussichtsplattform auf 124 Metern Höhe.

Grünes Haus: polizeiliches Leichenschauhaus in der →Invalidenstraße 59, Hauptsitz der Gerichtsmedizin in →West-Berlin von 1965 bis 2006. Woher das grau-rote Gebäude seinen Namen hat, ist unbekannt.

Handjerystraße: Wohnstraße im West-Berliner Bezirk Schöneberg. Am 25. Juli 1948 stürzte nachts gegen ein Uhr eine US-Transportmaschine vom Typ C-47 beim Landeanflug auf den →Flughafen Tempelhof ab. Beide Piloten starben.

Heerstraße: Abschnitt der großen Ost-West-Verbindung durch Berlin, zwischen →Theodor-Heuss-Platz und der westlichen Stadtgrenze, wo die →Transitstrecke nach Hamburg begann.

Hübner, Klaus: 1924 in Berlin geboren, war im Zweiten Weltkrieg Pilot bei der Luftwaffe. Er arbeitete nach einer Handwerks- und Kaufmannslehre zunächst als Bauarbeiter und Holzfäller, wurde dann Polizist. Ab 1951 für die Gewerkschaft der Polizei (GdP) tätig, trat 1952 in die SPD ein. 1953 bis 1968 Bundesgeschäftsführer der GdP in Düsseldorf. 1965 wurde Hübner Mitglied des Bundestags. →West-Berlins Innensenator Kurt Neubauer (SPD) holte ihn 1969 als Polizeipräsidenten in die →Vier-Mächte-Stadt, er sollte nach der Eskalation der Gewalt zwischen Studenten und Polizei die Lage beruhigen. Hübner amtierte bis zum Eintritt in den Ruhestand 1987.

Invalidenstraße: innerstädtischer Übergang in die →DDR, genutzt von Bundesbürgern und DDR-Offiziellen. 1963 Schauplatz eines spektakulär gescheiterten Fluchtversuchs mit einem gestohlenen Reisebus.

Keithstraße: Dienstgebäude des →Referats M der Polizei in →West-Berlin. Ein großer Gründerzeitbau mit sieben Flügeln.

Kempinski: vornehmstes Hotel in →West-Berlin, gelegen am Kurfürstendamm. Neubau von 1952, der die Tradition der Berliner Luxusgastronomie von Bernhard Kempinski fortführte. Der *Grill* gehörte zu den teuersten Lokalen Berlins.

KoKo/Kommerzielle Koordinierung: Dienststelle formal des Ministeriums für Außenhandel der →DDR, faktisch des →Ministeriums für Staatssicherheit mit dem Auftrag, mit gleich welchen Methoden Devisen (genannt: Valuta) zu beschaffen. 1966 gegründet, erwirtschaftete der Bereich mit blocküberschreitenden Geschäften bis Ende 1989 einen Überschuss von mindestens 28 Milliarden DM, wahrscheinlich deutlich mehr. Längst nicht alle Geschäfte der KoKo konnten aufgeklärt werden.

Ku'damm-Karree: Hochhausprojekt am Kurfürstendamm, Baubeginn 1969. Abgesichert durch eine Bürgschaft des Senats, erwies sich der Bau als Millionengrab. Schon 1974 betrugen die Verluste der öffentlichen Hand 74 Millionen DM. Die Gesamtverluste aus verfallenen Bürgschaften, Mietausfällen, gestundeten und gestrichenen Erbpachtzinsen sowie Unterhaltungskosten sind nicht seriös zu beziffern, Schätzungen reichen bis zu einer Viertelmilliarde Euro (umgerechnet auf Kaufkraft 2020).

Linke: In West-Berlin verbreitete Pauschalbezeichnung für Anhänger politischer Ideen, die links der regionalen SPD standen. Darunter fielen ebenso die wenigen Hundert Aktivisten des Sozialistischen Deutschen Studentenbunds (SDS), der sich im März 1970 auflöste, aber auch Altkommunisten, Mitglieder des West-Berliner SED-Ablegers, der SEW, Anarchisten, marxistische Gewerkschafter und Anhänger verschiedener maoistischer, trotzkistischer und sonstiger K-Gruppen. Der gemeinsame Begriff, gedacht als Stigmatisierung, verdeckte, dass Linke untereinander oft verfeindet waren.

MI/Mordinspektion: Teil des Referats M der West-Berliner Polizei, zuständig für Delikte am Menschen. Dienstsitz

→Keithstraße. Die Mordinspektion hatte vier Kommissariate für Mord, Totschlag und erpresserischen Menschenraub. Ein fünftes Kommissariat kümmerte sich um Brände, Explosionen und Sprengstoffdelikte, das sechste Kommissariat war die Vermisstenstelle.

Ministerium für Staatssicherheit/MfS: Geheimpolizei der →DDR, unter deren Dach auch der Auslandsnachrichtendienst tätig war. Starker Mann der Organisation war seit Gründung der Vorläuferorganisation K5 der Kommunist Erich Mielke, der allerdings bei der Umbenennung in MfS 1950 auf Druck aus Moskau zum Stellvertreter des Ministers degradiert wurde. Seit 1957 war Mielke selbst Minister für Staatssicherheit und blieb es bis 1989.

Minox C: Kleinstkamera für Negativfilmkassetten im Format 8 × 11 Millimeter. Das Modell C kam 1969 auf den Markt und war ein feinmechanisches Wunderwerk mit elektronischer Belichtungssteuerung.

Opel Admiral: Oberklasse-Limousine des deutsch-amerikanischen Herstellers Opel. Konkurrierte um 1970 mit der Mercedes S-Klasse und dem BMW 2800.

Rathaus Schöneberg: Sitz des Parlaments von →West-Berlin, des Abgeordnetenhauses, und des →Regierenden Bürgermeisters.

Referat M: Abteilung der Berliner Kriminalpolizei, zuständig für Delikte am Menschen. Dienstsitz in der →Keithstraße 28–32.

Regierender Bürgermeister: der Chef der Landesregierung von →West-Berlin, des →Senats. Formal ähnlich wie eine westdeutsche Ministerpräsidentschaft, war das Amt wegen der weltpolitischen Rolle West-Berlins wesentlich bedeutender.

Restaurant *Bukarest*: Halbweltlokal in der →Bleibtreustraße in Charlottenburg. 1970 Schauplatz einer spektakulären Schießerei zwischen dem einheimischen Rotlichtmilieu in West-Berlin und persischen Konkurrenten.

***RIAS*/Rundfunk im amerikanischen Sektor:** deutschsprachiger Sender der US-Schutzmacht in →West-Berlin.

Riva: hochwertige Motorboote der gleichnamigen italienischen Werft. Seit den 1950er-Jahren ein beliebtes Luxusspielzeug des Jetsets.

Rotlichtszene: In West-Berlin hatten 1970 Hunderte Etablissements rund um die Uhr geöffnet. Nirgendwo sonst in Deutschland schafften so viele Prostituierte an – auf Straßen und Parkplätzen, in Stundenhotels und Pensionen, Klubs und Luxusapartments. Ein lukratives Geschäft: Mehr als 4.000 Prostituierte beiderlei Geschlechts machten schätzungsweise zwei Millionen D-Mark Umsatz pro Monat. »Der Strich. Ein Führer durch 50 Städte« lautete der Titel des einschlägigen Stadtführers aus dem Berliner Dülk Verlag. Das 205 Seiten starke Taschenbuch empfahl vergnügungssüchtigen West-Berlinern und Touristen die Gegend um den Ku'damm – verbunden mit dem seinerzeit offenbar nicht anstößigen Hinweis, dort würden zwischen 23 Uhr und 5 Uhr die jüngsten und hübschesten Prostituierten der Stadt auf Kundschaft warten.

Schöneiche: Ort bei Zossen südlich von Berlin. Hier wurde von 1825 bis zum Ersten Weltkrieg Ton abgebaut, aus dem Ziegel für den Ausbau der Reichshauptstadt hergestellt wurde. Seit 1922 wurden die Gruben als Mülldeponie benutzt, seit 1974 auch zur Lösung des →West-Berliner Müllproblems.

Sebastianstraße: Straße in →West-Berlin mit Altbauten direkt an der Bezirksgrenze von Kreuzberg und Mitte, zugleich seit 1945 Demarkationslinie zwischen dem US- und dem sowjetisch besetzten Sektor von Berlin. 1970 vorgesehen als Sanierungs-, d. h. Abriss- und Neubaugebiet.

Senat: Bezeichnung für die Landesregierung von →West-Berlin, geleitet vom →Regierenden Bürgermeister und seinem Stellvertreter, dem Bürgermeister.

Senatsbaudirektor: Spitzenfunktion in der Senatsverwaltung für Bau- und Wohnungswesen, faktisch Behördenchef. Wegen des Zugriffs auf hohe Subventionen aus Bonn und der besonderen Bedeutung der Stadtentwicklung im eingemauerten →West-Berlin einflussreicher als ähnliche Funktionen in den Stadtstaaten Bremen und Hamburg.

***SFB*/Sender Freies Berlin:** öffentlich-rechtliche Rundfunkanstalt in West-Berlin, Mitglied der *ARD*. Beheimatet im Haus des Rundfunks an der Masurenallee sowie im 1970 eröffneten Fernsehzentrum am →Theodor-Heuss-Platz. Außer zwei eigenen Hörfunkprogrammen (*SFB 1* und *SFB 2*) beteiligte sich der *SFB* 1970 mit eigenen Sendungen am kulturorientierten Dritten (Radio-)Programm des *NDR* und am *Norddeutschen Fernsehen*.

Sperrstunde: In →West-Berlin galt seit dem 21. Juni 1949 nicht mehr wie überall sonst in Deutschland eine Sperrstunde, zu der Kneipen und Bars schließen mussten. Es soll ein junger Hotelier gewesen sein, der mit einer Flasche Whiskey den zuständigen US-Offizier überzeugte, dass die wiedergewonnene Freiheit nach der Berlin-Blockade ohne Sperrstunde noch höher geschätzt werden würde.

Stuttgarter Platz: Platzanlage im West-Berliner Bezirk Charlottenburg, gelegen am gleichnamigen Regional- und S-Bahnhof. 1970 zum großen Teil ein Rotlichtviertel mit geduldetem Straßenstrich und zahlreichen kaum kaschierten Bordellen.

Theodor-Heuss-Platz: 1904 als Reichskanzlerplatz eingeweihter Kreisverkehr an der →Heerstraße mit U-Bahn-Anschluss zur Erschließung des neuen Stadtteils Westend. 1933 bis 1945 trug er den Namen Adolf-Hitler-Platz, danach wieder Reichskanzlerplatz. Sechs Tage nach dem Tod von Altbundespräsident Theodor Heuss erhielt der Platz am 18. Dezember 1963 seinen seither gültigen Namen.

Transit: Bezeichnung für die Straßen-, Zug- und Wasserverbindungen zwischen West-Berlin und der Bundesrepublik Deutschland durch die DDR. 1970 gab es, neben weiteren Verbindungen zu den Fährhäfen an der Ostseeküste und nach Polen sowie in die damalige Tschechoslowakei, drei Transitstrecken: von →Dreilinden/Drewitz nach Marienborn/Helmstedt Richtung Hannover sowie ebenfalls von →Dreilinden/Drewitz nach Hirschberg/Rudolphstein Richtung Nürnberg sowie von →Heerstraße/Staaken nach Horst/Lauenburg Richtung Hamburg. Auf den Transitstrecken waren maximal hundert Stundenkilometer erlaubt; die Parkplätze standen unter Kontrolle der DDR-Sicherheitsbehörden, die Kontakte zwischen Transitreisenden und DDR-Bürgern minimieren sollten.

Vier-Sektoren-Stadt: Die drei Mächte der Anti-Hitler-Koalition, Großbritannien, die Sowjetunion und die USA, vereinbarten 1944, nach Kriegsende Deutschland in drei etwa gleich große Besatzungszonen aufzuteilen, ebenso wie Berlin in drei Sektoren. Im Juli 1945 beschloss man, auch eine französische Zone und einen französischen Sektor einzurichten; die Sowjetunion setzte durch, dass beides vom britischen und US-Teil abgezogen werden sollte. Von 1945 bis 1990 waren die Vier Mächte für Berlin als Ganzes sowie für Deutschland als Ganzes zuständig. Im Zuge der Zwei-plus-Vier-Verhandlungen 1990 wurde diese Regelung aufgehoben, und das vereinte Deutschland erhielt volle Souveränität.

Volkspolizei: zentral organisierte Schutz- und Kriminalpolizei in der →DDR. Die Dienstränge lehnten sich an die militärische Tradition an.

Wannsee: Havelbucht im Südwesten von →West-Berlin. Der Große Wannsee ist nach dem Müggelsee in Köpenick die größte Wasserfläche in Berlin, der Kleine Wannsee am Südostende des Großen Wannsees ist ein Nebensee und eines der besten Villenviertel der Stadt.

Wartburg: Markenname der Fahrzeuge des DDR-Herstellers IFA in Eisenach. Mit Viertürern des Typs 353 waren die Volkspolizei-Streifen auf den Transitautobahnen ausgestattet. Ihre Höchstgeschwindigkeit betrug 125 Stundenkilometer.

West-Berlin: umgangssprachliche Bezeichnung von 1950 bis 1990 für das aus den drei Sektoren der alliierten Schutzmächte gebildete Land Berlin. Der sowjetische Sektor der vormaligen Reichshauptstadt konstituierte als Ost-Berlin die »Hauptstadt der DDR«. West-Berlin war offiziell der Bundesrepublik nur assoziiert, aber nicht zugehörig. In der Schreibweise »Westberlin« vor allem von der →DDR und der linken Szene benutzt.

West-Berliner Müllproblem: Seit der Blockade →West-Berlins durch die Sowjets 1948/49 durfte Haus- und Industriemüll aus den drei westlichen Sektoren der Stadt nicht mehr wie bisher auf Deponien in Brandenburg entsorgt werden. Die →Berliner Stadtreinigung (BSR) richtete daher in Randbezirken des West-Berliner Stadtgebiets im Laufe der Zeit insgesamt 36 Deponieflächen ein, auf die Müll geschüttet und verdichtet wurde. Zu den größten Deponien zählten die Standorte Wannsee, Lübars, Marienfelde, Egelpfuhl, Rohrbruchwiesen und Dörferblick.

Zusätzlich wurde die Müllverbrennung Ruhleben geplant,

um die absehbar nicht mehr zu entsorgenden Hausmüllmengen in →West-Berlin zu beseitigen. 1967 gingen die ersten vier Entsorgungs-»Linien« in Betrieb, vier weitere folgten 1974. Doch schon bei Betriebsstart war vorhersehbar, dass so das West-Berliner Müllproblem nicht zu regeln sein würde. Standorte für weitere Müllverbrennungen wurden aber nicht bereitgestellt.

1970 fielen in →West-Berlin mehr als 2,5 Millionen Kubikmeter Haushalts- und sonstige Abfälle an – genug, um das Olympiastadion mehr als dreimal bis zum Rand zu füllen. Spätestens um 1975 wären die verfügbaren Deponieflächen in der eingemauerten Stadt absehbar ausgelastet gewesen.

Wigomat: die weltweit erste Filterkaffeemaschine, hergestellt seit 1954. Teures Luxusprodukt.